2021
2022

ON FAIT QUOI POUR LE DÎNER ?

mémoniak

FAMILIAL

Textes : Émilie Thuillez

Avec la participation des lecteurs-cuisiniers des Éditions 365

Déjà publié sous le titre : *On fait quoi pour le dîner ? Mémoniak 2015-2016*

ISBN 978-2-37761-746-3 - Dépôt légal : juillet 2021.

www.editions365.eu
Média Diffusion - Distribution MDS
Imprimé en RPC en février 2021.

MIXTE
Papier issu de sources responsables
FSC® C117745

L'imprimeur utilise du papier FSC® issu de forêts gérées durablement et des encres végétales respectueuses de l'environnement.

ÉDITO

Adieu les angoisses et les « qu'est-ce qu'on mange ? » sans réponse ! ***On fait quoi pour le dîner ?*** vous facilite la vie en vous proposant chaque jour une recette **simple**, **rapide** et **familiale**, avec la liste de courses détachable et pré-imprimée des ingrédients !

Pratique, ludique et simple d'utilisation, cet ouvrage se plie en quatre pour donner aux parents débordés des idées de repas faciles !

Chaque semaine, **détachez la liste des ingrédients** de tous les menus de la semaine et emportez-la pour faire votre marché. Plus besoin d'aller refaire des courses en courant après le bureau. Tout est prévu et programmé. Faire la cuisine tous les soirs est un jeu d'enfants !

On fait quoi pour le dîner ? vous donne des idées de recettes **simples**, **rapides** et **équilibrées**, qui proposent des produits de saison faciles à trouver. Les recettes ne nécessitent pas plus de 15 minutes de préparation en semaine, un peu plus parfois pour le week-end et les jours fériés. Chaque recette propose une touche de créativité qui fera la différence et qui plaira aux petits comme aux grands !

SOMMAIRE

ÉLABORER UN MENU

Réaliser un menu, quotidien ou de fête, ne consiste pas simplement à trouver de bonnes idées de recettes. Il s'agit également de prendre en compte les aspects nutritionnels dont il se compose. En effet, de nombreuses personnes ne savent pas équilibrer leurs repas afin que ceux-ci fournissent à leur corps non seulement un plaisir gustatif, mais aussi un apport harmonieux en nutriments essentiels. On ne parle pas ici de régime, ce terme qui revient trop souvent à l'esprit lorsque l'on parle d'« alimentation équilibrée ». Il s'agit plutôt de réflexes de bon sens à acquérir, jour après jour, pour un meilleur respect de son organisme et une alimentation plus intelligente. Et soyez sûr que vous n'en tirerez que plus de plaisir, car celui-ci fait indéniablement partie du menu ! Votre corps en général et vos organes en particulier dépensent continuellement de l'énergie pour vivre, même au repos. Cette énergie s'exprime en calories, une unité de mesure qui indique la quantité d'énergie qu'un aliment apporte à l'organisme. Pour les hommes, le besoin vital de base est de 1 600 kcal, et de 1 300 kcal pour les femmes. Plus précisément, ce besoin journalier d'énergie se mesure en fonction du poids, de la taille, de l'âge et du sexe.
La pratique régulière ou non d'un sport et les antécédents familiaux (diabète, cholestérol...) sont également des éléments à prendre en compte. La quantité d'aliments que vous mangez est donc primordiale, même si vous avez tendance à l'oublier. Il faut l'allier également à la diversité des aliments, qui ont chacun des propriétés bien précises.
Varier et bien doser, voilà le secret d'une alimentation saine !
Or, savoir composer son menu n'est pas toujours évident. Pour vous guider, voici, par famille d'aliments, les quantités et conseils pour bien élaborer un repas.

Fruits et/ou légumes

5 portions (1 portion = 100 g) par jour, à répartir entre les trois repas.

Leurs apports nutritionnels : vitamines, fibres, minéraux. Ils participent à la prévention de certaines maladies.

Attention : les boissons aromatisées aux fruits, les nectars, jus de fruits qui ne sont pas « purs jus pressés », les yaourts aux fruits et les biscuits aux fruits ne peuvent pas être comptés comme des portions. Les soupes de légumes, les salades composées et les salades de fruits représentent une seule portion.

Produits laitiers

3 par jour à choisir parmi les aliments suivants :

1 yaourt (125 g)

1 fromage blanc (100 g)

Fromage (30 g)

1 verre de lait

Leurs apports nutritionnels : calcium et vitamine D, qui contribuent au bon fonctionnement du système osseux.

Attention : la crème fraîche et le beurre sont classés dans les matières grasses, car ils sont pauvres en calcium. Par ailleurs, les desserts lactés (crèmes dessert, flans…) et le chocolat au lait en tablette ne comportent qu'un très faible pourcentage de lait et ne constituent donc pas une portion de produit laitier.

Les féculents

Cette famille d'aliments se compose du **pain** et de **tous les produits de la panification** (biscotte, pain grillé…), des **céréales** (riz, blé, orge, avoine, seigle…) et des **légumineuses** (lentilles, fèves, pois chiches, haricots secs…).

À chaque repas et selon l'appétit.

Leurs apports nutritionnels : glucides dits « complexes » car ils peuvent être assimilés progressivement par l'organisme, contrairement aux glucides simples des produits sucrés.

Astuce : choisissez vos féculents en version complète, qui propose une concentration encore plus grande de fibres et de vitamines.

Viandes, poissons ou œufs

1 à 2 fois par jour

1 portion de viande ou de poisson = 100 g

1 portion d'œuf = 2 œufs

Pour le poisson, il est recommandé d'en consommer au minimum deux fois par semaine.

Leurs apports nutritionnels : protéines d'origine animale, fer (pour la viande et le poisson). Les poissons dits « gras » (saumon, sardines…) fournissent également des matières grasses essentielles.

Matières grasses

L'huile, la margarine, le beurre ou la crème sont des matières grasses. Celles-ci peuvent être visibles si elles font partie de préparations que vous avez réalisées vous-même. Mais elles peuvent également exister de manière cachée dans les aliments à l'état naturel ou fabriqués (viennoiseries, glaces, certains plats cuisinés…).

À consommer de manière limitée.

Privilégier : huiles végétales (notamment de colza, d'olive et de tournesol), poissons gras, fruits oléagineux (avocats, noix, noisettes…).

Limiter : beurre, certaines charcuteries, viennoiseries et pâtisseries, produits frits ou panés, certains plats préparés contenant des acides gras saturés. Il est également conseillé d'éviter les acides gras trans (mention « huile (graisses) partiellement hydrogénée(s) » sur les emballages).

Astuce : 10 g de graisses pour 100 g de produit font de celui-ci un aliment gras, à consommer avec modération.

Produits sucrés

À consommer de manière limitée.

Les gestes à privilégier : préférez un fruit en guise de dessert car il contient moins de sucres, mais des fibres et des vitamines en plus ; apprenez à doser le sucre que vous ajoutez dans vos boissons chaudes ; remplacez le sucre dans votre yaourt ou fromage blanc par des fruits ou de la compote sans sucres ajoutés.

Sel

À consommer de manière limitée.

8 g par jour pour un adulte.

Les gestes à privilégier : décryptez les étiquettes des produits préparés lors de vos achats et évitez de manière générale les plats préparés, la charcuterie, les biscuits apéritif... Lorsque vous cuisinez, ne salez pas trop et préférez les épices pour relever vos plats. Et bannissez le réflexe de saler votre repas avant de le goûter !

Eau

À volonté pendant et entre les repas.

N'attendez pas d'avoir soif ! Et, pour rendre la consommation d'eau plus attrayante, pensez aux tisanes et infusions, ou au jus de citron à ajouter dans l'eau.

Les menus

Menu intelligent

Pour une bonne répartition journalière des aliments, il faut veiller à respecter les trois repas classiques : petit déjeuner, déjeuner, dîner.

Un petit déjeuner copieux permet de bien mettre en marche notre organisme. Un dîner plus léger facilite la phase d'épuration que le corps opère pendant le sommeil. Le déjeuner reste le repas principal de la journée.

Menu-type

- 1 portion de légumes (80 à 100 g) : en crudités et/ou accompagnement du plat principal.
- Environ 100 g de viande ou de poisson, ou bien 2 œufs.
- Féculents à satiété.
- 1 portion de produit laitier : fromage (30 g), 1 yaourt, 1 fromage blanc...
- 1 fruit en dessert : en quartiers, en compote...
- Eau à volonté.

MENUS
DE LA SEMAINE

Et aussi

2021 AOÛT/SEPT.

Lundi **30**

Quiche au crabe

10 mn 40 mn

Mardi **31**

Salade de crevettes aux mangues et aux avocats

15 mn

Mercredi **1**

Tarte à la moutarde

10 mn 30 mn

Jeudi **2**

Escalopes de dinde à la crème

5 mn 20 mn

Vendredi **3**

Gratin aux 2 choux

10 mn 35 mn

Samedi **4**

Rôti de porc aux raisins et au cidre

15 mn 1 h 50

Dimanche **5**

Tartare de saumon aux 2 citrons

20 mn 1 h 5 mn

Recettes
Pour 4 personnes

Garnir 1 pâte feuilletée (cuite à blanc 10 mn à 210 °C) de 300 g de chair de crabe émiettée. Battre 3 jaunes d'œufs avec 15 cl de crème épaisse + 10 cl de lait + 2 c. à s. de persil + 1 c. à s. de ciboulette + 1 pincée de paprika. Incorporer 3 blancs d'œufs en neige. Verser sur le crabe. Parsemer de 50 g de gruyère râpé et enfourner 30 mn à 200 °C. Servir avec 1 salade.

Mélanger 2 mangues (ou 450 g de mangues surgelées), 2 avocats et 4 tomates détaillés en cubes. Ajouter 600 g de crevettes décortiquées + 2 c. à s. de coriandre + le jus d'1 citron vert + 3 c. à s. d'huile d'olive. Parsemer de 40 g de cacahuètes ou noix de cajou + 10 feuilles de menthe.

Couper 3 tomates en tranches et les égoutter. Sur 1 pâte feuilletée, mettre 5 c. à s. de moutarde + 2 tranches de jambon blanc + les tomates. Mélanger 3 œufs + 20 cl de crème épaisse + 200 g de comté râpé + 1 c. à c. de paprika et verser sur la tarte. Cuire env. 30 mn à 210 °C. Servir avec 1 mâche.

Poêler 4 escalopes de dinde avec 1 c. à s. d'huile d'olive, 5 mn de chaque côté. Ajouter 4 échalotes émincées, les faire dorer, puis verser 25 cl de crème liquide. Servir avec 600 g de haricots verts (en conserve ou surgelés) cuits.

Dans 1 plat, disposer 400 g de choux-fleurs + 350 g de brocolis cuits à l'eau ou à la vapeur, puis 8 tranches de bacon coupées en fines lanières. Verser dessus 1 sauce béchamel et recouvrir de 60 g de gruyère râpé + 30 g de parmesan + 1 c. à s. de chapelure. Enfourner 20 mn à 210 °C.

Enfourner à 180 °C 1 kg de rôti de porc + 50 g de beurre + 4 pommes en quartiers + ¼ de bouteille de cidre + 1 c. à s. de fond de veau + 2 oignons émincés. Arroser souvent avec le reste de la bouteille de cidre. Après 1 h, ajouter 300 g de raisin blanc et cuire 30 mn. Servir avec 800 g de pommes de terre cuites écrasées avec 1 c. à s. de ciboulette + 1 filet d'huile d'olive.

Couper 600 g de saumon en cubes. Mélanger avec 1 c. à s. de vinaigre balsamique et d'huile d'olive + 2 c. à c. de baies roses + 1 échalote émincée + 2 c. à s. de ciboulette et d'aneth + les jus d'1 citron vert et d'½ jaune. Laisser refroidir 1 h minimum. Servir avec ½ citron jaune en quartiers, 1 roquette, 250 g de tomates cerises, 4 tranches de pain grillées + 100 g de St Môret.

Courses
Pour 4 personnes

☐ **Quiche au crabe**

1 pâte feuilletée, 300 g de chair de crabe, 50 g de gruyère râpé, 3 œufs, 15 cl de crème épaisse, 10 cl de lait, 2 c. à s. de persil, 1 c. à s. de ciboulette, 1 pincée de paprika, 1 salade.

☐ **Salade de crevettes aux mangues et aux avocats**

600 g de crevettes décortiquées, 2 mangues (ou 450 g de mangues surgelées), 2 avocats, 4 tomates, 1 citron vert, 40 g de cacahuètes ou de noix de cajou, 2 c. à s. de coriandre, 10 feuilles de menthe, 3 c. à s. d'huile d'olive.

☐ **Tarte à la moutarde**

1 pâte feuilletée, 5 c. à s. de moutarde, 2 tranches de jambon blanc, 3 tomates, 200 g de comté râpé, 3 œufs, 20 cl de crème épaisse, 1 c. à c. de paprika, 1 mâche.

☐ **Escalopes de dinde à la crème**

4 escalopes de dinde, 4 échalotes, 600 g de haricots verts (en conserve ou surgelés), 25 cl de crème liquide, 1 c. à s. d'huile d'olive.

☐ **Gratin aux 2 choux**

400 g de choux-fleurs, 350 g de brocolis, 8 tranches de bacon, 1 sauce béchamel, 60 g de gruyère râpé, 30 g de parmesan, 1 c. à s. de chapelure.

☐ **Rôti de porc aux raisins et au cidre**

1 kg de rôti de porc, 800 g de pommes de terre, 300 g de raisin blanc, 4 pommes, 2 oignons, 1 bouteille de cidre, 50 g de beurre, 1 c. à s. de fond de veau, 1 c. à s. de ciboulette, 1 filet d'huile d'olive.

☐ **Tartare de saumon aux 2 citrons**

600 g de saumon, 1 citron vert, 1 citron jaune, 1 échalote, 250 g de tomates cerises, 1 roquette, 4 tranches de pain, 100 g de St Môret, 2 c. à c. de baies roses, 2 c. à s. de ciboulette et d'aneth, 1 c. à s. de vinaigre balsamique et d'huile d'olive.

Et aussi

SEPTEMBRE

Lundi **6**
Salade de pâtes à la roquette et au jambon de Parme
10 mn — 25 mn

Mardi **7**
Velouté frais de céleri aux pommes vertes
15 mn — 30 mn — 40 mn

Mercredi **8**
Pâtes aux lardons et au poivron
10 mn — 25 mn

Jeudi **9**
Papillotes de poisson à la vanille
10 mn — 30 mn

Vendredi **10**
Escalopes de veau et purée rose
15 mn — 35 mn

Samedi **11**
Carpaccio de bœuf au pesto et frites
20 mn — 30 mn

Dimanche **12**
Gratin de courge aux noisettes
25 mn — 45 mn

10

Recettes
Pour 4 personnes

Poêler 12 tranches de jambon de Parme jusqu'à ce qu'elles soient croustillantes. Les couper en morceaux et les mélanger avec 350 g de farfalles cuites et refroidies sous l'eau froide. Ajouter 150 g de roquette. Assaisonner avec 6 c. à s. d'huile d'olive + le jus d'1 citron + 1 gousse d'ail pilée + 2 c. à s. de moutarde à l'ancienne. Parsemer la salade de 2 œufs durs hachés.

Faire suer 1 échalote dans 2 c. à s. d'huile d'olive. Ajouter 1 céleri-rave en morceaux + 3 pommes Granny en cubes. Après 5 mn, verser 1 l d'eau. Couvrir et cuire à feu doux env. 30 mn. Retirer du feu, ajouter 1 pincée de gingembre + le jus d'½ citron et mixer. Déguster très frais avec 4 c. à s. de ciboulette et 6 tranches de saumon fumé + 100 g de fromage frais.

Cuire à l'eau 400 g de farfalles. Poêler 5 mn 1 poivron jaune dans 1 c. à s. d'huile d'olive et débarrasser. Dans la même poêle, poêler à sec 125 g de lardons (dégraissés 30 sec dans de l'eau bouillante). Une fois grillés, ajouter 20 cl de crème fraîche légère et laisser mijoter à feu doux 5 mn. Mélanger les pâtes + le poivron + les lardons + 80 g de parmesan râpé.

Badigeonner 4 filets de poisson avec les graines d'1 gousse de vanille + le zeste d'1 citron + 2 c. à s. d'huile d'olive. Envelopper le poisson dans 4 feuilles d'aluminium et enfourner 12-15 mn à 200 °C. Faire infuser 5 mn à feu doux la gousse de vanille dans 20 cl de crème semi-épaisse. Accompagner de 250 g de riz basmati cuit + 5-6 brins de coriandre.

Cuire à l'eau ou à la vapeur 4 betteraves moyennes (env. 600 g) et 600 g de pommes de terre. Les éplucher. Mixer les betteraves et mélanger avec 1 gousse d'ail pilée. Ajouter les pommes de terre écrasées + 50 g de noix concassées + 1 c. à s. d'huile d'olive. Mélanger. Servir avec 1 filet de crème liquide et 4 escalopes de veau poêlées 5-10 mn avec 1 c. à s. d'huile d'olive.

Dans 1 plat, arroser 400 g de carpaccio de bœuf avec 2 c. à s. d'huile d'olive + le jus d'1 citron. Étaler ½ pot de pesto + 2 c. à s. de câpres + 60 g de parmesan en copeaux. Servir avec 1 roquette + des frites maison (mettre sur 1 papier sulfurisé 8 pommes de terre épluchées et coupées arrosées de 2 c. à s. d'huile d'olive + 1 c. à s. de paprika, cuire 30 mn à 230 °C).

Cuire à la vapeur ou à l'eau 1,2 kg de courge butternut coupée en cubes et épluchée. Mélanger avec 200 g de lardons fumés + 1 oignon émincé poêlés 3-4 mn et verser dans 1 plat à gratin beurré. Ajouter 5 cl de crème liquide. Parsemer de 1 c. à c. de muscade + 3 c. à s. de noisettes concassées et finir par 80 g de parmesan râpé. Enfourner 20 mn à 210 °C. Servir avec 1 salade.

Courses
Pour 4 personnes

☐ **Salade de pâtes à la roquette et au jambon de Parme**

350 g de farfalles, 12 tranches de jambon de Parme, 150 g de roquette, 1 citron, 1 gousse d'ail, 2 œufs, 2 c. à s. de moutarde à l'ancienne, 6 c. à s. d'huile d'olive.

☐ **Velouté frais de céleri aux pommes vertes**

1 céleri-rave, 3 pommes Granny, 1 échalote, ½ citron, 6 tranches de saumon fumé, 100 g de fromage frais, 4 c. à s. de ciboulette, 1 pincée de gingembre, 2 c. à s. d'huile d'olive.

☐ **Pâtes aux lardons et au poivron**

400 g de farfalles, 1 poivron jaune, 125 g de lardons, 80 g de parmesan râpé, 20 cl de crème fraîche légère, 1 c. à s. d'huile d'olive.

☐ **Papillotes de poisson à la vanille**

4 filets de poisson, 250 g de riz basmati, 1 gousse de vanille, 1 citron, 20 cl de crème semi-épaisse, 5-6 brins de coriandre, 2 c. à s. d'huile d'olive.

☐ **Escalopes de veau et purée rose**

4 escalopes de veau, 4 betteraves moyennes (env. 600 g), 600 g de pommes de terre, 50 g de noix, 1 gousse d'ail, 1 filet de crème liquide, 2 c. à s. d'huile d'olive.

☐ **Carpaccio de bœuf au pesto et frites**

400 g de carpaccio de bœuf, 8 pommes de terre, 1 citron, 2 c. à s. de câpres, 1 roquette, ½ pot de pesto, 60 g de parmesan en copeaux, 1 c. à s. de paprika, 4 c. à s. d'huile d'olive.

☐ **Gratin de courge aux noisettes**

1,2 kg de courge butternut, 200 g de lardons fumés, 1 oignon, 80 g de parmesan râpé, 5 cl de crème liquide, 1 noix de beurre, 3 c. à s. de noisettes, 1 c. à c. de muscade, 1 salade.

Et aussi

SEPTEMBRE

Lundi 13 — Poulet tendre des îles
15 mn · 35 mn

Mardi 14 — Salade colorée aux œufs durs
15 mn · 10 mn

Mercredi 15 — Pizza hawaïenne
10 mn · 25 mn

Jeudi 16 — Filets de cabillaud et courgettes grillées
15 mn · 25 mn

Vendredi 17 — Papillotes de saumon à la mozzarella
15 mn · 40 mn

Samedi 18 — Gratin de légumes d'automne
25 mn · 1 h

Dimanche 19 — Courgettes farcies et coquillettes
20 mn · 55 mn

Recettes
Pour 4 personnes

Réchauffer 100 g de beurre de cacahuètes à la poêle, ajouter 20 cl de lait de coco et mélanger. Ajouter 400 g de blanc de poulet en gros dés + 4 tomates en petits dés + 1 c. à c. d'ail semoule. Cuire à couvert et à feu doux 20 mn. Servir avec 250 g de boulgour cuit selon les instructions du paquet.

Mélanger 600 g de betteraves cuites sous vide en dés + 200 g de cœurs de palmiers en rondelles + 1 avocat en dés + 2 oranges en quartiers + 1 oignon rouge émincé + 2 tomates en dés + 200 g de maïs + 1 sauce (1 c. à s. de : moutarde, vinaigre balsamique, huile d'olive, ciboulette, persil). Ajouter 4 œufs durs coupés en 2 et servir avec 4 tranches de pain complet + 120 g d'emmental.

Napper 500 g de pâte à pizza de 25 cl de coulis de tomates mélangé à 10 g de sucre en poudre + 1 poivron vert en cubes (précuit 5 mn au micro-ondes et poêlé 5 mn avec 1 c. à s. d'huile d'olive + 1 c. à c. de curry) + 2 tranches de jambon, 4 tranches d'ananas en conserve, 1 tomate et 125 g de mozzarella en morceaux. Enfourner 15 mn à 230 °C et servir avec 1 salade.

Poêler 5-10 mn 4 filets de cabillaud nappés de 2 c. à c. de moutarde avec 10 g de beurre. Chauffer à feu doux 5 mn 2 c. à c. de moutarde à l'ancienne + 10 cl de crème liquide + 1 jus de citron + 2 c. à c. de persil. Servir le poisson + la sauce avec 600 g de courgettes en dés (précuites 5 mn au micro-ondes) poêlées avec 1 c. à s. d'huile d'olive + 1 gousse d'ail pilée.

Sur 4 feuilles de papier sulfurisé, répartir 4 pavés de saumon + 2 boules de mozzarella en tranches alternées avec 4 tomates en tranches. Répartir 4 c. à c. d'herbes de Provence + 4 c. à c. de basilic + 1 filet d'huile d'olive. Refermer les papillotes et enfourner 30 mn à 210 °C. Servir avec 250 g de riz basmati cuit selon les instructions du paquet.

Cuire à l'eau 4 pommes de terre + 2 patates douces + 3 carottes + 2 panais + 2 rutabagas épluchés et coupés en petits morceaux. Une fois cuits, les verser dans 1 plat à gratin beurré. Ajouter 125 g de lardons grillés + 1 c. à c. de muscade + 1 béchamel. Saupoudrer de 100 g de fromage râpé (comté, gouda ou parmesan) et enfourner 30 mn à 200 °C.

Couper 3 courgettes en 2 dans le sens de la longueur. Les évider, poêler 5 mn la chair avec 2 c. à s. d'huile d'olive + 1 oignon émincé + 600 g de viande hachée + 2 c. à s. de persil. Farcir les courgettes et les mettre dans 1 plat. Y verser 1 boîte de tomates pelées + 2 c. à s. d'huile d'olive. Enfourner 40 mn à 200 °C. Servir avec 250 g de coquillettes + 60 g de fromage râpé.

Courses
Pour 4 personnes

- [ ] Poulet tendre des îles

400 g de blanc de poulet, 250 g de boulgour, 100 g de beurre de cacahuètes, 4 tomates, 20 cl de lait de coco, 1 c. à c. d'ail semoule.

- [ ] Salade colorée aux œufs durs

600 g de betteraves cuites sous vide, 200 g de cœurs de palmiers, 200 g de maïs, 2 tomates, 2 oranges, 1 avocat, 1 oignon rouge, 4 œufs, 120 g d'emmental, 4 tranches de pain complet, 1 c. à s. de : moutarde, vinaigre balsamique, huile d'olive, ciboulette, persil.

- [ ] Pizza hawaïenne

500 g de pâte à pizza, 1 poivron vert, 1 tomate, 4 tranches d'ananas en conserve, 2 tranches de jambon,125 g de mozzarella, 25 cl de coulis de tomates, 10 g de sucre en poudre, 1 c. à c. de curry, 1 c. à s. d'huile d'olive, 1 salade.

- [ ] Filets de cabillaud et courgettes grillées

4 filets de cabillaud, 600 g de courgettes, 1 citron, 1 gousse d'ail, 10 cl de crème liquide, 10 g de beurre, 2 c. à c. de moutarde à l'ancienne, 2 c. à c. de moutarde, 1 c. à s. d'huile d'olive, 2 c. à c. de persil.

- [ ] Papillotes de saumon à la mozzarella

4 pavés de saumon, 250 g de riz basmati, 2 boules de mozzarella, 4 tomates, 4 c. à c. d'herbes de Provence, 4 c. à c. de basilic, 1 filet d'huile d'olive.

- [ ] Gratin de légumes d'automne

4 pommes de terre, 2 patates douces, 3 carottes, 2 panais, 2 rutabagas, 125 g de lardons, 1 béchamel, 100 g de fromage râpé (comté, gouda ou parmesan), 1 noix de beurre, 1 c. à c. de muscade.

- [ ] Courgettes farcies et coquillettes

3 courgettes, 600 g de viande hachée, 1 boîte de tomates pelées, 1 oignon, 250 g de coquillettes, 60 g de fromage râpé, 2 c. à s. de persil, 4 c. à s. d'huile d'olive.

Et aussi

2021

SEPTEMBRE

Lundi **20**

Salade de poulet aux abricots

15 mn | 10 mn

Mardi **21**

Velouté de lentilles corail

15 mn | 30 mn

Mercredi **22**

Boulettes de crevettes à la thaïe et laitue croquante

15 mn | 5 mn

Jeudi **23**

Œufs cocotte aux tomates et poêlée forestière

10 mn | 25 mn

Vendredi **24**

Risotto de quinoa aux légumes

15 mn | 35 mn

Samedi **25**

Salade farandole aux haricots verts

15 mn | 25 mn

Dimanche **26**

Moussaka à la mozzarella

20 mn | 40 mn

14

Recettes
Pour 4 personnes

Dans 4 assiettes, répartir 100 g de mesclun + 250 g de poulet cuit effiloché + 100 g de gruyère en dés + 8 abricots secs en morceaux + 20 amandes + 250 g de tomates cerises coupées en 2 + 250 g de champignons de Paris émincés. Assaisonner avec 4 c. à s. d'huile d'olive et de vinaigre balsamique + 4 c. à c. de miel, de moutarde à l'ancienne et de persil.

Poêler 2 oignons avec 2 c. à s. d'huile d'olive. Ajouter 1 c. à c. de : miel, cumin et gingembre. Verser 300 g de lentilles corail et remuer 2 mn. Verser 50 cl d'eau + 1 bouillon cube de volaille et faire bouillir. Ajouter 3 carottes en rondelles + 20 cl de lait de coco. Cuire 20 mn à feu moyen à couvert. Mixer en ajoutant de l'eau si besoin.

Mixer 15 sec 600 g de crevettes décortiquées + 1 carotte + 3 ciboules + 2 gousses d'ail + 1 c. à s. de farine + le zeste d'1 citron vert + 2 c. à s. de coriandre + 1 c. à c. de gingembre. Faire des boulettes, les rouler dans 50 g de chapelure, les poêler 5 mn avec 2 c. à s. d'huile d'olive. Servir avec 1 pot de sauce au piment doux + 1 citron vert en quartiers + 1 laitue iceberg.

Beurrer 8 ramequins. Mettre dans chacun 1 c. à s. de crème épaisse + 2 tomates cerises coupées en deux + 20 g de jambon blanc en lanières. Ajouter délicatement 1 œuf extra-frais. Parsemer de 10 g de gruyère râpé. Cuire 10-15 mn au bain-marie dans un four préchauffé à 180 °C. Servir avec 600 g de champignons poêlés avec 15 g de beurre + 1 c. à s. de persil.

Mélanger 2 verres de quinoa + 1 bouillon cube + 3 verres d'eau froide et cuire 15 mn après ébullition. Cuire 8-10 mn au micro-ondes 2 courgettes + 2 carottes en dés. Les dorer 2 mn à la poêle avec 1 c. à s. d'huile d'olive. Ajouter 2 tomates en dés + 125 g de lardons. Après 5 mn, mélanger avec le quinoa, ajouter 4 c. à s. de mascarpone + 1 c. à s. de persil.

Cuire 600 g de haricots verts surgelés. Les mélanger refroidis avec 4 tomates en cubes + ½ laitue émincée + 1 boîte de maïs + 200 g de dés de jambon + 2 œufs durs coupés en 4 + 100 g de mimolette en dés. Ajouter 1 sauce (1 échalote émincée + 2 c. à s. de vinaigre + 4 c. à s. d'huile de noix + 1 c. à s. de moutarde à l'ancienne + 2 c. à s. de ciboulette).

Poêler 6 aubergines en tranches (passées 10 mn au micro-ondes) avec 3 c. à s. d'huile d'olive. Poêler 2 oignons émincés + 40 cl de coulis de tomates + 600 g d'agneau (ou de bœuf) haché + 1 c. à s. de basilic + 1 c. à c. de cannelle. Dans 1 plat, alterner des couches d'aubergines et de viande et terminer par 50 g de mozzarella + 50 g de gruyère râpé. Enfourner 20 mn à 210 °C.

Courses
Pour 4 personnes

- [ ] **Salade de poulet aux abricots**

250 g de poulet, 100 g de mesclun, 8 abricots secs, 20 amandes, 250 g de tomates cerises, 250 g de champignons de Paris, 100 g de gruyère, 4 c. à c. de : miel, moutarde à l'ancienne et persil, 4 c. à s. de : vinaigre balsamique et huile d'olive.

- [ ] **Velouté de lentilles corail**

300 g de lentilles corail, 3 carottes, 2 oignons, 20 cl de lait de coco, 1 bouillon cube de volaille, 1 c. à c. de gingembre, 1 c. à c. de cumin, 1 c. à c. de miel, 2 c. à s. d'huile d'olive.

- [ ] **Boulettes de crevettes à la thaïe et laitue croquante**

600 g de crevettes décortiquées, 3 ciboules, 1 carotte, 2 gousses d'ail, 1 citron vert, 1 laitue iceberg, 50 g de chapelure, 1 c. à s. de farine, 1 pot de sauce au piment doux, 2 c. à s. de coriandre, 1 c. à c. de gingembre, 2 c. à s. d'huile d'olive.

- [ ] **Œufs cocotte aux tomates et poêlée forestière**

8 œufs extra-frais, 16 tomates cerises, 600 g de champignons, 160 g de jambon blanc, 8 c. à s. de crème épaisse, 80 g de gruyère râpé, 30 g de beurre, 1 c. à s. de persil.

- [ ] **Risotto de quinoa aux légumes**

2 verres de quinoa, 2 courgettes, 2 carottes, 2 tomates, 125 g de lardons, 1 bouillon cube, 4 c. à s. de mascarpone, 1 c. à s. de persil, 1 c. à s. d'huile d'olive.

- [ ] **Salade farandole aux haricots verts**

600 g de haricots verts surgelés, 4 tomates, ½ laitue, 1 échalote, 1 boîte de maïs, 200 g de dés de jambon, 2 œufs, 100 g de mimolette, 2 c. à s. de ciboulette, 1 c. à s. de moutarde à l'ancienne, 2 c. à s. de vinaigre, 4 c. à s. d'huile de noix.

- [ ] **Moussaka à la mozzarella**

600 g d'agneau (ou de bœuf) haché, 6 aubergines, 2 oignons, 50 g de mozzarella, 50 g de gruyère râpé, 40 cl de coulis de tomates, 3 c. à s. d'huile d'olive, 1 c. à s. de basilic, 1 c. à c. de cannelle.

15

Et aussi

SEPT./OCT.

Lundi 27
Coquillettes au coulis de poivrons
15 mn – 35 mn

Mardi 28
Magrets de canard aux figues et aux tomates cerises
10 mn – 10 mn

Mercredi 29
Wraps nordiques
15 mn – 5 mn

Jeudi 30
Frittata aux 2 patates
15 mn – 40 mn

Vendredi 1
Gratin de blettes au cantal
15 mn – 45 mn

Samedi 2
Poulet rôti à l'ail et aux haricots verts
15 mn – 1 h 30

Dimanche 3
Curry de poisson blanc
15 mn – 35 mn

Recettes

Pour 4 personnes

Poêler 1 oignon émincé + 3 poivrons rouges épépinés et coupés en cubes avec 2 c. à s. d'huile d'olive. Ajouter 2 tomates en cubes + 1 gousse d'ail pilée + 2 c. à s. d'herbes de Provence. Cuire à feu doux 20 mn. Mixer. Mélanger avec 350 g de coquillettes cuites et servir avec 80 g de parmesan.

Poêler 6 mn côté peau et 4 mn côté chair 600 g de magrets de canard. Retirer du feu, couvrir, attendre 5 mn et les couper en fines tranches. Les répartir sur 4 assiettes avec 100 g de mâche + 6 figues fraîches coupées en 4 + 250 g de tomates cerises coupées en 2. Assaisonner de 2 c. à s. de vinaigre balsamique + 3 c. à s. d'huile d'olive + 1 c. à c. de miel et de moutarde.

Mélanger 250 g de fromage frais + 3 c. à s. de crème épaisse + 3 c. à s. de ciboulette + 1 c. à s. d'aneth + 1 pomme verte coupée en mini-dés. En tartiner 6 tortillas de blé poêlées à sec et y répartir 6 tranches de saumon fumé + le jus d'½ citron + 1 concombre épépiné et coupé en lanières. Enrouler, couper en 2 et servir avec 1 salade.

Cuire à l'eau 15 mn 200 g de patates douces + 200 g de pommes de terre. Les couper en dés et les poêler 10 mn avec 2 c. à s. d'huile d'olive. Battre 6 œufs + 10 cl de lait + 2 c. à s. de ciboulette et verser avec les patates. Cuire comme 1 omelette. Saupoudrer de 50 g de parmesan râpé + 50 g de gruyère râpé et griller 5 mn au four. Servir avec 1 salade verte.

Cuire à la vapeur 1 kg de blettes (5-8 mn) et 400 g de pommes de terre (10-15 mn). Les égoutter et les couper en morceaux. Les disposer dans un plat beurré, ajouter 4 tranches de jambon blanc émincé, puis verser 1 béchamel à la muscade. Recouvrir de 150 g de cantal râpé. Enfourner 20 mn à 200 °C, jusqu'à ce que le dessus soit doré.

Séparer les gousses de 4 têtes d'ail en gardant la peau. Enduire 1 poulet de 1,5 kg de 60 g de beurre mou. Étaler sur la peau 1 mélange de 2 c. à c. de fleur de sel et de poivre noir + 2 c. à s. de thym. Dans 1 plat, répartir les gousses d'ail dans et autour du poulet. Enfourner à 200 °C env. 1 h 20. Arroser régulièrement avec de l'eau. Servir avec 600 g de haricots verts cuits.

Poêler 1 oignon émincé avec 2 c. à s. d'huile d'olive + 2 c. à c. de curry + 1 c. à c. de gingembre. Ajouter 30 cl de lait de coco + le jus d'1 citron vert, faire bouillir et baisser le feu. Après 10 mn, ajouter 700 g de filets de poisson blanc en morceaux + 1 yaourt brassé + 1 c. à s. de citronnelle. Mijoter 5-10 mn. Servir avec 300 g de riz cuit + 50 g de noix de cajou.

Courses

Pour 4 personnes

☐ **Coquillettes au coulis de poivrons**

350 g de coquillettes, 3 poivrons rouges, 2 tomates, 1 oignon, 1 gousse d'ail, 80 g de parmesan, 2 c. à s. d'herbes de Provence, 2 c. à s. d'huile d'olive.

☐ **Magrets de canard aux figues et aux tomates cerises**

600 g de magrets de canard avec la peau, 6 figues fraîches, 250 g de tomates cerises, 100 g de mâche, 1 c. à c. de miel, 1 c. à c. de moutarde, 2 c. à s. de vinaigre balsamique, 3 c. à s. d'huile d'olive.

☐ **Wraps nordiques**

6 tortillas de blé, 6 tranches de saumon fumé, 250 g de fromage frais, 3 c. à s. de crème épaisse, 1 concombre, 1 pomme verte, 1 salade, ½ citron, 3 c. à s. de ciboulette, 1 c. à s. d'aneth.

☐ **Frittata aux 2 patates**

6 œufs, 200 g de patates douces, 200 g de pommes de terre, 10 cl de lait, 50 g de parmesan râpé, 50 g de gruyère râpé, 2 c. à s. de ciboulette, 2 c. à s. d'huile d'olive, 1 salade verte.

☐ **Gratin de blettes au cantal**

1 kg de blettes, 400 g de pommes de terre, 1 béchamel à la muscade, 150 g de cantal, 4 tranches de jambon blanc, 1 noix de beurre.

☐ **Poulet rôti à l'ail et aux haricots verts**

1 poulet de 1,5 kg, 600 g de haricots verts, 4 têtes d'ail, 60 g de beurre, 2 c. à s. de thym, 2 c. à c. de fleur de sel, 2 c. à c. de poivre noir.

☐ **Curry de poisson blanc**

700 g de filets de poisson blanc, 300 g de riz, 50 g de noix de cajou, 30 cl de lait de coco, 1 yaourt brassé, 1 citron vert, 1 oignon, 2 c. à c. de curry, 1 c. à c. de gingembre, 1 c. à s. de citronnelle, 2 c. à s. d'huile d'olive.

17

Et aussi

OCTOBRE

Lundi **4**

Spaghettis carbonara aux champignons

10 mn · 25 mn

Mardi **5**

Salade de poulet au sésame

15 mn · 5 mn

Mercredi **6**

Tartines aux oignons et aux lardons

15 mn · 30 mn

Jeudi **7**

Cordons-bleus et épinards à la crème

15 mn · 30 mn

Vendredi **8**

Pâtes aux lardons et au brocoli

10 mn · 20 mn

Samedi **9**

Saumon au blé et à la crème de poivrons

20 mn · 50 mn

Dimanche **10**

Bœuf bourguignon aux panais et polenta

20 mn · 30 mn · 1 h 50

Recettes

Pour 4 personnes

Mélanger 400 g de spaghettis cuits *al dente* + 5 cl de leur eau de cuisson + 2 œufs entiers + 2 jaunes + 80 g de parmesan + 200 g de lardons (passés 1 mn dans l'eau bouillante, puis poêlés à sec) + 400 g de champignons de saison poêlés 8 mn avec 1 noix de beurre. Ajouter 20 cl de crème fleurette (facultatif) et servir très chaud.

Cuire 5 mn 200 g de pois gourmands surgelés. Les rafraîchir à l'eau froide. Mélanger avec 200 g de germes de soja + 150 g de céleri branche en tronçons + 1 poivron rouge en lanières. Ajouter 400 g de poulet cuit coupé en morceaux + 2 c. à s. de graines de sésame grillées à sec + 4 c. à s. d'huile de sésame + le jus d'½ citron vert + 1 c. à s. de sauce soja sucrée.

Poêler à sec 200 g de lardons. Réserver. Poêler 6 oignons émincés avec 2 c. à s. d'huile d'olive. Ajouter 20 g de sucre en poudre + 4 c. à s. de vinaigre balsamique. Faire compoter 15 mn. Tartiner 8 grandes tranches de pain aux noix avec 1 barquette de St Môret, ajouter les oignons + les lardons et griller 5 mn au four. Servir avec 1 salade de mesclun.

Poêler 4 escalopes de poulet avec 20 g de beurre pendant 5 mn. Les couper en 2 dans l'épaisseur et farcir avec 1 tranche de comté + 2 tranches de bacon + 1 tranche de comté. Les tremper dans 4 c. à s. de farine, puis 1 œuf battu, puis 4 c. à s. de chapelure. Enfourner dans 1 plat 15 mn à 200 °C, en retournant à mi-cuisson. Servir avec 600 g d'épinards poêlés 10 mn avec 15 cl de crème épaisse.

Cuire à l'eau 400 g de fusilli avec 1 brocoli lavé et coupé en petits morceaux. Poêler à sec 125 g de lardons (dégraissés 30 sec dans de l'eau bouillante). Une fois grillés, ajouter 20 cl de crème fraîche légère et laisser mijoter à feu doux 5 mn. Mélanger les pâtes + le brocoli + les lardons + 80 g de parmesan râpé.

Poêler 2 échalotes + 1 petit oignon émincés avec 1 c. à s. d'huile d'olive. Cuire 15 mn à la vapeur (avec 1 bouillon cube de volaille) 3 poivrons rouges lavés, épluchés et coupés. Les mixer avec les échalotes et les oignons + 15 cl de crème liquide. Servir avec 250 g de blé cuit + 4 pavés de saumon enfournés 20 mn à 180 °C avec 2 c. à s. d'huile d'olive + 1 pincée de curry.

Saisir 1 kg de bœuf pour bourguignon avec 50 g de beurre. Ajouter 2 oignons émincés + 3 carottes et 3 panais en rondelles. Verser 30 g de farine, cuire 3 mn. Verser 75 cl de vin rouge + 1 bouquet garni. Mijoter 1 h 30. Servir avec 250 g de polenta cuite 5 mn dans 1 l d'eau avec 1 bouillon cube, étalée dans 1 moule, refroidie 30 mn, coupée en frites et enfournée 10 mn à 200 °C.

Courses

Pour 4 personnes

☐ **Spaghettis carbonara aux champignons**

400 g de spaghettis, 400 g de champignons de saison, 200 g de lardons, 80 g de parmesan, 2 œufs, 2 jaunes d'œufs, 1 noix de beurre, 20 cl de crème fleurette (facultatif).

☐ **Salade de poulet au sésame**

400 g de poulet cuit, 200 g de germes de soja, 150 g de céleri branche, 200 g de pois gourmands surgelés, 1 poivron rouge, ½ citron vert, 2 c. à s. de graines de sésame, 4 c. à s. d'huile de sésame, 1 c. à s. de sauce soja sucrée.

☐ **Tartines aux oignons et aux lardons**

8 grandes tranches de pain aux noix, 6 oignons, 1 salade de mesclun, 200 g de lardons, 1 barquette de St Môret, 20 g de sucre en poudre, 4 c. à s. de vinaigre balsamique, 2 c. à s. d'huile d'olive.

☐ **Cordons-bleus et épinards à la crème**

4 escalopes de poulet, 8 tranches de bacon, 8 tranches de comté, 600 g d'épinards, 4 c. à s. de farine, 4 c. à s. de chapelure, 1 œuf, 20 g de beurre, 15 cl de crème épaisse.

☐ **Pâtes aux lardons et au brocoli**

400 g de fusilli, 1 brocoli, 125 g de lardons, 80 g de parmesan râpé, 20 cl de crème fraîche légère.

☐ **Saumon au blé et à la crème de poivrons**

4 pavés de saumon, 250 g de blé, 3 poivrons rouges, 2 échalotes, 1 petit oignon, 1 bouillon cube de volaille, 15 cl de crème liquide, 1 pincée de curry, 3 c. à s. d'huile d'olive.

☐ **Bœuf bourguignon aux panais et polenta**

1 kg de bœuf pour bourguignon, 250 g de polenta, 3 panais, 3 carottes, 2 oignons, 30 g de farine, 50 g de beurre, 75 cl de vin rouge, 1 bouillon cube, 1 bouquet garni.

Et aussi

2021

OCTOBRE

Lundi **11**

Pâtes aux 2 tomates

10 mn 30 mn

Mardi **12**

Velouté de champignons et tartines

10 mn 25 mn

Mercredi **13**

Galettes de maïs et salade d'avocats

15 mn 10 mn

Jeudi **14**

Merguez grillées et purée de petits pois

10 mn 30 mn

Vendredi **15**

Gratin de brocolis au bleu

10 mn 30 mn

Samedi **16**

Lapin rôti

15 mn 1 h 35

Dimanche **17**

Poulet au miel et salade croquante

15 mn 15 mn

20

Recettes

Pour 4 personnes

Faire rôtir 15 mn au four à 200 °C 300 g de tomates cerises coupées en 2 avec 1 c. à s. d'huile d'olive + 2 c. à s. d'herbes de Provence. Les mélanger avec 350 g de penne cuites + 20 tomates confites en morceaux. Ajouter 1 c. à s. d'huile d'olive + 2 c. à s. de basilic. Mélanger et servir avec 80 g de parmesan râpé + 40 g de pignons grillés à sec.

Poêler 2 échalotes émincées avec 20 g de beurre. Ajouter 600 g de champignons de Paris + 2 c. à c. de persil, couvrir et cuire 5 mn. Ajouter ½ l d'eau + 10 cl de lait et laisser mijoter 10 mn. Mixer avec le jus d'½ citron + 3 c. à s. de crème épaisse. Servir avec 4 tranches de pain de campagne grillées, puis tartinées de 150 g de fromage frais + 4 c. à c. de ciboulette.

Mélanger 160 g de farine + 2 c. à s. de Maïzena + 3 œufs battus. Verser 20 cl de crème épaisse + 1 pincée de muscade. Mélanger et ajouter 200 g de maïs égoutté. Former des galettes avec la pâte et poêler 1-2 mn par face avec 1 noix de beurre. Servir avec 1 salade + 50 g de noix de cajou + 2 avocats assaisonnés avec le jus d'1 citron + 2 c. à s. d'huile d'olive.

Poêler 2 échalotes émincées avec 1 noix de beurre. Ajouter 800 g de petits pois surgelés + 1 bouillon cube de volaille + 3-4 feuilles de salade et couvrir d'eau. Cuire 15 mn à feu doux. Égoutter les légumes, mixer avec 1 c. à s. de crème épaisse. Servir avec 6 merguez grillées.

Cuire 500 g de brocolis à la vapeur. Faire la béchamel avec ½ l de lait, 30 g de beurre, 40 g de farine, 1 c. à c. de muscade en poudre. Disposer les brocolis dans 1 plat à gratin et recouvrir de béchamel. Mélanger 80 g de chapelure + 100 g de bleu de Bresse + 5 cerneaux de noix réduits en poudre. Répartir sur les légumes. Enfourner 20 mn à 200 °C.

Poêler 2 oignons émincés avec 1 c. à s. d'huile d'olive. Dans 1 plat, mettre 1 lapin en morceaux + 8 pommes de terre coupées en 2 + 800 g de tomates en quartiers + les oignons + 5 c. à s. d'huile d'olive + 10 cl de vin blanc sec + 3 gousses d'ail + 1 bouquet garni + 125 g de lardons. Enfourner 1 h 30 à 200 °C. Servir avec 4 c. à s. de moutarde à l'ancienne.

Badigeonner 4 blancs de poulet d'1 c. à s. de miel et de moutarde. Poêler à feu doux 15 mn, en ajoutant 2 c. à s. de miel et de moutarde en cours de cuisson. Servir avec 2 bulbes de fenouil émincés + 3 branches de céleri coupées + 1 pomme verte en quartiers + 1 sauce (le jus d'½ citron + 3 c. à s. de crème épaisse + 60 g de mayonnaise + 1 gousse d'ail pilée).

Courses

Pour 4 personnes

☐ **Pâtes aux 2 tomates**

350 g de penne, 300 g de tomates cerises, 20 tomates confites, 40 g de pignons, 80 g de parmesan râpé, 2 c. à s. de basilic, 2 c. à s. d'herbes de Provence, 2 c. à s. d'huile d'olive.

☐ **Velouté de champignons et tartines**

600 g de champignons de Paris, 2 échalotes, ½ citron, 4 tranches de pain de campagne, 150 g de fromage frais, 10 cl de lait, 3 c. à s. de crème épaisse, 20 g de beurre, 2 c. à c. de persil, 4 c. à c. de ciboulette.

☐ **Galettes de maïs et salade d'avocats**

200 g de maïs, 2 avocats, 1 salade, 1 citron, 50 g de noix de cajou, 3 œufs, 20 cl de crème épaisse, 160 g de farine, 2 c. à s. de Maïzena, 1 noix de beurre, 1 pincée de muscade, 2 c. à s. d'huile d'olive.

☐ **Merguez grillées et purée de petits pois**

6 merguez, 800 g de petits pois surgelés, 2 échalotes, 3-4 feuilles de salade, 1 bouillon cube de volaille, 1 c. à s. de crème épaisse, 1 noix de beurre.

☐ **Gratin de brocolis au bleu**

500 g de brocolis, 100 g de bleu de Bresse, 5 cerneaux de noix, ½ l de lait, 30 g de beurre, 80 g de chapelure, 40 g de farine, 1 c. à c. de muscade en poudre.

☐ **Lapin rôti**

1 lapin, 125 g de lardons, 800 g de tomates, 8 pommes de terre, 2 oignons, 3 gousses d'ail, 1 bouquet garni, 10 cl de vin blanc sec, 6 c. à s. d'huile d'olive, 4 c. à s. de moutarde à l'ancienne.

☐ **Poulet au miel et salade croquante**

4 blancs de poulet, 2 bulbes de fenouil, 3 branches de céleri, 1 pomme verte, ½ citron, 1 gousse d'ail, 60 g de mayonnaise, 3 c. à s. de crème épaisse, 3 c. à s. de miel et de moutarde.

Et aussi

2021

OCTOBRE

Lundi

18

Gratin de macaronis aux champignons

10 mn 40 mn

Mardi

19

Salade de lentilles au saumon fumé

10 mn 20 mn

Mercredi

20

Flans de céleri et salade d'automne

15 mn 40 mn

Jeudi

21

Filets de cabillaud aux champignons des bois

5 mn 20 mn

Vendredi

22

Gratin de salsifis poêlés

10 mn 50 mn

Samedi

23

Boulettes de bœuf au basilic

15 mn 25 mn

Dimanche

24

Blanquette de porc super facile

20 mn 2 h 05

22

Recettes

Pour 4 personnes

Cuire 10 mn 200 g de champignons frais en morceaux dans 1 c. à s. d'huile d'olive. Préparer une béchamel : ½ l de lait + 30 g de beurre + 40 g de farine + 1 c. à c. de muscade en poudre. Mélanger 5 mn 300 g de macaronis *al dente* + les champignons + 1 c. à c. d'herbes de Provence. Mettre dans un plat à gratin et recouvrir de béchamel + 100 g de gruyère râpé. Enfourner 10-15 mn à 200 °C.

Cuire 20 mn 300 g de lentilles vertes dans 1 l d'eau froide. Les mélanger, égouttées et refroidies, avec 100 g de feta + 1 pomme verte en dés. Ajouter 1 sauce (2 c. à s. de vinaigre de Xérès + 2 échalotes émincées finement + 1 c. à s. de moutarde + 4 c. à s. d'huile d'olive + 2 c. à s. de ciboulette). Servir avec 4 tranches de saumon fumé en lanières.

Décongeler 600 g de purée de céleri. Ajouter 25 cl de crème épaisse + 10 cl de lait + 3 œufs battus + 50 g de parmesan râpé + 1 c. à c. de cumin. Verser le mélange dans des moules individuels et enfourner 30 mn à 180 °C. Servir tiède avec 1 salade + 50 g de noisettes + 2 tranches de jambon blanc en lanières + 1 pomme en cubes + 100 g de marrons sous vide coupés.

Décongeler 600 g de mélange de champignons au four à micro-ondes et les égoutter. Les poêler 5 mn avec 2 c. à s. d'huile d'olive + 20 g de beurre + le jus de 2 citrons + 1 c. à s. de persil + 1 c. à s. de ciboulette + 1 gousse d'ail hachée. Ajouter 4 filets de cabillaud et cuire 5 mn de chaque côté. Parsemer d'1 c. à s. de persil.

Poêler 1 oignon émincé avec 20 g de beurre. Ajouter 1 kg de salsifis en conserve. Cuire 5 mn. Verser 3 c. à s. de farine + 1 c. à c. de fond de veau et de muscade, cuire 2 mn. Verser 20 cl de crème liquide et de lait. Laisser épaissir et cuire 5 mn. Ajouter 100 g de cantal en cubes + 200 g de jambon émincé. Verser dans 1 plat, ajouter 50 g de gruyère râpé et enfourner 35 mn à 180 °C.

Mélanger 500 g de bœuf haché + 2 œufs + 3 c. à s. de parmesan + 2 c. à s. de pesto + 30 g de chapelure. Former des boulettes, les poêler 3 mn avec 2 c. à s. d'huile. Faire bouillir 2 oignons + 1 gousse d'ail émincés + 40 cl de tomates concassées et ajouter 2 c. à s. de crème liquide + les boulettes + 4 c. à s. de basilic. Laisser mijoter 3-5 mn. Servir avec 200 g de spaghettis cuits.

Poêler 1 oignon + 1 poireau émincés avec 20 g de beurre. Ajouter 1 kg de blanquette de porc + 3 c. à s. de Maïzena. Cuire 5 mn. Verser 2-3 verres d'eau + 1 bouillon cube + 4 carottes en rondelles + 20 cl de vin blanc + 1 boîte de champignons de Paris, laisser mijoter env. 1 h 45. Ajouter 20 cl de crème fraîche + le jus d'½ citron. Servir avec 200 g de riz sauvage cuit.

Courses

Pour 4 personnes

☐ **Gratin de macaronis aux champignons**

300 g de macaronis, 200 g de champignons frais, 100 g de gruyère râpé, ½ l de lait, 30 g de beurre, 40 g de farine, 1 c. à c. de muscade en poudre, 1 c. à c. d'herbes de Provence, 1 c. à s. d'huile d'olive.

☐ **Salade de lentilles au saumon fumé**

300 g de lentilles vertes, 1 pomme verte, 2 échalotes, 100 g de feta, 4 tranches de saumon fumé, 1 c. à s. de moutarde, 4 c. à s. d'huile d'olive, 2. c. à s. de vinaigre de Xérès, 2 c. à s. de ciboulette.

☐ **Flans de céleri et salade d'automne**

600 g de purée de céleri surgelée, 2 tranches de jambon blanc, 50 g de parmesan râpé, 3 œufs, 25 cl de crème épaisse, 10 cl de lait, 1 c. à c. de cumin, 1 salade, 100 g de marrons sous vide, 50 g de noisettes, 1 pomme.

☐ **Filets de cabillaud aux champignons des bois**

4 filets de cabillaud, 600 g de mélange de champignons surgelés, 2 citrons, 1 gousse d'ail, 20 g de beurre, 2 c. à s. de persil, 1 c. à s. de ciboulette, 2 c. à s. d'huile d'olive.

☐ **Gratin de salsifis poêlés**

1 kg de salsifis en conserve, 1 oignon, 200 g de jambon, 100 g de cantal, 50 g de gruyère râpé, 20 cl de crème liquide, 20 cl de lait, 3 c. à s. de farine, 1 c. à c. de fond de veau, 20 g de beurre, 1 c. à c. de muscade.

☐ **Boulettes de bœuf au basilic**

500 g de bœuf haché, 200 g de spaghettis, 40 cl de tomates concassées, 2 oignons, 1 gousse d'ail, 30 g de chapelure, 2 œufs, 3 c. à s. de parmesan, 2 c. à s. de pesto, 2 c. à s. de crème liquide, 4 c. à s. de basilic, 2 c. à s. d'huile.

☐ **Blanquette de porc super facile**

1 kg de blanquette de porc, 4 carottes, 1 poireau, 1 oignon, 1 boîte de champignons de Paris, ½ citron, 200 g de riz sauvage, 20 cl de vin blanc, 20 cl de crème fraîche, 20 g de beurre, 3 c. à s. de Maïzena, 1 bouillon cube.

Et aussi

OCTOBRE

Lundi
25
Lasagnes aux champignons et au pesto
15 mn 45 mn

Mardi
26
Velouté de légumes d'hiver et jambon cru
15 mn 35 mn

Mercredi
27
Soufflés au jambon et au comté
15 mn 45 mn

Jeudi
28
Omelette au poivron et aux champignons
10 mn 10 mn

Vendredi
29
Tarte au potiron
10 mn 35 mn

Samedi
30
Filets de limande au beurre citronné
15 mn 15 mn 35 mn

Dimanche
31
Escalopes de dinde et purée de panais
15 mn 35 mn

Recettes
Pour 4 personnes

Poêler 600 g de champignons avec 2 c. à s. d'huile d'olive + 2 c. à s. de persil + 2 gousses d'ail pilées. Laisser l'eau s'évaporer, puis mélanger avec 40 cl de béchamel + 1 pot de pesto. Dans 1 plat, étager la béchamel, 12 feuilles de lasagnes et 200 g de bacon sur 2 ou 3 couches. Saupoudrer de 50 g de parmesan et enfourner env. 35 mn à 200 °C. Servir avec 1 salade.

Cuire 25 mn dans 1 l de bouillon de volaille, 1 poireau + 1 betterave + 1 courgette + ¼ de céleri-rave coupés en morceaux. Mixer avec 2 c. à s. de crème épaisse + 2 c. à s. de persil et allonger avec l'eau de cuisson. Servir dans 4 assiettes creuses et ajouter 100 g de jambon cru poêlé et cassé en copeaux + 100 g de foie gras cru poêlé à sec.

Dans 1 casserole, chauffer à feu doux 40 g de beurre + 40 g de farine. Remuer 1 mn. Ajouter 35 cl de lait tiédi et fouetter 3-5 mn. Hors du feu, ajouter 5 jaunes d'œufs 1 à 1 + 200 g de comté râpé + 1 c. à c. de muscade + 2 tranches de jambon blanc coupées. Incorporer 5 blancs d'œufs montés en neige. Cuire dans des ramequins 35 mn au four préchauffé à 180 °C. Servir avec 1 salade.

Poêler 1 poivron coupé en cubes + 500 g de champignons de saison + 1 c. à s. de persil avec 20 g de beurre pendant 5 mn. Garder au chaud. Battre 8 œufs + 1 c. à s. de lait + 1 c. à s. de ciboulette. Verser dans la poêle et cuire 4 mn sans remuer. Étaler le mélange de champignons sur la moitié de l'omelette, saupoudrer de 50 g de comté râpé et refermer. Servir avec 1 salade.

Cuire 1 pâte brisée à blanc 10 mn à 200 °C. Battre 3 œufs, ajouter 500 g de purée de potiron + 120 g de comté râpé + 2 c. à s. de crème épaisse + 1 c. à s. de coriandre. Verser sur la pâte et enfourner env. 25 mn. Servir avec 1 salade agrémentée de 40 g de graines à salade + 200 g de dés de jambon.

Tremper 15 mn 800 g de filets de limande dans 30 cl de lait. Les rouler dans 60 g de farine, puis dans 2 œufs battus + 2 c. à s. d'eau. Poêler 3-4 mn/côté avec 2 c. à s. d'huile d'olive. Chauffer à la casserole le jus d'1 citron + les zestes + 1 bouillon cube aux herbes + 50 g de beurre. Servir avec le poisson + 8 pommes de terre vapeur + 2 c. à s. de ciboulette.

Cuire 20 mn à l'eau 1 kg de panais + 1 pomme de terre. Les réduire en purée. Ajouter 20 cl de lait entier chaud, puis 2 c. à s. d'huile d'olive + 1 c. à c. de muscade sans cesser de remuer. Poêler 4 escalopes de dinde avec 2 c. à s. d'huile d'olive. Ajouter 1 c. à c. de fond de veau + 10 cl d'eau en fin de cuisson, réduire 3-4 mn et servir avec la purée.

Courses
Pour 4 personnes

☐ **Lasagnes aux champignons et au pesto**

12 feuilles de lasagnes, 1 pot de pesto, 600 g de champignons, 2 gousses d'ail, 1 salade, 200 g de bacon, 40 cl de béchamel, 50 g de parmesan, 2 c. à s. de persil, 2 c. à s. d'huile d'olive.

☐ **Velouté de légumes d'hiver et jambon cru**

1 poireau, 1 betterave, 1 courgette, ¼ de céleri-rave, 100 g de foie gras cru, 100 g de jambon cru, 1 l de bouillon de volaille, 2 c. à s. de crème épaisse, 2 c. à s. de persil.

☐ **Soufflés au jambon et au comté**

5 œufs, 200 g de comté râpé, 2 tranches de jambon blanc, 40 g de beurre, 40 g de farine, 35 cl de lait, 1 c. à c. de muscade, 1 salade.

☐ **Omelette au poivron et aux champignons**

8 œufs, 500 g de champignons de saison, 1 poivron, 50 g de comté râpé, 1 c. à s. de lait, 20 g de beurre, 1 c. à s. de ciboulette, 1 c. à s. de persil, 1 salade.

☐ **Tarte au potiron**

1 pâte brisée, 500 g de purée de potiron, 120 g de comté râpé, 200 g de dés de jambon, 3 œufs, 2 c. à s. de crème épaisse, 1 c. à s. de coriandre, 40 g de graines à salade, 1 salade.

☐ **Filets de limande au beurre citronné**

800 g de filets de limande, 8 pommes de terre, 1 citron, 60 g de farine, 50 g de beurre, 2 œufs, 30 cl de lait, 1 bouillon cube aux herbes, 2 c. à s. de ciboulette, 2 c. à s. d'huile d'olive.

☐ **Escalopes de dinde et purée de panais**

4 escalopes de dinde, 1 kg de panais, 1 pomme de terre, 20 cl de lait entier, 1 c. à c. de fond de veau, 1 c. à c. de muscade, 4 c. à s. d'huile d'olive.

Et aussi

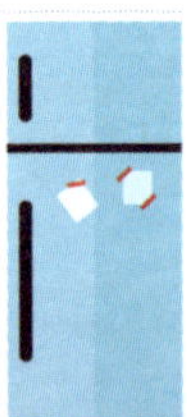

2021

NOVEMBRE

Lundi

1

Toussaint

Ravioles gratinées aux poireaux

15 mn | 25 mn

Mardi

2

Velouté de petits pois et lard grillé

10 mn | 35 mn

Mercredi

3

Pizza aux poires, aux noix et aux bleus

15 mn | 15 mn

Jeudi

4

Œufs cocotte au saumon et épinards au curry

10 mn | 30 mn

Vendredi

5

Panais rôtis et bacon croustillant

10 mn | 1 h

Samedi

6

Quenelles aux tomates et riz

10 mn | 50 mn

Dimanche

7

Chili con carne express

10 mn | 40 mn

26

Recettes

Pour 4 personnes

Cuire 5 mn à l'eau 4 poireaux lavés et coupés en tronçons. Les égoutter. Beurrer un plat à gratin et étager sur plusieurs couches 8 plaques de ravioles crues + les poireaux + 20 cl de crème liquide + 10 cl de lait + 2 c. à c. de muscade. Terminer par des ravioles parsemées de 80 g de comté râpé. Enfourner 20 mn à 180 °C et servir avec 1 salade.

Dans 1 cocotte, mettre 500 g de petits pois surgelés ou en boîte + ½ laitue lavée + 1 oignon émincé + 1 bouillon cube de volaille + 75 cl d'eau. Porter à ébullition, puis cuire 30 mn à feu doux. Rajouter 2 brins de menthe + 10 cl de crème fleurette. Mixer. Servir avec 4 tranches de lard ou 8 tranches de bacon grillées à sec + 12 cerneaux de noix concassés.

Napper 500 g de pâte à pizza de 20 cl de crème épaisse à 15 % + 100 g de gorgonzola et 100 g de roquefort émiettés + 2 poires en fines lamelles. Parsemer de 16 cerneaux de noix concassés + 1 c. à s. de thym. Enfourner 15 mn à 230 °C. Servir avec 1 roquette + 1 vinaigrette (2 c. à s. d'huile d'olive + 1 c. à s. de vinaigre balsamique + 1 c. à c. de miel).

Mettre 1 c. à s. de crème épaisse et de ricotta + 1 tranche de saumon fumé en dés dans chacun des 6 ramequins beurrés. Ajouter 1 œuf extra-frais. Cuire 10-15 mn au bain-marie dans 1 four préchauffé à 180 °C. Saupoudrer de 6 c. à c. de ciboulette. Servir avec 600 g d'épinards hachés surgelés cuits 12 mn et mélangés avec 2 c. à s. de curry + 2 c. à s. de crème épaisse.

Couper en 2 dans le sens de la longueur 1 kg de panais. Les disposer dans 1 plat à gratin, verser 2 c. à s. d'huile d'olive + 50 g de sucre roux + 1 c. à c. de muscade + 1 c. à c. de gingembre et faire cuire 50 mn à 220 °C. Déposer 12 tranches de bacon en lanières et poursuivre la cuisson 10 mn. Parsemer de 1 c. à s. de persil.

Poêler 1 oignon émincé avec 1 c. à s. d'huile d'olive. Ajouter 1 boîte de tomates pelées (800 g) + ½ boîte de concentré de tomates + 15 g de sucre + 1 c. à s. de thym + 1 boîte de champignons de Paris + 12 olives vertes coupées en 2 et cuire 5 mn. Verser dans 1 plat avec 8 quenelles et enfourner 30 mn à 200 °C. Servir avec 250 g de riz cuit avec 1 bouillon cube.

Poêler 2 oignons émincés + 1 poivron vert en cubes + 1 gousse d'ail pilée avec 2 c. à s. d'huile d'olive. Incorporer 600 g de bœuf haché. Quand la viande est cuite, ajouter 800 g de haricots rouges en boîte + 50 cl de coulis de tomates + ½ c. à c. de chili en poudre + 3 gouttes de Tabasco. Mélanger et laisser mijoter 20 mn à feu doux. Servir avec 200 g de riz.

Courses

Pour 4 personnes

☐ **Ravioles gratinées aux poireaux**

8 plaques de ravioles, 4 poireaux, 80 g de comté râpé, 20 cl de crème liquide, 10 cl de lait, 2 c. à c. de muscade, 1 noix de beurre, 1 salade.

☐ **Velouté de petits pois et lard grillé**

500 g de petits pois surgelés ou en boîte, ½ laitue, 1 oignon, 12 cerneaux de noix, 4 tranches de lard ou 8 tranches de bacon, 10 cl de crème fleurette, 2 brins de menthe, 1 bouillon cube de volaille.

☐ **Pizza aux poires, aux noix et aux bleus**

500 g de pâte à pizza, 2 poires, 16 cerneaux de noix, 100 g de gorgonzola, 100 g de roquefort, 20 cl de crème épaisse à 15 %, 1 c. à s. de thym, 1 roquette, 1 c. à c. de miel, 1 c. à s. de vinaigre balsamique, 2 c. à s. d'huile d'olive.

☐ **Œufs cocotte au saumon et épinards au curry**

6 œufs extra-frais, 6 tranches de saumon fumé, 8 c. à s. de crème épaisse, 6 c. à s. de ricotta, 600 g d'épinards hachés surgelés, 6 c. à c. de ciboulette, 2 c. à s. de curry, 6 noisettes de beurre.

☐ **Panais rôtis et bacon croustillant**

1 kg de panais, 12 tranches de bacon, 50 g de sucre roux, 2 c. à s. d'huile d'olive, 1 c. à c. de muscade, 1 c. à c. de gingembre, 1 c. à s. de persil.

☐ **Quenelles aux tomates et riz**

8 quenelles, 1 boîte de tomates pelées (800 g), 12 olives vertes, 1 boîte de champignons de Paris, 1 oignon, ½ boîte de concentré de tomates, 250 g de riz, 15 g de sucre, 1 bouillon cube, 1 c. à s. de thym, 1 c. à s. d'huile d'olive.

☐ **Chili con carne express**

600 g de bœuf haché, 800 g de haricots rouges en boîte, 1 poivron vert, 2 oignons, 1 gousse d'ail, 200 g de riz, 50 cl de coulis de tomates, 3 gouttes de Tabasco, ½ c. à c. de chili en poudre, 2 c. à s. d'huile d'olive.

Et aussi

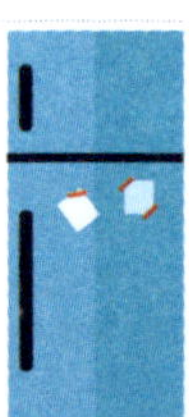

NOVEMBRE

Lundi **8**

Gnocchis au potiron

15 mn | 45 mn

Mardi **9**

Velouté blanc aux 6 épices

15 mn | 35 mn

Mercredi **10**

Galettes aux fruits de mer

10 mn | 20 mn

Jeudi **11**
Armistice de 1918

Aiguillettes de canard au poivre vert

5 mn | 45 mn

Vendredi **12**

Risotto orange

10 mn | 40 mn

Samedi **13**

Pavés de saumon à l'orange

10 mn | 40 mn

Dimanche **14**

Cuisses de lapin aux abricots secs

10 mn | 45 mn

Recettes

Pour 4 personnes

Poêler 1 oignon émincé + 1 gousse d'ail pilée avec 1 c. à s. d'huile d'olive. Ajouter 600 g de potiron en dés (cuits 20 mn à l'eau avec 1 bouillon cube) + 1 c. à s. de curry + 10 cl de vin blanc sec. Laisser mijoter 10 mn. Ajouter 10 cl de crème épaisse et un peu d'eau si besoin. Mixer et servir avec 500 g de gnocchis cuits + 125 g de lardons grillés à sec + 60 g de parmesan râpé.

Dans 1 cocotte, poêler 1 échalote et 1 oignon émincés avec 2 c. à s. d'huile d'olive. Ajouter 1 c. à c. d'ail, cumin, gingembre, coriandre, cannelle, muscade, cardamome, + 1 kg de chou-fleur en morceaux + 300 g de pommes de terre épluchées en cubes. Ajouter 1 l de bouillon de légumes, bouillir et mijoter 30 mn. Mixer avec 20 cl de crème liquide. Servir avec 4 tranches de jambon.

Poêler 1 oignon émincé avec 15 g de beurre. Ajouter 500 g de fruits de mer surgelés préalablement roulés dans 60 g de farine. Verser 3 verres d'eau + ½ sachet de court-bouillon. Faire réduire 5-10 mn. Ajouter 6 c. à s. de crème épaisse + 3 c. à s. d'aneth, mijoter 1 mn. En garnir 6 galettes de sarrasin réchauffées. Servir avec 1 salade.

Poêler 2 échalotes émincées avec 20 g de beurre. Verser 10 cl de vin blanc et faire bouillir. Verser 1 c. à s. de poivre vert + 20 cl de crème épaisse. Réduire le feu, réserver. Poêler (5 mn) 600 g d'aiguillettes de canard avec 20 g de beurre. Ajouter à la sauce et réchauffer 1 mn. Servir avec 300 g de pommes de terre + 300 g de haricots verts rissolés dans la graisse des aiguillettes.

Dans 1 cocotte, poêler 2 échalotes émincées avec 2 c. à s. d'huile d'olive. Ajouter 350 g de riz à risotto et le faire nacrer 1-2 mn + 10 cl de vin blanc et incorporer petit à petit 1,2 l de bouillon de volaille en remuant sans cesse. Au bout de 20-25 mn, incorporer 500 g de purée de potiron décongelée + 50 g de parmesan. Assaisonner de 50 g de graines de courge grillées à sec.

Poêler 4 pavés de saumon pendant 2 mn avec 1 c. à s. d'huile d'olive + 2 c. à s. de miel liquide. Enfourner 10-15 mn à 200 °C avec 4 c. à s. de marmelade d'orange + 4 c. à c. de graines de sésame. Déglacer la poêle avec 12 cl de vin blanc sec, réduire 3 mn. Verser 2 c. à s. de marmelade + le jus de 2 oranges + 12 cl de bouillon, mijoter 5 mn. Servir avec 700 g de petits pois cuits.

Poêler 1 échalote + 2 oignons émincés avec 2 c. à s. d'huile d'olive. Ajouter 4 cuisses de lapin et dorer 5 mn. Ajouter 1 boîte (800 g) de tomates pelées en morceaux + son jus + 1 c. à s. de thym. Ajouter 35 cl de bouillon de volaille. Mijoter 10 mn, ajouter 200 g d'abricots secs en dés + 35 cl de bouillon de volaille. Couvrir et mijoter 15 mn. Servir avec 250 g de semoule.

Courses

Pour 4 personnes

- [ ] Gnocchis au potiron

500 g de gnocchis, 600 g de potiron, 1 oignon, 1 gousse d'ail, 125 g de lardons, 60 g de parmesan râpé, 10 cl de crème épaisse, 10 cl de vin blanc sec, 1 bouillon cube, 1 c. à s. de curry, 1 c. à s. d'huile d'olive.

- [ ] Velouté blanc aux 6 épices

1 kg de chou-fleur, 300 g de pommes de terre, 1 échalote, 1 oignon, 4 tranches de jambon, 1 l de bouillon de légumes, 20 cl de crème liquide, 1 c. à c. de : ail, cumin, gingembre, coriandre, cannelle, muscade, cardamome, 2 c. à s. d'huile d'olive.

- [ ] Galettes aux fruits de mer

6 galettes de sarrasin, 500 g de fruits de mer surgelés, 1 oignon, 1 salade, 60 g de farine, 15 g de beurre, 6 c. à s. de crème épaisse, ½ sachet de court-bouillon, 3 c. à s. d'aneth.

- [ ] Aiguillettes de canard au poivre vert

600 g d'aiguillettes de canard, 300 g de pommes de terre, 300 g de haricots verts, 2 échalotes, 20 cl de crème épaisse, 40 g de beurre, 10 cl de vin blanc, 1 c. à s. de poivre vert.

- [ ] Risotto orange

350 g de riz à risotto, 500 g de purée de potiron surgelée, 50 g de graines de courge, 2 échalotes, 50 g de parmesan, 1,2 l de bouillon de volaille, 10 cl de vin blanc, 2 c. à s. d'huile d'olive.

- [ ] Pavés de saumon à l'orange

4 pavés de saumon, 2 oranges, 700 g de petits pois, 6 c. à s. de marmelade d'orange, 2 c. à s. de miel liquide, 12 cl de vin blanc sec, 12 cl de bouillon, 4 c. à c. de graines de sésame, 1 c. à s. d'huile d'olive.

- [ ] Cuisses de lapin aux abricots secs

4 cuisses de lapin, 200 g d'abricots secs, 2 oignons, 1 échalote, 1 boîte (800 g) de tomates pelées, 250 g de semoule, 70 cl de bouillon de volaille, 1 c. à s. de thym, 2 c. à s. d'huile d'olive.

Et aussi

NOVEMBRE

Lundi
15
Pâtes au poulet et aux tomates séchées
10 mn — 25 mn

Mardi
16
Velouté de topinambours et tartines de St Môret
15 mn — 40 mn

Mercredi
17
Couscous aux patates douces
15 mn — 45 mn

Jeudi
18
Purée de potimarron au curry et jambon de dinde
15 mn — 35 mn

Vendredi
19
Gratin de poireaux et de pommes de terre
15 mn — 40 mn

Samedi
20
Curry d'agneau aux épices douces et au lait de coco
15 mn — 1 h 45

Dimanche
21
Camembert rôti au miel et salade aux pommes
15 mn — 30 mn

30

Recettes
Pour 4 personnes

Poêler 5 mn 400 g de blancs de poulet émincés avec 1 c. à s. de l'huile d'1 pot de tomates séchées. Une fois dorés, ajouter 2 gousses d'ail pilées + 200 g de tomates séchées coupées en morceaux + 25 cl de crème liquide. Mijoter 5 mn. Ajouter 2 c. à s. de basilic + 350 g de fusilli *al dente* + 2 c. à s. de pignons grillés à sec, mélanger et servir.

Dans 1 cocotte, cuire 5 mn 600 g de topinambours coupés en dés avec la peau avec 2 c. à s. d'huile d'olive + 1 c. à c. de curry + 1 c. à c. de miel. Verser 1 l de bouillon de volaille + 1 c. à c. de bicarbonate de soude. Faire bouillir, cuire 30 mn à feu moyen. Mixer avec 15 cl de crème liquide. Servir avec 8 tranches de bacon grillées + ½ pain aux noix + 100 g de St Môret.

Poêler 1 oignon avec 1 c. à s. d'huile d'olive + 1 c. à c. de cannelle et de gingembre + 200 g de carottes en rondelles + 200 g de patates douces en cubes + 200 g de pois chiches + 1 c. à c. de concentré de tomates + 1 verre d'eau + 1 bouillon cube. Couvrir et laisser mijoter 25 mn, rajouter de l'eau si besoin. Servir avec 600 g de semoule cuite + 50 g de pignons grillés.

Cuire 30 mn 800 g de potimarron en cubes avec sa peau dans 80 cl d'eau + 20 cl de lait + 1 bouillon cube. Poêler 1 oignon émincé avec 15 g de beurre + 1 c. à c. de curry. Le mixer avec le potimarron + tout le jus de cuisson. Ajouter 40 g de gruyère râpé et servir avec 8 tranches de jambon de dinde.

Précuire 10 mn à l'eau avec 1 bouillon cube 600 g de pommes de terre + 6 blancs de poireaux. Dans 1 plat à gratin beurré, alterner les couches de pommes de terre en rondelles et de poireaux émincés. Napper d'1 béchamel mélangée à 125 g de jambon fumé en morceaux + 100 g de comté râpé et enfourner 25-30 mn à 200 °C.

Dans 1 cocotte, poêler 2 oignons émincés + 1 gousse d'ail pilée avec 1 c. à s. d'huile d'olive. Ajouter 1 c. à c. de gingembre, curry, muscade, cumin, cannelle, paprika + 50 g de raisins secs. Verser 30 cl de lait de coco + 2 c. à s. de concentré de tomates + 800 g d'agneau en morceaux. Cuire 1 h 30 à feu très doux. Servir avec 200 g de riz + 1 c. à c. de coriandre.

Entailler 3-4 fois 4 petits camemberts. Insérer 60 g de cerneaux de noix. Les replacer dans leur boîte avec 1 papier sulfurisé. Napper de 4 c. à s. de miel liquide + 2 c. à s. de romarin. Enfourner 20 mn à 180 °C. Servir avec 1 mâche + 125 g de lardons grillés à sec + 3 pommes émincées (poêlées 5 mn avec 10 g de beurre, puis déglacées avec 4 c. à s. de cidre) + 4 tranches de pain.

Courses
Pour 4 personnes

- [ ] **Pâtes au poulet et aux tomates séchées**

350 g de fusilli, 400 g de blancs de poulet, 200 g de tomates séchées à l'huile, 2 gousses d'ail, 25 cl de crème liquide, 2 c. à s. de basilic, 2 c. à s. de pignons.

- [ ] **Velouté de topinambours et tartines de St Môret**

600 g de topinambours, ½ pain aux noix, 100 g de St Môret, 8 tranches de bacon, 15 cl de crème liquide, 1 c. à c. de miel, 1 l de bouillon de volaille, 1 c. à c. de bicarbonate de soude et de curry, 2 c. à s. d'huile d'olive.

- [ ] **Couscous aux patates douces**

600 g de semoule, 200 g de patates douces, 200 g de carottes, 200 g de pois chiches, 1 oignon, 50 g de pignons, 1 c. à c. de concentré de tomates, 1 bouillon cube, 1 c. à c. de cannelle et de gingembre, 1 c. à s. d'huile d'olive.

- [ ] **Purée de potimarron au curry et jambon de dinde**

800 g de potimarron, 1 oignon, 40 g de gruyère râpé, 8 tranches de jambon de dinde, 20 cl de lait, 15 g de beurre, 1 bouillon cube, 1 c. à c. de curry.

- [ ] **Gratin de poireaux et de pommes de terre**

6 blancs de poireaux, 600 g de pommes de terre, 125 g de jambon fumé, 100 g de comté râpé, 1 bouillon cube, 1 béchamel, 1 noix de beurre.

- [ ] **Curry d'agneau aux épices douces et au lait de coco**

800 g d'agneau, 30 cl de lait de coco, 2 c. à s. de concentré de tomates, 2 oignons, 1 gousse d'ail, 50 g de raisins secs, 200 g de riz, 1 c. à c. de : coriandre, gingembre, curry, muscade, cumin, cannelle, paprika, 1 c. à s. d'huile d'olive.

- [ ] **Camembert rôti au miel et salade aux pommes**

4 petits camemberts, 3 pommes, 1 mâche, 60 g de cerneaux de noix, 125 g de lardons, 4 tranches de pain, 10 g de beurre, 4 c. à s. de miel liquide, 4 c. à s. de cidre, 2 c. à s. de romarin.

Et aussi

NOVEMBRE

Lundi **22**

Lasagnes aux endives et au jambon fumé

15 mn — 1 h

Mardi **23**

Salade de betteraves, de haricots et de pommes de terre

15 mn — 20 mn

Mercredi **24**

Tarte au thon et à la moutarde

15 mn — 35 mn

Jeudi **25**

Flans de potiron et salade au bacon

10 mn — 1 h 05

Vendredi **26**

Moules en gratin aux artichauts

5 mn — 35 mn

Samedi **27**

Foie de veau au vinaigre et tagliatelles fraîches

5 mn — 20 mn

Dimanche **28**

Hamburgers et trio de frites orange

25 mn — 55 mn

Recettes
Pour 4 personnes

Poêler 20 mn 2 oignons et 4 endives émincés + 1 c. à s. de paprika avec 1 c. à s. d'huile d'olive. Bouillir 40 cl de lait + 2 c. à s. de Maïzena + 2 bouillons cubes. Baisser le feu et mélanger jusqu'à épaississement. Étager 12 feuilles de lasagnes + les endives + 150 g de jambon fumé + 100 g de gorgonzola + 100 g de gruyère râpé. Enfourner 35 mn à 210 °C.

Cuire 20 mn à l'eau 400 g de pommes de terre épluchées et de haricots verts surgelés. Mélanger les pommes de terre, 400 g de betteraves cuites et 12 cornichons en rondelles avec les haricots + 4 c. à s. d'huile d'olive et de vinaigre balsamique + 1 c. à s. de moutarde à l'ancienne + 2 c. à s. de ciboulette. Servir avec 4 tranches de blanc de dinde.

Précuire 5 mn à 180 °C 1 pâte feuilletée badigeonnée de 4 c. à s. de moutarde. Mélanger 2 œufs battus + 20 cl de crème épaisse + 1 boîte de thon à la tomate + 1 boîte de thon au naturel + 1 c. à s. de moutarde. Verser sur la pâte et enfourner 30 mn à 200 °C. Servir avec 1 salade.

Cuire à l'eau 30 mn 600 g de potiron en cubes surgelé et le réduire en purée. Ajouter 25 cl de crème épaisse + 10 cl de lait + 3 œufs battus + 50 g de comté râpé + 1 c. à c. de muscade. Verser dans des moules individuels et enfourner 30 mn à 180 °C. Servir tiède avec 1 salade avec 50 g de noix + 8 tranches de bacon poêlées à sec.

Poêler 500 g de moules décongelées avec 1 c. à s. d'huile d'olive. Ajouter 1 c. à s. de persil + 1 c. à c. de curry + 20 cl de lait de coco, laisser mijoter 1 mn à feu doux. Dans 1 plat, placer 8 fonds d'artichauts décongelés, puis les moules. Saupoudrer de 80 g de gruyère râpé, enfourner 15 mn à 180 °C. Servir avec 250 g de blé cuit.

Poêler 8 échalotes avec 2 c. à s. d'huile d'olive. Réserver. Poêler 4 tranches de foie de veau avec 2 noix de beurre. Saisir les foies 2 mn/face. Réduire le feu, déglacer la poêle avec 4-6 c. à s. de vinaigre de cidre ou balsamique + 1 c. à c. de fond de veau, puis remettre les échalotes. Servir avec 500 g de tagliatelles fraîches cuites selon les instructions du paquet.

Napper 4 pains à burgers coupés en 2 de 4 c. à c. de moutarde + 4 c. à s. de ketchup. Garnir avec 4 feuilles de salade + 2 tomates en rondelles + 4 steaks hachés saisis + 4 tranches de cheddar fondu + 1 oignon en rondelles poêlé avec 1 c. à s. d'huile. Servir avec 3 carottes, 3 patates douces et 300 g de potiron coupés en frites et cuits 40 mn à 180 °C avec 2 c. à s. d'huile d'olive.

Courses
Pour 4 personnes

☐ **Lasagnes aux endives et au jambon fumé**

12 feuilles de lasagnes, 4 endives, 2 oignons, 150 g de jambon fumé, 100 g de gorgonzola, 100 g de gruyère râpé, 40 cl de lait, 2 c. à s. de Maïzena, 2 bouillons cubes, 1 c. à s. de paprika, 1 c. à s. d'huile d'olive.

☐ **Salade de betteraves, de haricots et de pommes de terre**

400 g de pommes de terre, de betteraves cuites et de haricots verts surgelés, 4 tranches de blanc de dinde, 12 cornichons, 2 c. à s.de ciboulette, 1 c. à s. de moutarde à l'ancienne, 4 c. à s. d'huile d'olive et de vinaigre balsamique.

☐ **Tarte au thon et à la moutarde**

1 pâte feuilletée, 1 boîte de thon à la tomate, 1 boîte de thon au naturel, 1 salade, 2 œufs, 20 cl de crème épaisse, 5 c. à s. de moutarde.

☐ **Flans de potiron et salade au bacon**

600 g de potiron en cubes surgelé, 1 salade, 3 œufs, 8 tranches de bacon, 25 cl de crème épaisse, 10 cl de lait, 50 g de comté râpé, 1 c. à c. de muscade, 50 g de noix.

☐ **Moules en gratin aux artichauts**

500 g de moules surgelées, 8 fonds d'artichauts surgelés, 250 g de blé, 80 g de gruyère râpé, 20 cl de lait de coco, 1 c. à c. de curry, 1 c. à s. de persil, 1 c. à s. d'huile d'olive.

☐ **Foie de veau au vinaigre et tagliatelles fraîches**

4 tranches de foie de veau, 500 g de tagliatelles fraîches, 8 échalotes, 1 c. à c. de fond de veau, 2 noix de beurre, 2 c. à s. d'huile d'olive, 4-6 c. à s. de vinaigre de cidre ou balsamique.

☐ **Hamburgers et trio de frites orange**

4 pains à burgers, 4 steaks hachés, 3 carottes, 3 patates douces, 300 g de potiron, 2 tomates, 1 oignon, 4 feuilles de salade, 4 tranches de cheddar, 4 c. à c. de moutarde, 4 c. à s. de ketchup, 3 c. à s. d'huile d'olive.

Et aussi

2021 NOV./DÉC.

Lundi 29 — Gratin de coquillettes au jambon et aux champignons
10 mn — 40 mn

Mardi 30 — Soupe aux choux et aux lardons
10 mn — 40 mn

Mercredi 1 — Wraps de poulet à la mimolette
20 mn

Jeudi 2 — Chipolatas et crème de lentilles
15 mn — 40 mn

Vendredi 3 — Roulés de jambon aux épinards
10 mn — 10 mn

Samedi 4 — Tournedos au Boursin
10 mn — 25 mn

Dimanche 5 — Papillotes de truite aux carottes
15 mn — 50 mn

34

Recettes
Pour 4 personnes

Poêler 1 oignon émincé avec 1 c. à s. d'huile d'olive. Ajouter 600 g de mélange de champignons décongelés + 1 c. à s. de persil, cuire 5 mn. Mettre dans 1 plat avec 300 g de coquillettes précuites. Ajouter 2 œufs battus + 10 cl de crème fleurette + 30 cl de lait. Parsemer de 4 tranches de jambon fumé en morceaux + 100 g de gruyère râpé. Enfourner 15-20 mn à 200 °C.

Dans 1 cocotte, poêler 2 oignons émincés avec 2 c. à s. d'huile d'olive. Ajouter 150 g de lardons fumés + 350 g de choux de Bruxelles en morceaux. Faire revenir 3-4 mn. Ajouter 200 g de poireaux émincés, puis 1 c. à c. de gingembre + 1,2 l de bouillon de volaille. Cuire 25-30 mn. Servir avec 100 g de copeaux de parmesan + 1 sachet de croûtons.

Mélanger 4 carottes râpées + 4 c. à c. de raisins secs + 200 g de poulet grillé en morceaux + 150 g de mimolette en copeaux. Assaisonner avec le jus de 2 citrons verts + 4 c. à c. d'huile de sésame et de sauce soja + 6 c. à c. de coriandre + 2 c. à c. de miel. En garnir 6 tortillas de blé. Servir avec 1 mâche parsemée de 2 c. à s. de graines de sésame.

Cuire à l'eau 25-30 mn 300 g de lentilles vertes + 1 échalote émincée + 1 carotte en rondelles + 1 c. à s. d'herbes de Provence. Mixer les légumes cuits avec une partie de leur eau de cuisson pour obtenir 1 purée. Incorporer 15 cl de crème épaisse et servir chaud avec 8 chipolatas grillées.

Poêler 2 échalotes émincées avec 20 g de beurre. Ajouter 600 g d'épinards hachés + 1 c. à s. de crème épaisse + 1 c. à c. de curry et cuire 5 mn. Farcir 4 tranches de jambon blanc avec les épinards, puis les rouler. Dresser le reste des épinards dans 4 assiettes, y déposer les roulés nappés de 20 cl de coulis de tomates réchauffé et saupoudrés de 2 c. à s. de persil.

Dans 1 casserole, faire fondre 4 c. à c. de fond de veau avec 1 petite tasse d'eau. Mélanger avec 1 Boursin jusqu'à ce qu'il soit fondu. Ajouter 20 cl de crème fleurette (entière ou allégée) et réserver. Poêler 4 tournedos de bœuf avec 1 noix de beurre. Servir avec la sauce et 600 g de haricots verts cuits 15 mn à la vapeur.

Poêler 2 échalotes émincées + 1 noix de beurre + 4 carottes en rondelles (précuites 8 mn au micro-ondes). Les mettre sur 4 feuilles d'aluminium. Ajouter 4 filets de truite + le jus d'1 citron + 4 c. à s. de vin blanc + 4 c. à c. d'huile d'olive et d'aneth + 150 g d'amandes effilées poêlées avec 1 noix de beurre. Enfourner 25 mn à 200 °C. Servir avec 250 g de riz sauvage.

Courses
Pour 4 personnes

☐ **Gratin de coquillettes au jambon et aux champignons**

300 g de coquillettes, 4 tranches de jambon fumé, 600 g de mélange de champignons surgelés, 1 oignon, 100 g de gruyère râpé, 2 œufs, 30 cl de lait, 10 cl de crème fleurette, 1 c. à s. de persil, 1 c. à s. d'huile d'olive.

☐ **Soupe aux choux et aux lardons**

150 g de lardons fumés, 350 g de choux de Bruxelles, 200 g de poireaux, 2 oignons, 100 g de copeaux de parmesan, 1 sachet de croûtons, 1,2 l de bouillon de volaille, 1 c. à c. de gingembre, 2 c. à s. d'huile d'olive.

☐ **Wraps de poulet à la mimolette**

6 tortillas de blé, 200 g de poulet grillé, 150 g de mimolette, 4 carottes, 2 citrons verts, 1 mâche, 4 c. à c. de raisins secs, 6 c. à c. de coriandre, 2 c. à s. de graines de sésame, 4 c. à c. d'huile de sésame et de sauce soja, 2 c. à c. de miel.

☐ **Chipolatas et crème de lentilles**

8 chipolatas, 300 g de lentilles vertes, 1 carotte, 1 échalote, 15 cl de crème épaisse, 1 c. à s. d'herbes de Provence.

☐ **Roulés de jambon aux épinards**

4 tranches de jambon blanc, 600 g d'épinards hachés, 2 échalotes, 20 cl de coulis de tomates, 20 g de beurre, 1 c. à s. de crème épaisse, 1 c. à c. de curry, 2 c. à s. de persil.

☐ **Tournedos au Boursin**

4 tournedos de bœuf, 1 Boursin, 600 g de haricots verts, 20 cl de crème fleurette (entière ou allégée), 4 c. à c. de fond de veau, 1 noix de beurre.

☐ **Papillotes de truite aux carottes**

4 filets de truite, 4 carottes, 150 g d'amandes effilées, 1 citron, 2 échalotes, 250 g de riz sauvage, 4 c. à s. de vin blanc, 4 c. à c. d'aneth, 2 noix de beurre, 4 c. à c. d'huile d'olive.

Et aussi

DÉCEMBRE

Lundi **6**

Pâtes au citron

10 mn | 15 mn

Mardi **7**

Soupe au poulet et aux patates douces

15 mn | 30 mn

Mercredi **8**

Pizza Margherita

10 mn | 35 mn

Jeudi **9**

Poissons panés maison et mousse de céleri

15 mn | 20 mn

Vendredi **10**

Nage de poisson et crevettes

15 mn | 25 mn

Samedi **11**

Porc aux nouilles et aux légumes sautés

20 mn | 55 mn

Dimanche **12**

Gratin de topinambours à la mimolette

25 mn | 35 mn

Recettes
Pour 4 personnes

Faire fondre à feu doux 50 g de beurre demi-sel. Augmenter le feu et ajouter 40 cl de crème fleurette, puis les zestes de 3 citrons non traités ou bio. Faire bouillir 2-3 mn jusqu'à ce que la crème épaississe. Mélanger avec 400 g de linguine fraîches cuites et servir aussitôt avec 1 c. à s. de basilic (facultatif) + 100 g de parmesan râpé.

Dans 1 sauteuse, poêler 1 oignon émincé + 2 gousses d'ail pilées avec 2 c. à s. d'huile d'olive + 1 c. à c. de curry + 1 c. à c. de gingembre. Ajouter 2 blancs de poulet émincés + 500 g de patates douces épluchées en dés. Dorer 3 mn. Ajouter 40 cl de lait de coco + 1 l de bouillon de volaille. Couvrir et cuire 20-25 mn. Mixer et servir avec 2 c. à s. de coriandre.

Poêler 20 mn 800 g de tomates pelées + 2 oignons émincés + 1 gousse d'ail pilée + 2 brins de basilic frais avec 1 c. à s. d'huile d'olive. En napper 500 g de pâte à pizza et ajouter 250 g de mozzarella *di bufala* en tranches + 2 c. à s. de parmesan + 1 brin d'origan. Enfourner 15 mn à 230 °C. Ajouter 1 brin de basilic et 1 c. à s. d'huile d'olive et servir avec 1 roquette.

Tremper 4 × 200 g de filets de merlan dans 2 c. à s. de farine, puis dans 2 œufs battus et dans 150 g de chapelure (mélangée avec 2 c. à s. de persil + 1 c. à s. d'aneth + le zeste d'1 citron). Les poêler avec 50 g de beurre et cuire jusqu'à ce que la panure dore. Servir avec le jus du citron + 600 g de purée de céleri cuite mélangée avec 4 c. à s. de crème épaisse.

Poêler 1 oignon émincé avec 1 c. à s. d'huile neutre. Ajouter 500 g de poisson blanc en morceaux + 1 c. à c. de citronnelle et de gingembre + 200 g de crevettes roses décortiquées. Cuire 4-5 mn. Déglacer avec le jus d'1 citron vert, ajouter 30 cl de lait de coco + 1 poignée de coriandre, laisser mijoter 5 mn. Servir avec 250 g de riz blanc cuit.

Poêler 5 mn 800 g d'échine de porc + 2 oignons émincés + 1 c. à s. de paprika avec 2 c. à s. d'huile d'olive. Ajouter 1 poivron en cubes + 2 carottes en rondelles + 100 g de haricots plats + 100 g de germes de soja + 2 c. à s. de sauce soja + 20 cl de coulis de tomates + 10 g de sucre. Couvrir et mijoter 40 mn. Ajouter 300 g de nouilles chinoises cuites et cuire 5 mn.

Cuire 10-15 mn à l'eau 1 kg de topinambours + 1 pincée de bicarbonate de soude. Les mettre, pelés et coupés en rondelles, dans 1 plat à gratin. Mélanger 2 œufs battus + 10 cl de lait + 15 cl de crème liquide + 2 c. à c. de muscade + 1 pincée de paprika. Verser sur les légumes, parsemer de 100 g de mimolette râpée et enfourner 20 mn à 180 °C.

Courses
Pour 4 personnes

- [ ] **Pâtes au citron**

400 g de linguine fraîches, 3 citrons non traités ou bio, 100 g de parmesan râpé, 50 g de beurre demi-sel, 40 cl de crème fleurette, 1 c. à s. de basilic (facultatif).

- [ ] **Soupe au poulet et aux patates douces**

2 blancs de poulet, 500 g de patates douces, 1 oignon, 2 gousses d'ail, 40 cl de lait de coco, 1 l de bouillon de volaille, 1 c. à c. de curry, 1 c. à c. de gingembre, 2 c. à s. de coriandre, 2 c. à s. d'huile d'olive.

- [ ] **Pizza Margherita**

500 g de pâte à pizza, 800 g de tomates pelées, 250 g de mozzarella *di bufala*, 2 c. à s. de parmesan, 1 roquette, 2 oignons, 1 gousse d'ail, 1 brin d'origan, 3 brins de basilic frais, 2 c. à s. d'huile d'olive.

- [ ] **Poissons panés maison et mousse de céleri**

4 × 200 g de filets de merlan, 150 g de chapelure, 600 g de purée de céleri, 1 citron, 50 g de beurre, 2 œufs, 4 c. à s. de crème épaisse, 2 c. à s. de farine, 2 c. à s. de persil, 1 c. à s. d'aneth.

- [ ] **Nage de poisson et crevettes**

500 g de poisson blanc, 200 g de crevettes roses décortiquées, 30 cl de lait de coco, 1 oignon, 1 citron vert, 250 g de riz blanc, 1 poignée de coriandre, 1 c. à c. de citronnelle et de gingembre, 1 c. à s. d'huile neutre.

- [ ] **Porc aux nouilles et aux légumes sautés**

800 g d'échine de porc, 300 g de nouilles chinoises, 2 carottes, 2 oignons, 1 poivron, 100 g de haricots plats, 100 g de germes de soja, 10 g de sucre, 20 cl de coulis de tomates, 2 c. à s. de sauce soja, 1 c. à s. de paprika, 2 c. à s. d'huile d'olive.

- [ ] **Gratin de topinambours à la mimolette**

1 kg de topinambours, 100 g de mimolette, 2 œufs, 15 cl de crème liquide, 10 cl de lait, 2 c. à c. de muscade, 1 pincée de paprika, 1 pincée de bicarbonate de soude.

Et aussi

2021 DÉCEMBRE

Lundi 13
Lasagnes aux 2 saumons, aux épinards et au chèvre
15 mn — 35 mn

Mardi 14
Salade d'endives aux pommes et au saumon fumé
15 mn

Mercredi 15
Croque-madame à l'ancienne
10 mn — 10 mn

Jeudi 16
Escalopes de dinde et sauce à l'estragon
10 mn — 25 mn

Vendredi 17
Galettes de quinoa aux légumes
15 mn — 55 mn

Samedi 18
Lapin aux pruneaux
10 mn — 1 h 20

Dimanche 19
Steaks et purée de potiron
25 mn — 50 mn

Recettes
Pour 4 personnes

Mélanger 250 g de ricotta + 25 cl de crème épaisse + 450 g d'épinards décongelés + 1 c. à c. d'ail déshydraté + 3 c. à s. d'huile d'olive. Étager sur 2-3 couches ce mélange, 12 feuilles de lasagnes, 200 g de saumon fumé et 200 g de saumon frais en lanières. Ajouter 100 g de chèvre frais émietté + 50 g de parmesan. Enfourner 35 mn à 200 °C.

Mélanger 6 endives en fines lamelles + 2 pommes épluchées et 100 g d'emmental en dés + 20 cerneaux de noix concassés + 200 g de saumon fumé en lanières. Ajouter la sauce : 1 c. à s. de vinaigre balsamique et de miel + 1 c. à c. de moutarde + 6 c. à s. d'huile d'olive et parsemer de 1 c. à s. de ciboulette.

Garnir 8 tranches de pain de mie aux céréales de 4 c. à s. de moutarde à l'ancienne + 4 tranches de jambon au torchon + 80 g de gruyère râpé + 4 abricots secs en morceaux. Cuire 4 œufs au plat avec 20 g de beurre demi-sel. Réserver. Dans la même poêle, dorer les croque 1-2 mn/côté, déposer 1 œuf au plat sur chacun et servir avec 1 mâche.

Poêler rapidement 4 escalopes de dinde avec 30 g de beurre. Mélanger 20 cl de crème épaisse + 1 c. à c. de moutarde + ½ jus de citron + 2 c. à s. d'estragon et verser sur les escalopes. Laisser mijoter 15 mn à feu doux. Servir sans attendre avec 350 g de tagliatelles fraîches cuites.

Cuire 200 g de quinoa 20 mn à l'eau avec 1 bouillon cube. Poêler 15 mn 2 échalotes et 2 poireaux émincés + 2 carottes râpées + 15 g de beurre + 1 c. à s. de sucre + 1 c. à c. de curry. Mélanger avec 2 œufs battus + le quinoa + 10 cl de crème épaisse + 40 g de gruyère râpé + 2 c. à s. de farine. Répartir dans des moules en silicone et enfourner 20 mn à 200 °C.

Dans 1 cocotte, faire dorer 1 lapin en morceaux avec 40 g de beurre. Réserver. Poêler 5 mn 250 g de champignons + 2 oignons émincés + 200 g de lardons. Ajouter 3 c. à s. de moutarde forte + 2 c. à s. de farine + 40 cl de cidre. Remettre le lapin + 250 g de pruneaux + un peu d'eau, baisser le feu et cuire 1 h. Servir avec 250 g de coquillettes cuites avec 1 bouillon cube.

Faire fondre 40 g de beurre dans une sauteuse. Ajouter 1 kg de potiron épluché et coupé en cubes + 1 pincée de muscade. Cuire à feu doux à couvert 30 mn, puis 10 mn à découvert. Écraser à la fourchette. Servir avec 4 steaks poêlés avec 10 g de beurre.

Courses
Pour 4 personnes

☐ **Lasagnes aux 2 saumons, aux épinards et au chèvre**

12 feuilles de lasagnes, 200 g de saumon frais, 200 g de saumon fumé, 450 g d'épinards surgelés, 100 g de chèvre frais, 250 g de ricotta, 50 g de parmesan, 25 cl de crème épaisse, 1 c. à c. d'ail déshydraté, 3 c. à s. d'huile d'olive.

☐ **Salade d'endives aux pommes et au saumon fumé**

6 endives, 2 pommes, 200 g de saumon fumé, 20 cerneaux de noix, 100 g d'emmental, 1 c. à s. de ciboulette, 1 c. à s. de vinaigre balsamique et de miel, 1 c. à c. de moutarde, 6 c. à s. d'huile d'olive.

☐ **Croque-madame à l'ancienne**

8 tranches de pain de mie aux céréales, 4 tranches de jambon au torchon, 80 g de gruyère râpé, 4 abricots secs, 1 mâche, 4 œufs, 4 c. à s. de moutarde à l'ancienne, 20 g de beurre demi-sel.

☐ **Escalopes de dinde et sauce à l'estragon**

4 escalopes de dinde, 350 g de tagliatelles fraîches, ½ citron, 30 g de beurre, 20 cl de crème épaisse, 1 c. à c. de moutarde, 2 c. à s. d'estragon.

☐ **Galettes de quinoa aux légumes**

200 g de quinoa, 2 carottes, 2 poireaux, 2 échalotes, 2 œufs, 10 cl de crème épaisse, 40 g de gruyère râpé, 15 g de beurre, 2 c. à s. de farine, 1 bouillon cube, 1 c. à s. de sucre, 1 c. à c. de curry.

☐ **Lapin aux pruneaux**

1 lapin, 250 g de pruneaux, 250 g de champignons, 2 oignons, 200 g de lardons, 250 g de coquillettes, 2 c. à s. de farine, 1 bouillon cube, 40 cl de cidre, 3 c. à s. de moutarde forte, 40 g de beurre.

☐ **Steaks et purée de potiron**

4 steaks, 1 kg de potiron, 50 g de beurre, 1 pincée de muscade.

Et aussi

DÉCEMBRE 2021

Lundi

20

Pizza aux poireaux et aux champignons

15 mn 30 mn

Mardi

21

Velouté de patates douces

15 mn 40 mn

Mercredi

22

Papillotes de lieu jaune sauce coco

15 mn 35 mn

Jeudi

23

Dos de cabillaud aux fruits de la passion

10 mn 30 mn

Vendredi

24

Noix de Saint-Jacques aux agrumes

10 mn 1 h

Samedi

25

Noël

Chapon rôti aux pommes et aux châtaignes

20 mn 2 h 30

Dimanche

26

Pissaladière

20 mn 55 mn

Recettes

Pour 4 personnes

Poêler 3 blancs de poireaux émincés avec 25 g de beurre. Cuire à feu moyen avec 1 tasse d'eau, jusqu'à évaporation. Saisir à feu vif 250 g de champignons de Paris émincés avec 1 c. à s. d'huile d'olive. Napper 500 g de pâte à pizza de 10 cl de crème épaisse + des poireaux + des champignons. Parsemer de 100 g de gruyère râpé. Enfourner 15 mn à 180 °C.

Enfourner 20 mn à 200 °C 1 kg de patates douces épluchées et en cubes + 20 g de beurre + 2 c. à s. de miel + le jus d'1 citron vert + 1 c. à s. de gingembre. Poêler 1 oignon émincé avec 1 c. à s. d'huile d'olive. Ajouter les patates + 1 l d'eau + 1 bouillon cube + 20 cl de lait. Faire bouillir et laisser mijoter 15 mn. Mixer et servir avec 8 tranches de jambon sec.

Mélanger 20 cl de lait de coco + 1 petit piment doux émincé + le zeste et le jus de 2 citrons verts + 2 c. à s. de gingembre. Déposer 4 pavés ou filets de lieu jaune dans 4 feuilles d'aluminium, verser la sauce, saupoudrer de 2 c. à s. de coriandre et fermer. Enfourner 15 mn à 180 °C. Servir avec 4 patates douces cuites 15-20 mn à la vapeur et écrasées avec le reste de sauce.

Cuire à la vapeur 4 dos de cabillaud pendant 7 mn. Poêler 5 mn 2 échalotes émincées avec 10 g de beurre. Verser 15 cl de crème liquide + le jus de 4 fruits de la passion. Réduire le feu et mijoter 5 mn. Servir avec le poisson parsemé de graines de fruits de la passion + 600 g de haricots verts surgelés cuits 5 mn à l'eau avec 1 bouillon cube, poêlés 5 mn avec 1 c. à s. d'huile d'olive.

Cuire 5 mn 1 échalote émincée + 10 cl de vin blanc fruité. Ajouter les jus d'1 orange, d'1 citron vert, d'1 pamplemousse rose et de 2 clémentines. Faire réduire 40 mn. Incorporer 40 g de beurre et émulsionner. Poêler 1-2 mn à feu vif 20 grosses noix de Saint-Jacques avec 1 c. à s. d'huile d'olive. Répartir 1 bouquet de ciboulette. Servir avec la sauce + 250 g de riz sauvage cuit.

Cuire 2 h à 160 °C 1 chapon de 1,5 kg + 50 g de beurre. Le retourner 2-3 fois. Au bout d'1 h, ajouter 6 pommes en dés. Porter à ébullition en remuant 15 cl de crème liquide + 300 g de foie gras, puis baisser le feu. Ajouter 1 petite boîte de pelures de truffes + 10 cl de vin blanc, faire épaissir la sauce. Servir avec 800 g de châtaignes cuites avec 1 bouillon cube.

Cuire 30 mn à la cocotte et à couvert 1 kg d'oignons (jaunes et rouges) en rondelles de ½ cm avec 5 c. à s. d'huile d'olive + 3 c. à s. d'eau. Ôter le couvercle et l'eau + cuire encore 5 mn pour confire les oignons. Les répartir sur 1 pâte à pizza avec 1 boîte d'anchois et 12 olives noires. Enfourner à 210 °C env. 20 mn.

Courses

Pour 4 personnes

☐ **Pizza aux poireaux et aux champignons**

500 g de pâte à pizza, 3 blancs de poireaux, 250 g de champignons de Paris, 100 g de gruyère râpé, 10 cl de crème épaisse, 25 g de beurre, 1 c. à s. d'huile d'olive.

☐ **Velouté de patates douces**

1 kg de patates douces, 1 oignon, 1 citron vert, 8 tranches de jambon sec, 20 cl de lait, 1 bouillon cube, 20 g de beurre, 1 c. à s. de gingembre, 2 c. à s. de miel, 1 c. à s. d'huile d'olive.

☐ **Papillotes de lieu jaune sauce coco**

4 pavés ou filets de lieu jaune, 20 cl de lait de coco, 4 patates douces, 2 citrons verts, 1 petit piment doux, 2 c. à s. de gingembre, 2 c. à s. de coriandre.

☐ **Dos de cabillaud aux fruits de la passion**

4 dos de cabillaud, 4 fruits de la passion, 600 g de haricots verts surgelés, 2 échalotes, 15 cl de crème liquide, 10 g de beurre, 1 bouillon cube, 1 c. à s. d'huile d'olive.

☐ **Noix de Saint-Jacques aux agrumes**

20 grosses noix de Saint-Jacques, 1 orange, 1 citron vert, 1 pamplemousse rose, 2 clémentines, 1 échalote, 250 g de riz sauvage, 10 cl de vin blanc fruité, 40 g de beurre, 1 bouquet de ciboulette, 1 c. à s. d'huile d'olive.

☐ **Chapon rôti aux pommes et aux châtaignes**

1 chapon de 1,5 kg, 6 pommes, 800 g de châtaignes, 1 petite boîte de pelures de truffes, 300 g de foie gras, 15 cl de crème liquide, 10 cl de vin blanc, 50 g de beurre, 1 bouillon cube.

☐ **Pissaladière**

1 pâte à pizza, 1 kg d'oignons (jaunes et rouges), 1 boîte d'anchois, 12 olives noires, 5 c. à s. d'huile d'olive.

Et aussi

DÉC./JANV.

Lundi 27

Tagliatelles aux légumes et au fromage de brebis

15 mn | 35 mn

Mardi 28

Soupe de polenta aux poireaux

15 mn | 30 mn

Mercredi 29

Magrets de canard aux épices

10 mn | 35 mn

Jeudi 30

Œufs brouillés au saumon fumé

15 mn | 10 mn

Vendredi 31

Poulet au Coca

10 mn | 1 h 10

Samedi 1

Jour de l'An

Cake à la moutarde à l'ancienne

10 mn | 30 mn

Dimanche 2

Mousses aux 2 légumes et salade au chèvre

20 mn | 1 h

Recettes

Pour 4 personnes

Poêler à feu moyen 1 panais + 1 carotte + 1 poireau + ½ brocoli (lavés, épluchés et en morceaux) avec 1 c. à s. d'huile d'olive + 1 c. à c. de curry + ½ c. à c. de cumin. Confire 20 mn à feu doux. Mélanger avec 500 g de tagliatelles fraîches cuites *al dente* + 1 c. à s. d'huile d'olive + 40 g de noix de cajou concassées + 100 g de fromage de brebis en dés.

Poêler 5 mn 1 oignon + 2 blancs de poireaux émincés dans 20 g de beurre. Verser 250 g de polenta fine dans 1 l d'eau bouillante avec 1 bouillon cube et remuer 2 mn. Baisser le feu, ajouter ½ l de lait + l'oignon + les poireaux + 100 g de gruyère râpé. Laisser mijoter 20 mn. Servir avec 8 tranches de jambon blanc.

Inciser la peau de 2 magrets de canard de 300 g, les poêler 8 mn côté peau, puis 3 mn côté chair. Réserver. Déglacer la poêle avec 3 c. à s. de miel et autant d'eau + 3 c. à s. de vinaigre balsamique + 1 fond de veau + 10 g de beurre + 1 c. à c. de 4-épices + ½ mangue en cubes. Faire réduire à feu doux 5-10 mn. Servir les magrets tranchés + la sauce + 200 g de riz sauvage cuit.

Fouetter 8 œufs. Ajouter 4 tranches de saumon fumé coupées en fins morceaux + 2 c. à s. de crème fraîche + 2 c. à s. de ciboulette. Poêler 1 noix de beurre, ajouter les œufs et mélanger régulièrement pendant 2-5 mn. Saupoudrer de 40 g de noix concassées. Servir sur 4 tranches de pain de campagne toastées. Accompagner d'1 salade verte.

Dans 1 plat, mettre 4 cuisses de poulet + 2 carottes taillées en bâtonnets. Saupoudrer d'1 sachet de soupe à l'oignon + 1 c. à s. d'herbes de Provence. Arroser d'1 canette de Coca et enfourner 1 h à 200 °C en retournant à mi-cuisson. Servir avec 350 g de coquillettes cuites.

Mélanger 5 œufs battus avec 5 c. à s. de farine + 5 c. à s. de moutarde à l'ancienne + 125 g de lardons + 150 g de gruyère râpé + 1 sachet de levure. Verser dans 1 moule à cake. Enfourner 30 mn à 180 °C. Servir avec 1 salade.

Cuire séparément à l'eau (15-20 mn) avec 2 bouillons cubes, 500 g de carottes et 500 g de panais en rondelles. Égoutter et mixer séparément. Dans chacun, ajouter 2 œufs battus + 1 jaune + 5 cl de crème fleurette. Remplir des ramequins et enfourner 35 mn à 180 °C. Servir avec 1 salade + 50 g de cerneaux de noix + 200 g de lardons grillés à sec + 100 g de chèvre émietté.

Courses

Pour 4 personnes

☐ **Tagliatelles aux légumes et au fromage de brebis**

500 g de tagliatelles fraîches, 1 panais, 1 carotte, 1 poireau, ½ brocoli, 100 g de fromage de brebis, 40 g de noix de cajou, 1 c. à c. de curry, ½ c. à c. de cumin, 2 c. à s. d'huile d'olive.

☐ **Soupe de polenta aux poireaux**

250 g de polenta fine, 2 blancs de poireaux, 100 g de gruyère râpé, 8 tranches de jambon blanc, 1 oignon, ½ l de lait, 1 bouillon cube, 20 g de beurre.

☐ **Magrets de canard aux épices**

2 magrets de canard de 300 g, 200 g de riz sauvage, ½ mangue, 3 c. à s. de miel, 3 c. à s. de vinaigre balsamique, 10 g de beurre, 1 fond de veau, 1 c. à c. de 4-épices.

☐ **Œufs brouillés au saumon fumé**

8 œufs, 4 tranches de saumon fumé, 4 tranches de pain de campagne, 40 g de noix, 1 noix de beurre, 2 c. à s. de crème fraîche, 2 c. à s. de ciboulette, 1 salade verte.

☐ **Poulet au Coca**

4 cuisses de poulet, 1 canette de Coca, 350 g de coquillettes, 2 carottes, 1 sachet de soupe à l'oignon, 1 c. à s. d'herbes de Provence.

☐ **Cake à la moutarde à l'ancienne**

125 g de lardons, 150 g de gruyère râpé, 5 œufs, 5 c. à s. de farine, 5 c. à s. de moutarde à l'ancienne, 1 sachet de levure, 1 salade.

☐ **Mousses aux 2 légumes et salade au chèvre**

500 g de carottes, 500 g de panais, 1 salade, 100 g de chèvre, 200 g de lardons, 50 g de cerneaux de noix, 4 œufs + 2 jaunes, 10 cl de crème fleurette, 2 bouillons cubes.

Et aussi

JANVIER

Lundi
3
Ravioles à la fondue de poireaux
10 mn · 40 mn

Mardi
4
Velouté de courge et marrons
15 mn · 25 mn

Mercredi
5
Cake rose
15 mn · 35 mn

Jeudi
6
Crevettes au lait de coco
15 mn · 25 mn

Vendredi
7
Hachis parmentier rapide au comté
15 mn · 15 mn

Samedi
8
Filets de limande en papillotes
10 mn · 25 mn

Dimanche
9
Poulet tandoori
15 mn · 3 h · 40 mn

44

Recettes
Pour 4 personnes

Dans 1 casserole, faire suer 30 g de beurre et y mettre 600 g de poireaux en rondelles. Cuire 25 mn à couvert à feu doux en ajoutant un peu d'eau si besoin. Ajouter 4 c. à s. de crème fraîche + 1 c. à s. de moutarde + 2 c. à s. de vin blanc. Cuire encore 10 mn à feu doux. Mélanger avec 6 plaques de ravioles cuites à l'eau 2 mn.

Cuire à l'eau 15 mn 800 g de courge + 2 pommes de terre en dés + 2 tomates en morceaux + 1 bouillon cube. Ajouter 200 g de marrons cuits et cuire encore 5 mn. Mixer avec 1 partie de l'eau de cuisson + 2 c. à s. de crème fraîche + 1 c. à c. de mélange 4-épices. Servir avec 4 tranches de pain aux noix toastées + 100 g de fromage frais + 8 tranches de jambon sec.

Mélanger 180 g de farine + 1 sachet de levure + 3 œufs cassés 1 à 1. Ajouter 12 cl de lait + 4 c. à s. d'huile et mélanger. Compléter avec 200 g de betteraves cuites en dés + 125 g de Chavroux + 100 g de gruyère râpé + 50 g de pistaches concassées + 1 tranche de jambon en morceaux. Verser dans 1 moule à cake et enfourner 35 mn à 180-200 °C. Servir avec 1 salade verte.

Poêler 10 mn à feu moyen 600 g de crevettes roses décortiquées + 2 c. à s. d'huile + 1 poivron rouge et 1 vert en dés + 1 c. à s. de citronnelle + 1 c. à s. de ciboulette + 1 c. à c. d'ail + le jus d'1 citron vert. Baisser le feu et verser 20 cl de lait de coco + 2 tomates en dés. Cuire encore 5 mn. Servir avec 600 g de carottes à la vapeur.

Faire blondir 2 oignons et 1 gousse d'ail émincés dans 1 c. à s. d'huile d'olive. Ajouter 600 g de bœuf haché + 1 bocal de sauce de tomates aux champignons et cuire 3 mn. Étaler dans 1 plat à gratin, recouvrir de 800 g de purée de pommes de terre + 150 g de comté râpé. Enfourner 10 mn à 180 °C.

Dans 4 feuilles d'aluminium, déposer 1 filet de limande + 1 c. à c. d'herbes de Provence. Répartir 1 sauce (20 cl de crème fraîche + 1 échalote et 1 gousse d'ail hachées + 2 c. à c. de moutarde). Fermer les papillotes et enfourner 15 mn à 180 °C. Servir avec 600 g de haricots verts vapeur.

Faire mariner 3 h minimum 4 blancs de poulet en morceaux dans le jus d'1 citron vert + 20 cl de yaourt grec + 4 c. à s. de pâte de curry + 1 gousse d'ail écrasée. Déposer le poulet sur la plaque du four recouverte de papier sulfurisé. Enfourner 30 mn à 210 °C. Servir avec 1 pot de chutney au choix + 200 g de riz cuit + 4 tomates en rondelles.

Courses
Pour 4 personnes

- [ ] **Ravioles à la fondue de poireaux**

6 plaques de ravioles, 600 g de poireaux, 30 g de beurre, 4 c. à s. de crème fraîche, 2 c. à s. de vin blanc, 1 c. à s. de moutarde.

- [ ] **Velouté de courge et marrons**

800 g de courge, 200 g de marrons cuits, 2 pommes de terre, 2 tomates, 8 tranches de jambon sec, 100 g de fromage frais, 4 tranches de pain aux noix, 1 bouillon cube, 2 c. à s. de crème fraîche, 1 c. à c. de mélange 4-épices.

- [ ] **Cake rose**

200 g de betteraves cuites, 1 salade verte, 125 g de Chavroux, 100 g de gruyère râpé, 180 g de farine, 50 g de pistaches, 1 tranche de jambon, 3 œufs, 12 cl de lait, 1 sachet de levure, 4 c. à s. d'huile.

- [ ] **Crevettes au lait de coco**

600 g de crevettes roses décortiquées, 20 cl de lait de coco, 600 g de carottes, 2 tomates, 1 poivron rouge et 1 vert, 1 citron vert, 1 c. à s. de citronnelle, 1 c. à s. de ciboulette, 1 c. à c. d'ail, 2 c. à s. d'huile.

- [ ] **Hachis parmentier rapide au comté**

800 g de purée de pommes de terre, 600 g de bœuf haché, 150 g de comté râpé, 1 bocal de sauce de tomates aux champignons, 2 oignons, 1 gousse d'ail, 1 c. à s. d'huile d'olive.

- [ ] **Filets de limande en papillotes**

4 filets de limande, 600 g de haricots verts, 1 échalote, 1 gousse d'ail, 20 cl de crème fraîche, 4 c. à c. d'herbes de Provence, 2 c. à c. de moutarde.

- [ ] **Poulet tandoori**

4 blancs de poulet, 200 g de riz, 4 tomates, 1 pot de chutney au choix, 20 cl de yaourt grec, 4 c. à s. de pâte de curry, 1 citron vert, 1 gousse d'ail.

Et aussi

2022

JANVIER

Lundi **10** — Pâtes à la provençale — 10 mn / 40 mn

Mardi **11** — Crottins de chèvre en salade — 15 mn / 20 mn

Mercredi **12** — Wraps au saumon fumé — 10 mn / 5 mn

Jeudi **13** — Poulet à la tomate et aux champignons — 10 mn / 40 mn

Vendredi **14** — Carottes à la carbonara — 15 mn / 25 mn

Samedi **15** — Saucisses et lentilles — 10 mn / 40 mn

Dimanche **16** — Rôti de bœuf et purée de topinambours — 20 mn / 45 mn

Recettes
Pour 4 personnes

Faire suer 1 oignon émincé dans 2 c. à s. d'huile d'olive. Ajouter 50 cl de coulis de tomates + 1 gousse d'ail hachée + 1 bouillon cube de volaille + 1 c. à s. d'herbes de Provence. Laisser mijoter 15 mn. Ajouter 10 cl de crème liquide et laisser mijoter encore 10 mn. Servir avec 400 g de pâtes *al dente*.

Dans 4 assiettes, répartir 1 scarole + 250 g de tomates cerises coupées en 2 + 125 g de lardons grillés à sec + 50 g de noix concassées + 2 pommes en quartiers cuites 10 mn au four + 2 crottins de Chavignol grillés 5 mn au four. Servir avec 3 c. à s. d'huile de noix + 2 c. à s. de vinaigre de cidre + 1 c. à c. de moutarde + 2 c. à s. de romarin + 4 tranches de pain aux noix.

Sur 6 tortillas de blé poêlées à sec, répartir 200 g de tzatziki + 6 tranches de saumon fumé en lanières + 1 carotte en bâtonnets. Servir avec 1 salade de mâche + 1 vinaigrette (3 c. à s. d'huile d'olive + 2 c. à s. de vinaigre de vin + 1 échalote émincée).

Faire suer 1 oignon émincé dans 1 c. à s. d'huile d'olive. Ajouter 4 aiguillettes de poulet. Les faire dorer 3 mn. Ajouter 1 boîte de tomates pelées + 1 morceau de sucre + 1 bouquet garni + 1 boîte de champignons de Paris émincés. Laisser mijoter 25 mn. Ôter le bouquet garni et servir avec 250 g de riz basmati.

Faire suer 2 oignons émincés dans 20 g de beurre. Ajouter 800 g de carottes en rondelles. Cuire 3 mn à feu vif. Verser 30 cl d'eau, baisser le feu, cuire 15 mn. Rajouter de l'eau si nécessaire. Ajouter 150 g de lardons fumés et cuire 2 mn. Ajouter 10 cl de crème fraîche mélangée à 3 jaunes d'œufs + 1 c. à c. de curry + 1 c. à s. de persil. Cuire 3 mn à feu doux et servir.

Dans 1 faitout, faire suer 1 oignon émincé dans 1 c. à s. d'huile d'olive. Ajouter 2 carottes en dés. Poêler 2 mn et ajouter 1 l d'eau + 300 g de lentilles vertes + 1 bouquet garni. Cuire 15 mn et ajouter 4 saucisses de Toulouse. Cuire encore 20 mn. Verser 1 c. à s. de moutarde, ôter le bouquet garni et servir.

Enfourner 10 mn à 250 °C 1 rôti de bœuf d'1 kg enduit de 20 g de beurre + 4 c. à s. d'herbes de Provence. Déglacer avec 10 cl de lait + 1 c. à c. de fond de veau + 2 c. à s. d'eau, cuire encore 10-15 mn. Servir avec 1 purée (500 g de topinambours et 300 g de pommes de terre, épluchés et en cubes, cuits 20 mn, mixés avec 10 cl de lait + 1 jaune d'œuf + 1 pincée de muscade).

Courses
Pour 4 personnes

☐ **Pâtes à la provençale**

400 g de pâtes, 50 cl de coulis de tomates, 10 cl de crème liquide, 1 oignon, 1 gousse d'ail, 1 bouillon cube de volaille, 1 c. à s. d'herbes de Provence, 2 c. à s. d'huile d'olive.

☐ **Crottins de chèvre en salade**

2 crottins de Chavignol, 1 scarole, 250 g de tomates cerises, 2 pommes, 50 g de noix, 125 g de lardons, 4 tranches de pain aux noix, 2 c. à s. de romarin, 1 c. à c. de moutarde, 2 c. à s. de vinaigre de cidre, 3 c. à s. d'huile de noix.

☐ **Wraps au saumon fumé**

6 tortillas de blé, 6 tranches de saumon fumé, 200 g de tzatziki, 1 carotte, 1 salade de mâche, 1 échalote, 3 c. à s. d'huile d'olive, 2 c. à s. de vinaigre de vin.

☐ **Poulet à la tomate et aux champignons**

4 aiguillettes de poulet, 250 g de riz basmati, 1 boîte de tomates pelées, 1 boîte de champignons de Paris émincés, 1 oignon, 1 morceau de sucre, 1 bouquet garni, 1 c. à s. d'huile d'olive.

☐ **Carottes à la carbonara**

800 g de carottes, 2 oignons, 150 g de lardons fumés, 3 jaunes d'œufs, 10 cl de crème fraîche, 20 g de beurre, 1 c. à c. de curry, 1 c. à s. de persil.

☐ **Saucisses et lentilles**

4 saucisses de Toulouse, 300 g de lentilles vertes, 2 carottes, 1 oignon, 1 bouquet garni, 1 c. à s. de moutarde, 1 c. à s. d'huile d'olive.

☐ **Rôti de bœuf et purée de topinambours**

1 rôti de bœuf d'1 kg, 500 g de topinambours, 300 g de pommes de terre, 1 jaune d'œuf, 20 cl de lait, 20 g de beurre, 4 c. à s. d'herbes de Provence, 1 c. à c. de fond de veau, 1 pincée de muscade.

Et aussi

JANVIER

Lundi
17

Lasagnes à la truite fumée

10 mn — 30 mn

Mardi
18

Soupe à l'oignon et tartines gratinées

10 mn — 40 mn

Mercredi
19

Quiche aux poireaux et au chèvre

15 mn — 40 mn

Jeudi
20

Pavés de saumon au curry

15 mn — 25 mn

Vendredi
21

Pommes de terre aux herbes

5 mn — 40 mn

Samedi
22

Poulet à la mangue

10 mn — 1 h — 45 mn

Dimanche
23

Rôti de porc aux pommes

15 mn — 1 h 20

Recettes

Pour 4 personnes

Beurrer 1 plat avec 10 g de beurre. Y étager 500 g de lasagnes précuites + 300 g de truite fumée + 600 g d'épinards en branches décongelés et égouttés. Terminer par 40 cl de crème liquide mélangée à 2 c. à c. de muscade et saupoudrer de 60 g de parmesan. Enfourner 25-30 mn à 210 °C.

Dans 1 cocotte, faire blondir 600 g d'oignons émincés dans 80 g de beurre salé. Une fois dorés, saupoudrer de 20 g de farine et verser 1,5 l d'eau + 1 bouillon cube de volaille + 1 c. à c. de mélange 4-épices. Cuire à couvert à feu doux 30 mn. Servir avec 1 baguette tranchée recouverte de 4 tranches de jambon + 125 g de gruyère râpé, passée 5 mn sous le gril.

Poêler 125 g de lardons fumés. Réserver. Dans la même poêle, poêler 5 mn 3 poireaux émincés. Les répartir sur 1 pâte brisée avec les lardons et ajouter 3 œufs battus avec 20 cl de crème fraîche + 10 cl de lait + 1 c. à c. de muscade. Déposer 1 bûche de chèvre en rondelles. Enfourner pour 25-30 mn à 180 °C. Servir avec 1 salade.

Faire suer 4 échalotes émincées dans 2 c. à s. d'huile d'olive. Ajouter 15 cl de vin blanc sec et faire bouillir. Ajouter 20 cl de crème liquide + 1 pincée de coriandre + 1 c. à c. de curry. Laisser mijoter 2-3 mn. Verser sur 4 pavés de saumon cuits à la poêle ou au four dans 2 c. à s. d'huile d'olive. Servir avec 600 g de légumes verts surgelés cuits au micro-ondes.

Sur la plaque du four recouverte d'1 feuille de papier sulfurisé, mettre 600 g de pommes de terre coupées en 2 dans la longueur. Arroser de 2 c. à s. d'huile d'olive + 1 c. à c. de fleur de sel. Enfourner 40 mn à 200 °C. Servir avec 1 sauce (20 cl de fromage blanc + 1 échalote émincée + 2 c. à s. de ciboulette + le jus d'½ citron) + 1 salade de mâche.

Faire mariner 8 morceaux de poulet pendant 1 h dans 3 c. à s. d'huile + 2 c. à s. de curry. Dans 1 faitout, faire suer 1 oignon émincé dans 1 c. à s. d'huile. Ajouter le poulet et dorer 10 mn. Ajouter 1 c. à c. de gingembre. Cuire 5 mn à feu doux. Ajouter 2 mangues mûres en morceaux. Cuire 5 mn. Verser 20 cl de lait de coco et laisser mijoter 10 mn. Servir avec 200 g de riz.

Enduire 1 rôti de porc d'1 kg de 2 c. à s. de miel. Le déposer dans 1 plat avec 6 pommes en quartiers + 2 échalotes émincées + 40 g de raisins secs + 1 c. à c. de cannelle + 1 pincée de gingembre. Mouiller avec 10 cl d'eau et enfourner 1 h 15 à 180 °C en mouillant régulièrement si besoin. Servir avec 600 g de purée de céleri surgelée cuite au micro-ondes.

Courses

Pour 4 personnes

- [ ] Lasagnes à la truite fumée

500 g de lasagnes précuites, 300 g de truite fumée, 600 g d'épinards en branches surgelés, 60 g de parmesan, 40 cl de crème liquide, 10 g de beurre, 2 c. à c. de muscade.

- [ ] Soupe à l'oignon et tartines gratinées

600 g d'oignons, 125 g de gruyère râpé, 4 tranches de jambon, 1 baguette, 80 g de beurre salé, 20 g de farine, 1 c. à c. de mélange 4-épices, 1 bouillon cube de volaille.

- [ ] Quiche aux poireaux et au chèvre

1 pâte brisée, 125 g de lardons fumés, 1 bûche de chèvre, 3 poireaux, 1 salade, 3 œufs, 20 cl de crème fraîche, 10 cl de lait, 1 c. à c. de muscade.

- [ ] Pavés de saumon au curry

4 pavés de saumon, 600 g de légumes verts surgelés, 4 échalotes, 20 cl de crème liquide, 15 cl de vin blanc sec, 1 c. à c. de curry, 1 pincée de coriandre, 4 c. à s. d'huile d'olive.

- [ ] Pommes de terre aux herbes

600 g de pommes de terre, 1 salade de mâche, ½ citron, 1 échalote, 20 cl de fromage blanc, 2 c. à s. de ciboulette, 1 c. à c. de fleur de sel, 2 c. à s. d'huile d'olive.

- [ ] Poulet à la mangue

8 morceaux de poulet, 2 mangues mûres, 1 oignon, 200 g de riz, 20 cl de lait de coco, 2 c. à s. de curry, 1 c. à c. de gingembre, 4 c. à s. d'huile.

- [ ] Rôti de porc aux pommes

1 rôti de porc d'1 kg, 6 pommes, 600 g de purée de céleri surgelée, 2 échalotes, 40 g de raisins secs, 2 c. à s. de miel, 1 c. à c. de cannelle, 1 pincée de gingembre

Et aussi

JANVIER
2022

Lundi
24
Pâtes aux lardons croquants
10 mn — 15 mn

Mardi
25
Soupe toute rose
15 mn — 15 mn

Mercredi
26
Croissants au saumon fumé
10 mn — 25 mn

Jeudi
27
Dinde grillée et haricots sautés
5 mn — 25 mn

Vendredi
28
Gratin de blé aux légumes
10 mn — 30 mn

Samedi
29
Choucroute
20 mn — 45 mn

Dimanche
30
Cabillaud à la florentine
15 mn — 25 mn

Recettes
Pour 4 personnes

Poêler à sec 200 g de lardons. Une fois grillés, ajouter 350 g de spaghettis *al dente* + 2 œufs battus avec 40 g de parmesan râpé + 1 pincée de muscade. Servir avec 40 g de parmesan râpé + 1 salade verte.

Cuire à l'eau 15 mn 400 g de betteraves crues et 100 g de pommes de terre, épluchées et en morceaux + 2 poireaux émincés + 1 bouillon cube. Mixer avec 1 partie de l'eau de cuisson. Ajouter 1 yaourt brassé + 4 c. à s. de crème liquide + 1 c. à s. d'huile de noix. Servir avec 4 tranches de jambon tartinées de 100 g de St Môret + 1 c. à s. de ciboulette, puis roulées.

Tartiner 1 pâte feuilletée avec 1 Boursin ail & fines herbes. Y découper 16 parts et répartir dessus 400 g de saumon fumé en tranches. Rouler chaque part de l'extérieur vers l'intérieur pour former des croissants. Les badigeonner d'1 jaune d'œuf et enfourner 25 mn à 200 °C. Servir avec 1 salade verte.

Poêler 10 mn 4 escalopes de dinde dans 2 c. à s. d'huile d'olive. Réserver. Dans la même poêle, faire blondir 2 gousses d'ail pilées. Ajouter 600 g de haricots en bocal. Cuire 5-10 mn jusqu'à ce qu'ils dorent légèrement. Réserver. Remettre la dinde, ajouter 10 cl de crème liquide + 2 c. à s. de moutarde. Servir avec les haricots.

Déposer 250 g d'Ebly cru dans 1 plat à gratin. Ajouter 2 carottes et 100 g de poivrons en dés + 200 g de courgettes en rondelles + 200 g de dés de jambon. Verser 1 bouillon cube de volaille dilué dans 50 cl d'eau bouillante. Saupoudrer de 125 g de comté râpé. Enfourner pour 30 mn à 200 °C.

Faire bouillir 1,5 l d'eau + 30 cl de vin blanc sec + 2 oignons et 2 gousses d'ail émincés + 1 c. à s. de baies de genièvre + 4 feuilles de laurier. Y plonger 6 saucisses de Strasbourg + ¼ de palette de porc fumée et de palette ½ sel. Cuire à feu moyen 20 mn. Servir les viandes égouttées et coupées, avec 700 g de choucroute cuite + 500 g de pommes de terre cuites à l'eau.

Dans 1 plat à gratin beurré, disposer 4 filets de cabillaud recouverts de 2 c. à s. de moutarde + 600 g d'épinards en branches décongelés et égouttés. Ajouter 1 sauce béchamel + 1 c. à c. de muscade. Parsemer de 80 g de gruyère râpé. Enfourner 20 mn à 180 °C.

Courses
Pour 4 personnes

Pâtes aux lardons croquants

350 g de spaghettis, 200 g de lardons, 1 salade verte, 80 g de parmesan, 2 œufs, 1 pincée de muscade.

Soupe toute rose

400 g de betteraves crues, 100 g de pommes de terre, 2 poireaux, 4 tranches de jambon, 100 g de St Môret, 1 yaourt brassé, 4 c. à s. de crème liquide, 1 bouillon cube, 1 c. à s. de ciboulette, 1 c. à s. d'huile de noix.

Croissants au saumon fumé

1 pâte feuilletée, 400 g de saumon fumé en tranches, 1 Boursin ail & fines herbes, 1 salade verte, 1 jaune d'œuf.

Dinde grillée et haricots sautés

4 escalopes de dinde, 600 g de haricots en bocal, 2 gousses d'ail, 10 cl de crème liquide, 2 c. à s. de moutarde, 2 c. à s. d'huile d'olive.

Gratin de blé aux légumes

250 g d'Ebly, 200 g de courgettes, 100 g de poivrons, 2 carottes, 200 g de dés de jambon, 125 g de comté râpé, 1 bouillon cube de volaille.

Choucroute

700 g de choucroute cuite, 500 g de pommes de terre, 2 oignons, 2 gousses d'ail, 6 saucisses de Strasbourg, ¼ de palette de porc fumée et de palette ½ sel, 30 cl de vin blanc sec, 4 feuilles de laurier, 1 c. à s. de baies de genièvre.

Cabillaud à la florentine

4 filets de cabillaud, 600 g d'épinards en branches surgelés, 80 g de gruyère râpé, 1 sauce béchamel, 2 c. à s. de moutarde, 1 c. à c. de muscade, 1 noix de beurre.

Et aussi

2022 JANV./FÉV.

Lundi 31 — Gratin de coquillettes au poulet — 5 mn / 25 mn

Mardi 1 — Velouté de carottes au gingembre — 15 mn / 25 mn

Mercredi 2 — Fajitas au porc — 15 mn / 25 mn

Jeudi 3 — Omelette Kiri et ciboulette — 10 mn / 5 mn

Vendredi 4 — Salade tiède de lentilles — 15 mn / 40 mn

Samedi 5 — Rillettes de saumon et pommes vapeur — 10 mn / 30 mn

Dimanche 6 — Bœuf rôti et sauce surprise — 15 mn / 55 mn

Recettes
Pour 4 personnes

Mélanger 250 g de coquillettes *al dente* + 150 g de dés de poulet cuit + 3 c. à s. de crème fraîche + 1 c. à c. d'estragon. Mettre dans 1 plat à gratin beurré et saupoudrer de 100 g de gruyère râpé. Enfourner 10-15 mn à 200 °C.

Dans 1 sauteuse, faire blondir dans 1 c. à s. d'huile d'olive 1 oignon émincé + 1 gousse d'ail pelée. Ajouter 800 g de carottes en rondelles + 2 pommes en quartiers + 20 g de gingembre + 1 bouillon cube. Ajouter de l'eau et cuire 20 mn. Mixer avec 1 partie de l'eau de cuisson + 1 c. à s. de St Môret. Servir avec 6 tranches de pain aux céréales + 100 g de chèvre frais.

Poêler 2 oignons émincés dans 1 c. à s. d'huile. Ajouter 3 côtes de porc en morceaux. Cuire 5 mn. Ajouter 200 g de poivrons en dés + 1 boîte de haricots rouges + 2 c. à s. de concentré de tomates + 4 gouttes de Tabasco + 1 c. à c. de paprika et d'ail. Mijoter 15 mn. Garnir 6 tortillas réchauffées de 6 feuilles de laitue et du mélange. Servir avec 4 c. à s. de crème fraîche.

Poêler dans 1 noix de beurre 10 œufs battus avec 4 c. à s. de lait. Parsemer de 6 Kiri en morceaux. Laisser l'omelette prendre à feu moyen. Ajouter 2 c. à s. de ciboulette en fin de cuisson et servir avec 1 salade verte.

Cuire 35 mn à l'eau 350 g de lentilles vertes avec 1 oignon émincé + 1 carotte en dés + 4 feuilles de laurier. Égoutter et ajouter 125 g de lardons grillés à sec. Servir tiède avec 1 sauce (2 c. à s. d'huile de noix + 2 c. à s. d'huile d'olive + 2 c. à s. de vinaigre de vin + 1 échalote émincée + 1 c. à c. de moutarde).

Écraser à la fourchette 600 g de saumon frais ou surgelé cuit 10 mn à la vapeur. Mélanger avec 2 c. à s. d'aneth + 6 c. à s. de fromage blanc. Façonner des quenelles avec 2 grandes cuillères et les poser sur 8 feuilles d'endive. Verser 1 filet d'huile d'olive et de vinaigre balsamique sur chaque morceau. Servir frais avec 1 citron + 800 g de pommes de terre vapeur.

Enduire 1 rôti de bœuf d'1 kg de 4 c. à s. de pesto rouge. Mettre dans 1 plat avec 1 bouillon cube de bœuf dilué dans 30 cl d'eau bouillante. Enfourner 30-40 mn à 200 °C. Poêler 15 mn 1 kg de champignons de Paris frais ou surgelés dans 2 c. à s. d'huile d'olive et ajouter un peu de jus de viande + 1 Boursin ail & fines herbes et laisser réduire. Servir avec le rôti.

Courses
Pour 4 personnes

☐ **Gratin de coquillettes au poulet**

250 g de coquillettes,
150 g de dés de poulet cuit,
100 g de gruyère râpé,
3 c. à s. de crème fraîche,
1 c. à c. d'estragon, 1 noix de beurre.

☐ **Velouté de carottes au gingembre**

800 g de carottes, 2 pommes, 1 oignon,
1 gousse d'ail, 20 g de gingembre,
6 tranches de pain aux céréales,
100 g de chèvre frais, 1 bouillon cube,
1 c. à s. de St Môret, 1 c. à s. d'huile d'olive.

☐ **Fajitas au porc**

3 côtes de porc, 200 g de poivrons, 1 boîte de haricots rouges, 2 oignons, 6 feuilles de laitue, 1 c. à c. de paprika et d'ail, 2 c. à s. de concentré de tomates, 4 gouttes de Tabasco, 4 c. à s. de crème fraîche, 1 c. à s. d'huile.

☐ **Omelette Kiri et ciboulette**

10 œufs, 6 Kiri, 1 salade verte,
4 c. à s. de lait, 2 c. à s. de ciboulette,
1 noix de beurre.

☐ **Salade tiède de lentilles**

350 g de lentilles vertes, 1 carotte, 1 oignon, 1 échalote, 125 g de lardons, 4 feuilles de laurier, 1 c. à c. de moutarde, 2 c. à s. de vinaigre de vin, 2 c. à s. d'huile de noix, 2 c. à s. d'huile d'olive.

☐ **Rillettes de saumon et pommes vapeur**

600 g de saumon frais ou surgelé,
800 g de pommes de terre, 8 feuilles d'endive, 1 citron, 6 c. à s. de fromage blanc, 2 c. à s. d'aneth, 1 filet d'huile d'olive et de vinaigre balsamique.

☐ **Bœuf rôti et sauce surprise**

1 rôti de bœuf d'1 kg, 1 kg de champignons de Paris frais ou surgelés, 1 Boursin ail & fines herbes, 4 c. à s. de pesto rouge, 1 bouillon cube de bœuf, 2 c. à s. d'huile d'olive.

53

Et aussi

FÉVRIER

Lundi **7**

Penne au céleri et au bleu

10 mn — 25 mn

Mardi **8**

Steaks hachés à l'italienne

10 mn — 10 mn

Mercredi **9**

Croque-monsieur au pain complet

10 mn — 10 mn

Jeudi **10**

Cabillaud tout chou

15 mn — 40 mn

Vendredi **11**

Salade tiède de bacon et de poulet

15 mn — 1 h — 15 mn

Samedi **12**

Gratin de courge au comté

15 mn — 50 mn

Dimanche **13**

Curry de porc

20 mn — 1 h 25

Recettes

Pour 4 personnes

Poêler 15 mn 200 g de céleri-branches en tronçons dans 1 c. à s. d'huile d'olive. Mélanger avec 400 g de penne *al dente* + 100 g de bleu émietté + 2 c. à s. de mascarpone + 40 g de cerneaux de noix + quelques feuilles du céleri.

Mélanger 800 g de viande hachée avec ½ botte de persil plat ciselé + 80 g de parmesan râpé. Façonner 4 steaks et les poêler dans 2 c. à s. d'huile d'olive. Servir avec 4 c. à c. de moutarde + 1 salade verte avec 100 g de tomates confites + 2 tranches de pain complet toastées et coupées en dés.

Tartiner 4 grandes tranches de pain de mie complet de 4 c. à c. de moutarde. Recouvrir de 4 tranches de jambon au torchon + 80 g de gruyère râpé. Recouvrir de 4 autres tranches de pain de mie. Poêler les croque quelques minutes de chaque côté dans 20 g de beurre. Servir avec 500 g de carottes râpées.

Dans 1 sauteuse, poêler 125 g de lardons + 1 oignon émincé dans 2 c. à s. d'huile d'olive. Ajouter 1 chou vert émincé + 10 cl de vin blanc + le jus et le zeste d'1 orange. Mijoter 15-20 mn en mouillant avec un peu d'eau si besoin. Servir avec 4 pavés de cabillaud cuits 15 mn à la vapeur et parsemés de 2 c. à s. de coriandre.

Faire mariner 4 escalopes de poulet émincées pendant 1 h dans 1 c. à c. d'ail + 4 c. à s. d'huile d'olive. Poêler 3 échalotes émincées dans 1 c. à s. d'huile d'olive. Ajouter le poulet + 8 tranches de bacon émincées. Faire caraméliser avec 2 c. à s. de miel + 3 c. à s. de vinaigre balsamique. Servir avec 1 salade de mâche + 1 oignon rouge émincé.

Cuire à la vapeur ou à l'eau 1 kg de courge épluchée et coupée en cubes pendant 20 mn. Égoutter et mélanger avec 1 oignon émincé (poêlé 3-4 mn) et verser dans 1 plat à gratin beurré. Ajouter 2 œufs battus avec 2 c. à s. de crème fraîche + 1 pincée de muscade. Parsemer de 100 g de comté râpé. Enfourner 25 mn à 210 °C.

Dans 1 cocotte, dorer 1,5 kg de filet mignon en morceaux dans 2 c. à s. d'huile d'olive. Réserver. Faire suer 2 oignons et 2 gousses d'ail émincés. Ajouter 2 c. à s. de curry et de gingembre. Cuire 5 mn. Ajouter 1 c. à s. de concentré de tomates + 30 g de raisins secs + la viande + 20 cl de lait de coco + ½ l de bouillon de volaille. Mijoter 1 h. Servir avec 250 g de riz basmati. **Conserver les restes pour mardi.**

Courses

Pour 4 personnes

- [ ] Penne au céleri et au bleu

400 g de penne, 200 g de céleri-branches, 100 g de bleu, 2 c. à s. de mascarpone, 40 g de cerneaux de noix, 1 c. à s. d'huile d'olive.

- [ ] Steaks hachés à l'italienne

800 g de viande hachée, 80 g de parmesan râpé, 1 salade verte, 100 g de tomates confites, 2 tranches de pain complet, ½ botte de persil plat, 4 c. à c. de moutarde, 2 c. à s. d'huile d'olive.

- [ ] Croque-monsieur au pain complet

8 grandes tranches de pain de mie complet, 4 tranches de jambon au torchon, 500 g de carottes râpées, 80 g de gruyère râpé, 20 g de beurre, 4 c. à c. de moutarde.

- [ ] Cabillaud tout chou

4 pavés de cabillaud, 1 chou vert, 1 orange, 1 oignon, 125 g de lardons, 10 cl de vin blanc, 2 c. à s. de coriandre, 2 c. à s. d'huile d'olive.

- [ ] Salade tiède de bacon et de poulet

4 escalopes de poulet, 8 tranches de bacon, 1 salade de mâche, 3 échalotes, 1 oignon rouge, 1 c. à c. d'ail, 2 c. à s. de miel, 5 c. à s. d'huile d'olive, 3 c. à s. de vinaigre balsamique.

- [ ] Gratin de courge au comté

1 kg de courge, 1 oignon, 100 g de comté râpé, 2 œufs, 2 c. à s. de crème fraîche, 1 pincée de muscade, 1 noix de beurre.

- [ ] Curry de porc

1,5 kg de filet mignon, 250 g de riz basmati, 30 g de raisins secs, 2 gousses d'ail, 2 oignons, ½ l de bouillon de volaille, 20 cl de lait de coco, 2 c. à s. de curry et de gingembre, 1 c. à s. de concentré de tomates, 2 c. à s. d'huile d'olive.

Et aussi

2022

FÉVRIER

Lundi 14	Linguine au pesto maison	15 mn	10 mn
Mardi 15	Porc et purée de carottes	10 mn	25 mn
Mercredi 16	Flammekueche au bacon	15 mn / 30 mn	20 mn
Jeudi 17	Poisson à l'orange	15 mn	50 mn
Vendredi 18	Gratin de polenta à la mozzarella	15 mn	25 mn
Samedi 19	Soupe de lentilles	15 mn	50 mn
Dimanche 20	Poulet rôti et pommes de terre au four	15 mn	1 h 30

Recettes
Pour 4 personnes

Mixer 2 bouquets de basilic + 2 gousses d'ail + 40 g de pignons. Mélanger avec 40 g de parmesan râpé + 4 c. à s. d'huile d'olive. Servir avec 400 g de linguine *al dente*.

Mixer 800 g de carottes et 1 pomme de terre cuites à l'eau ou à la vapeur, avec 1 c. à s. de crème fraîche + 1 filet de lait + 1 noix de beurre + 1 c. à c. de cumin + 1 pincée de muscade. Servir avec les restes du curry de porc réchauffés.

Faire mariner 3 oignons émincés dans 3 c. à s. de vin blanc pendant 30 mn. Les égoutter et les faire suer dans 1 noix de beurre. Ajouter 150 g de bacon émincé. Sur 1 pâte à pizza, étaler 30 cl de crème fraîche + 10 cl de fromage blanc + 1 c. à c. de muscade. Ajouter les oignons + le bacon + 100 g de gruyère râpé. Enfourner 15 mn à 210 °C. Servir avec 1 salade.

Dans 1 plat, disposer 1 feuille de papier sulfurisé, puis 2 carottes râpées + 250 g de tomates cerises coupées en 2 + 2 c. à s. d'huile d'olive + le jus d'1 orange + 4 filets de poisson blanc + 1 orange en rondelles avec la peau. Saupoudrer de 4 c. à c. de mélange 4-épices + 1 c. à c. de curry. Enfourner 40 mn à 200 °C. Servir avec 250 g de riz blanc.

Faire bouillir ½ l de lait + ½ l d'eau avec 1 bouillon cube de légumes. Ajouter 250 g de polenta précuite + 1 c. à c. de muscade. Cuire à feu doux en tournant jusqu'à épaississement. Ajouter 20 g de beurre + 200 g de mozzarella en dés. Verser dans 1 plat à gratin beurré. Parsemer de 40 g de gruyère râpé et enfourner 15 mn à 210 °C. Découper en tranches et servir.

Dans 1 cocotte, faire suer 1 oignon et 1 échalote émincés dans 2 c. à s. d'huile d'olive. Ajouter 2 carottes et 1 blanc de poireau en petits morceaux. Cuire 5 mn. Ajouter 250 g de lentilles vertes + 1 c. à s. d'herbes de Provence + 1 bouillon cube + 1,5 l d'eau. Cuire 40 mn et mixer avec tout ou partie de l'eau. Servir avec 6 tranches de jambon de dinde.

Dans 1 plat, disposer 1 poulet d'1,2 kg parsemé de 40 g de beurre en morceaux + 2 c. à s. d'herbes de Provence. Ajouter 1 kg de pommes de terre épluchées en morceaux + ½ verre d'eau. Enfourner 1 h 15 à 220 °C en tournant le poulet et en ajoutant de l'eau si besoin. Servir avec 800 g de haricots verts cuits à la vapeur. **Conserver les restes de légumes pour mardi.**

Courses
Pour 4 personnes

- [ ] Linguine au pesto maison

400 g de linguine, 40 g de parmesan râpé, 2 gousses d'ail, 40 g de pignons, 2 bouquets de basilic, 4 c. à s. d'huile d'olive.

- [ ] Porc et purée de carottes

Les restes du curry de porc, 800 g de carottes, 1 pomme de terre, 1 c. à s. de crème fraîche, 1 filet de lait, 1 noix de beurre, 1 c. à c. de cumin, 1 pincée de muscade.

- [ ] Flammekueche au bacon

1 pâte à pizza, 150 g de bacon, 100 g de gruyère râpé, 1 salade, 3 oignons, 30 cl de crème fraîche, 10 cl de fromage blanc, 3 c. à s. de vin blanc, 1 c. à c. de muscade, 1 noix de beurre.

- [ ] Poisson à l'orange

4 filets de poisson blanc, 2 oranges, 2 carottes, 250 g de tomates cerises, 250 g de riz blanc, 4 c. à c. de mélange 4-épices, 1 c. à c. de curry, 2 c. à s. d'huile d'olive.

- [ ] Gratin de polenta à la mozzarella

250 g de polenta précuite, 200 g de mozzarella, 40 g de gruyère râpé, 20 g + 1 noix de beurre, ½ l de lait, 1 bouillon cube de légumes, 1 c. à c. de muscade.

- [ ] Soupe de lentilles

250 g de lentilles vertes, 2 carottes, 1 blanc de poireau, 1 oignon, 1 échalote, 6 tranches de jambon de dinde, 1 bouillon cube, 1 c. à s. d'herbes de Provence, 2 c. à s. d'huile d'olive.

- [ ] Poulet rôti et pommes de terre au four

1 poulet d'1,2 kg, 1 kg de pommes de terre, 800 g de haricots verts, 40 g de beurre, 2 c. à s. d'herbes de Provence.

Et aussi

FÉVRIER

2022

Lundi 21 — Riz aux tomates et aux oignons — 15 mn / 30 mn

Mardi 22 — Poêlée de légumes et sauce au fromage blanc — 5 mn / 5 mn

Mercredi 23 — Quiche sans pâte aux brocolis — 10 mn / 35 mn

Jeudi 24 — Soupe du jardin — 15 mn / 25 mn

Vendredi 25 — Salade aux 3 fromages — 15 mn

Samedi 26 — Lapin aux fruits secs — 20 mn / 1 h 10

Dimanche 27 — Curry de crevettes à l'ananas — 15 mn / 1 h 10

58

Recettes
Pour 4 personnes

Poêler 2 oignons émincés dans 2 c. à s. d'huile d'olive. Ajouter 6 tomates pelées et en morceaux. Mijoter 5 mn. Ajouter 250 g de riz complet rincé + 25 cl d'eau + 1 bouquet garni. Cuire 20 mn à feu doux à couvert en rajoutant de l'eau si besoin. Mélanger avec 100 g de gruyère râpé.

Réchauffer au micro-ondes 800 g des restes de pommes de terre et de haricots verts de dimanche. Servir avec 6 tranches de jambon + 1 sauce (20 cl de fromage blanc + 1 échalote émincée + 2 c. à s. de persil + 1 c. à c. de moutarde).

Mélanger 3 œufs battus + 25 cl de lait + 10 cl de crème fraîche + 2 c. à s. de farine + 200 g de bleu émietté. Dans 1 plat beurré, verser 300 g de brocolis (cuits 5 mn au micro-ondes) et ajouter le mélange. Enfourner 30 mn à 200 °C.

Cuire à l'eau 25 mn avec 1 bouillon cube 4 carottes, 2 poireaux, 2 navets, 2 pommes de terre et 1 oignon en morceaux. Mixer avec 1 partie de l'eau de cuisson + 2 c. à s. de fines herbes + 2 c. à s. de St Môret. Servir avec 1 sachet de croûtons + 80 g de fromage râpé.

Napper 1 salade de sauce (3 c. à s. d'huile d'olive et de vinaigre balsamique + 1 c. à c. de moutarde + 10 cl de crème semi-épaisse + 1 c. à s. de ciboulette). Ajouter 40 g de raisins secs + 50 g de bûche de chèvre + 50 g de roquefort émietté + 50 g de comté en dés + 8 cerneaux de noix + 1 pomme en dés.

Dans 1 cocotte, faire dorer 1 lapin en morceaux dans 40 g de beurre. Réserver. Poêler 300 g de champignons frais, surgelés ou en boîte + 2 oignons émincés. Ajouter 3 c. à s. de moutarde forte + 2 c. à s. de farine + 40 cl de cidre. Remettre le lapin + 200 g de pruneaux + 50 g de raisins secs + un peu d'eau. Baisser le feu et cuire 1 h. Servir avec 1 salade.

Dans 1 cocotte, faire suer 2 oignons et 2 gousses d'ail émincés dans 2 c. à s. d'huile d'olive. Ajouter 1 c. à s. de curry et de gingembre. Cuire 5 mn. Ajouter 1 c. à s. de concentré de tomates + 2 tranches d'ananas en dés + 700 g de crevettes décortiquées + 20 cl de lait de coco + ½ l de bouillon de légumes. Mijoter 1 h. Servir avec 600 g de légumes surgelés cuits au micro-ondes.

Courses
Pour 4 personnes

☐ **Riz aux tomates et aux oignons**

250 g de riz complet, 6 tomates, 2 oignons, 100 g de gruyère râpé, 1 bouquet garni, 2 c. à s. d'huile d'olive.

☐ **Poêlée de légumes et sauce au fromage blanc**

800 g des restes de pommes de terre et de haricots verts de dimanche, 1 échalote, 6 tranches de jambon, 20 cl de fromage blanc, 2 c. à s. de persil, 1 c. à c. de moutarde.

☐ **Quiche sans pâte aux brocolis**

300 g de brocolis, 200 g de bleu, 3 œufs, 10 cl de crème fraîche, 25 cl de lait, 1 noix de beurre, 2 c. à s. de farine.

☐ **Soupe du jardin**

4 carottes, 2 poireaux, 2 navets, 2 pommes de terre, 1 oignon, 80 g de fromage râpé, 1 sachet de croûtons, 2 c. à s. de St Môret, 1 bouillon cube, 2 c. à s. de fines herbes.

☐ **Salade aux 3 fromages**

1 salade, 1 pomme, 40 g de raisins secs, 8 noix, 50 g de bûche de chèvre, de roquefort et de comté, 10 cl de crème semi-épaisse, 1 c. à c. de moutarde, 1 c. à s. de ciboulette, 3 c. à s. d'huile d'olive et de vinaigre balsamique.

☐ **Lapin aux fruits secs**

1 lapin, 300 g de champignons frais, surgelés ou en boîte, 200 g de pruneaux, 50 g de raisins secs, 1 salade, 2 oignons, 40 g de beurre, 2 c. à s. de farine, 3 c. à s. de moutarde forte, 40 cl de cidre.

☐ **Curry de crevettes à l'ananas**

700 g de crevettes décortiquées, 2 tranches d'ananas, 600 g de légumes surgelés, 2 oignons, 2 gousses d'ail, ½ l de bouillon de légumes, 20 cl de lait de coco, 1 c. à s. de concentré de tomates, 1 c. à s. de curry et de gingembre, 2 c. à s. d'huile d'olive.

Et aussi

FÉV./MARS

Jour	Recette	Préparation	Cuisson
Lundi 28	Fusilli au gorgonzola	5 mn	15 mn
Mardi 1	Salade hivernale	15 mn	20 mn
Mercredi 2	Tarte aux poireaux	15 mn	45 mn
Jeudi 3	Escalopes de veau aux champignons	5 mn	15 mn
Vendredi 4	Mousse de carottes	15 mn	45 mn
Samedi 5	Galettes de M. Seguin	10 mn	20 mn
Dimanche 6	Bœuf aux carottes	20 mn	1 h 40

60

Recettes

Pour 4 personnes

Chauffer à faible puissance au micro-ondes 150 g de gorgonzola + 15 cl de crème liquide légère. Répartir la sauce sur 400 g de fusilli *al dente* et mélanger avec 4 tranches de jambon sec en lanières + 8 tomates séchées coupées en 2.

Cuire 600 g de pommes de terre à l'eau, les éplucher et les couper en morceaux. Mélanger avec 1 oignon rouge et 6 branches de céleri émincés + 2 boîtes de thon au naturel. Ajouter 1 sauce (2 c. à s. de vinaigre de Xérès + 1 c. à c. de moutarde + 4 c. à s. d'huile). Parsemer d'1 c. à s. de ciboulette. Servir frais.

Poêler 4 poireaux émincés dans 1 noix de beurre pendant 15 mn. Sur 1 pâte feuilletée, étaler les poireaux + 200 g de lardons poêlés à sec + 3 œufs battus avec 20 cl de crème fraîche + 1 c. à c. de muscade. Parsemer de 60 g de gruyère râpé et enfourner 25 mn à 210 °C.

Poêler 4 escalopes de veau dans 2 noix de beurre. Une fois presque cuites, ajouter 2 boîtes de champignons de Paris + 20 cl de crème fraîche + 1 c. à s. de moutarde + 1 c. à s. de persil. Mijoter 2 mn.

Cuire à l'eau 400 g de carottes et les mixer. Ajouter 3 œufs battus + 20 cl de crème fraîche + 100 g de gouda râpé + 1 c. à c. de cumin. Enfourner 30 mn à 250 °C. Servir tiède avec 4 tranches de jambon de poulet.

Sur 6 galettes de sarrasin, répartir 1 bûche de chèvre en rondelles + 6 c. à s. de coulis de tomates + 2 c. à s. de basilic + 200 g de lardons poêlés à sec. Plier les galettes en 4, les mettre dans 1 plat et déposer 1 noix de beurre sur chacune. Enfourner 15 mn à 150 °C. Servir avec 1 salade verte.

Dans 1 cocotte, poêler 1,2 kg de bœuf (paleron ou joue) en morceaux dans 30 g de beurre. Réserver. Faire revenir 2 oignons émincés + 200 g de lardons. Ajouter 1 bouillon cube de bœuf + ½ l d'eau + la viande + 1 kg de carottes en rondelles + 10 pruneaux + 1 boîte de concentré de tomates + 2 gousses d'ail pilées + 1 bouquet garni. Mijoter 1 h 30. **Conserver les restes pour demain.**

Courses

Pour 4 personnes

☐ **Fusilli au gorgonzola**

400 g de fusilli, 150 g de gorgonzola, 8 tomates séchées, 4 tranches de jambon sec, 15 cl de crème liquide légère.

☐ **Salade hivernale**

600 g de pommes de terre, 6 branches de céleri, 1 oignon rouge, 2 boîtes de thon au naturel, 1 c. à c. de moutarde, 1 c. à s. de ciboulette, 2 c. à s. de vinaigre de Xérès, 4 c. à s. d'huile.

☐ **Tarte aux poireaux**

1 pâte feuilletée, 4 poireaux, 200 g de lardons, 60 g de gruyère râpé, 3 œufs, 20 cl de crème fraîche, 1 c. à c. de muscade, 1 noix de beurre.

☐ **Escalopes de veau aux champignons**

4 escalopes de veau, 2 boîtes de champignons de Paris, 20 cl de crème fraîche, 1 c. à s. de moutarde, 2 noix de beurre, 1 c. à s. de persil.

☐ **Mousse de carottes**

400 g de carottes, 100 g de gouda, 4 tranches de jambon de poulet, 3 œufs, 20 cl de crème fraîche, 1 c. à c. de cumin.

☐ **Galettes de M. Seguin**

6 galettes de sarrasin, 1 bûche de chèvre, 200 g de lardons, 6 noix de beurre, 6 c. à s. de coulis de tomates, 2 c. à s. de basilic, 1 salade verte.

☐ **Bœuf aux carottes**

1,2 kg de bœuf (paleron ou joue), 200 g de lardons, 1 kg de carottes, 10 pruneaux, 2 gousses d'ail, 2 oignons, 1 boîte de concentré de tomates, 1 bouillon cube de bœuf, 1 bouquet garni, 30 g de beurre.

61

Et aussi

2022

MARS

Lundi **7** — Coquillettes au bœuf
5 mn — 15 mn

Mardi **8** — Velouté de poireaux
15 mn — 40 mn

Mercredi **9** — Gougères et salade de chou rouge
20 mn — 3 mn — 30 mn

Jeudi **10** — Œufs à la coque et palets de légumes
10 mn — 10 mn

Vendredi **11** — Quinoa comme un risotto
10 mn — 30 mn

Samedi **12** — Filets de poisson panés
15 mn — 15 mn

Dimanche **13** — Blanquette de veau à la Cocotte-Minute
20 mn — 40 mn

62

Recettes
Pour 4 personnes

Réchauffer 400 g de restes de bœuf aux carottes de la veille et mélanger avec 250 g de coquillettes *al dente*. Servir chaud.

Dans 1 cocotte, faire suer 1 oignon et 4 poireaux émincés dans 2 c. à s. d'huile d'olive. Ajouter 2 pommes de terre épluchées et en morceaux + 1 bouillon cube de volaille + 1 l d'eau. Cuire à feu doux 30 mn. Mixer ensuite avec 30 cl de lait + 1 c. à s. de persil. Réchauffer et servir avec 4 tranches de pain de campagne toastées tartinées de 4 Carré Frais.

Porter 25 cl d'eau à ébullition avec 80 g de beurre en morceaux. Hors du feu, ajouter 150 g de farine tamisée et mélanger. Remettre 1 mn à feu doux. Laisser tiédir 3 mn et ajouter 4 œufs 1 à 1 + 150 g d'emmental râpé + 1 c. à c. de muscade. Former des boules sur 1 plaque beurrée et enfourner 25 mn à 200 °C. Servir avec 1 chou rouge émincé + 1 vinaigrette.

Cuire 8 œufs à la coque (3 mn 30 après ébullition) et parsemer de 8 c. à c. de ciboulette. Faire des mouillettes avec ½ baguette tartinée de 40 g de beurre. Servir avec 8 palets de légumes surgelés réchauffés au micro-ondes.

Cuire 2 verres de quinoa à l'eau avec 1 bouillon cube de légumes. Poêler 2 oignons émincés dans 2 c. à s. d'huile d'olive. Ajouter 2 courgettes et 2 carottes en dés. Mijoter 10 mn. Ajouter 1 louche du bouillon du quinoa, cuire encore 3 mn. Ajouter le quinoa égoutté + 250 g de ricotta + 2 c. à s. de basilic. Servir chaud.

Tremper 4 filets de cabillaud de 200 g chacun dans 2 c. à s. de farine, puis dans 2 œufs battus et dans 150 g de chapelure mélangée avec 2 c. à s. de persil + 1 c. à s. d'aneth + le zeste d'1 citron. Poêler dans 50 g de beurre et cuire jusqu'à ce que la panure dore. Servir avec le jus d'1 citron + 600 g de purée de légumes surgelée cuite au micro-ondes.

Dans 1 Cocotte-Minute, faire bouillir 2 l d'eau avec 1 oignon et 1 gousse d'ail émincés + 1 bouquet garni. Ajouter 800 g de blanquette de veau + 400 g de carottes en morceaux. Cuire 25 mn dès la rotation de la soupape. Faire fondre 50 g de beurre, ajouter 40 g de farine + 1 bol de bouillon de blanquette + 1 jaune d'œuf + 2 c. à s. de crème liquide. Servir avec 300 g de riz basmati.

Courses
Pour 4 personnes

☐ **Coquillettes au bœuf**

400 g de restes de bœuf aux carottes, 250 g de coquillettes.

☐ **Velouté de poireaux**

4 poireaux, 2 pommes de terre, 1 oignon, 4 tranches de pain de campagne, 4 Carré Frais, 30 cl de lait, 1 bouillon cube de volaille, 1 c. à s. de persil, 2 c. à s. d'huile d'olive.

☐ **Gougères et salade de chou rouge**

150 g de farine, 150 g d'emmental râpé, 1 chou rouge, 80 g + 1 noix de beurre, 4 œufs, 1 c. à c. de muscade, 1 vinaigrette.

☐ **Œufs à la coque et palets de légumes**

8 œufs, 8 palets de légumes surgelés, ½ baguette, 40 g de beurre, 8 c. à c. de ciboulette.

☐ **Quinoa comme un risotto**

2 verres de quinoa, 250 g de ricotta, 2 courgettes, 2 carottes, 2 oignons, 1 bouillon cube de légumes, 2 c. à s. de basilic, 2 c. à s. d'huile d'olive.

☐ **Filets de poisson panés**

4 filets de cabillaud de 200 g chacun, 150 g de chapelure, 2 c. à s. de farine, 600 g de purée de légumes surgelée, 1 citron, 50 g de beurre, 2 œufs, 2 c. à s. de persil, 1 c. à s. d'aneth.

☐ **Blanquette de veau à la Cocotte-Minute**

800 g de blanquette de veau, 300 g de riz basmati, 400 g de carottes, 1 oignon, 1 gousse d'ail, 50 g de beurre, 40 g de farine, 1 jaune d'œuf, 1 bouquet garni, 2 c. à s. de crème liquide.

Et aussi

MARS

Lundi **14**

Salade de pâtes

15 mn | 10 mn

Mardi **15**

Soupe du soleil

10 mn | 30 mn

Mercredi **16**

Croque-madame à la mimolette

10 mn | 10 mn

Jeudi **17**

Poulet aux concombres

10 mn | 30 mn

Vendredi **18**

Flans de petits pois au curry

10 mn | 30 mn

Samedi **19**

Saumon facile en papillote

10 mn | 35 mn

Dimanche **20**

Côtes d'agneau et écrasé de patates douces

15 mn | 40 mn

Recettes
Pour 4 personnes

Mélanger 200 g de penne cuites et refroidies + 250 g de tomates cerises + 1 boîte de maïs + 8 tomates séchées coupées + 8 tranches de jambon sec en lanières + 150 g de mozzarella en dés + 10 olives + 1 sauce (le jus d'1 citron + 4 c. à s. d'huile d'olive + 1 c. à s. de vinaigre balsamique + 2 c. à s. de basilic) + 50 g de pignons.

Dans 1 cocotte, poêler 4 carottes, 3 courgettes, 200 g de poivrons, 1 tomate et 1 pomme de terre en morceaux dans 2 c. à s. d'huile d'olive pendant 10 mn. Ajouter 1,5 l d'eau + 1 bouillon cube de légumes + 1 gousse d'ail émincée + 1 c. à s. d'herbes de Provence. Cuire 20 mn. Mixer avec 1 partie de l'eau de cuisson. Servir avec 40 g de parmesan râpé + 4 tranches de jambon.

Garnir 8 tranches de pain de mie de 4 c. à s. de moutarde + 4 tranches de jambon au torchon + 80 g de mimolette râpée. Dans 1 poêle, cuire 4 œufs au plat dans 20 g de beurre ½ sel. Réserver. Dorer les croque dans la poêle 1-2 mn/côté, déposer sur chacun 1 œuf au plat et servir avec 1 salade.

Faire suer 2 oignons et 1 gousse d'ail émincés dans 1 c. à s. d'huile. Ajouter 2 concombres (épluchés 1 lanière sur 2) en ½ rondelles. Ajouter 1 c. à s. de sauce soja. Cuire 10 mn. Ajouter 4 escalopes de poulet en morceaux et encore un peu de sauce soja selon le goût. Cuire 10 mn. Servir avec 300 g de semoule.

Battre 4 œufs avec 3 c. à s. de fromage blanc + 1 c. à s. de Maïzena. Ajouter 1 c. à c. de curry + 100 g de gruyère râpé + 600 g de petits pois surgelés ou en conserve cuits à la vapeur + 100 g de chorizo en rondelles. Verser dans des moules individuels et enfourner 20 mn à 180 °C.

Dans 4 feuilles d'aluminium, répartir 4 pavés de saumon + 250 g de tomates cerises coupées en 2 + 300 g de champignons de Paris émincés + 1 gousse d'ail pilée + 2 c. à s. d'huile d'olive + le jus d'1 citron + 4 c. à s. d'aneth. Fermer les papillotes et enfourner 25 mn à 180 °C. Servir avec 600 g d'épinards surgelés cuits et mélangés à 1 c. à s. de crème fraîche.

Tremper 4 côtes d'agneau dans 1 œuf battu + 1 c. à c. de moutarde, puis dans 1 mélange fait de 2 tranches de pain sec mixées avec 4 brins de coriandre, de persil plat et de basilic. Les poêler 8 mn/côté dans 1 c. à s. d'huile. Servir avec 800 g de patates douces cuites 20 mn à la vapeur et écrasées à la fourchette avec 20 g de beurre + 10 cl de lait.

Courses
Pour 4 personnes

☐ Salade de pâtes

200 g de penne, 150 g de mozzarella, 8 tranches de jambon sec, 250 g de tomates cerises, 8 tomates séchées, 10 olives, 1 citron, 1 boîte de maïs, 50 g de pignons, 2 c. à s. de basilic, 4 c. à s. d'huile d'olive, 1 c. à s. de vinaigre balsamique.

☐ Soupe du soleil

4 carottes, 3 courgettes, 200 g de poivrons, 1 tomate, 1 pomme de terre, 1 gousse d'ail, 40 g de parmesan râpé, 4 tranches de jambon, 1 c. à s. d'herbes de Provence, 1 bouillon cube de légumes, 2 c. à s. d'huile d'olive.

☐ Croque-madame à la mimolette

8 tranches de pain de mie, 4 tranches de jambon au torchon, 4 œufs, 80 g de mimolette, 20 g de beurre ½ sel, 1 salade, 4 c. à s. de moutarde.

☐ Poulet aux concombres

4 escalopes de poulet, 2 concombres, 2 oignons, 1 gousse d'ail, 300 g de semoule, 1 c. à s. de sauce soja, 1 c. à s. d'huile.

☐ Flans de petits pois au curry

600 g de petits pois surgelés ou en conserve, 100 g de gruyère râpé, 100 g de chorizo, 4 œufs, 3 c. à s. de fromage blanc, 1 c. à s. de Maïzena, 1 c. à c. de curry.

☐ Saumon facile en papillote

4 pavés de saumon, 600 g d'épinards surgelés, 300 g de champignons de Paris, 250 g de tomates cerises, 1 citron, 1 gousse d'ail, 4 c. à s. d'aneth, 1 c. à s. de crème fraîche, 2 c. à s. d'huile d'olive.

☐ Côtes d'agneau et écrasé de patates douces

4 côtes d'agneau, 800 g de patates douces, 2 tranches de pain sec, 20 g de beurre, 1 œuf, 10 cl de lait, 4 brins de coriandre, de persil plat et de basilic, 1 c. à c. de moutarde, 1 c. à s. d'huile.

Et aussi

MARS

Lundi 21 — Pizza rapide à la courgette

10 mn | 15 mn

Mardi 22 — Salade d'hiver et crevettes mayo

15 mn

Mercredi 23 — Briks de chèvre surprise

15 mn | 15 mn

Jeudi 24 — Omelette aux poireaux

5 mn | 15 mn

Vendredi 25 — Blé à la tomate

15 mn | 15 mn

Samedi 26 — Rôti de porc citron et romarin

15 mn | 1 h 25

Dimanche 27 — Haddock mariné au lait de coco

20 mn | 4 h | 5 mn

66

Recettes
Pour 4 personnes

Sur 1 pâte à pizza, répartir 200 g de mozzarella de bufflonne émincée + 200 g de courgettes lavées et taillées en lanières avec 1 économe + 4 tranches de jambon de Parme effilées. Parsemer de 2 c. à s. de romarin + 1 filet d'huile d'olive. Enfourner 15 mn à 220 °C.

Mélanger 600 g de champignons de Paris brossés et émincés + 2 échalotes émincées + 2 c. à s. de persil + 1 c. à s. d'aneth + 1 c. à s. de coriandre ciselée. Verser 4 c. à s. de vinaigre de vin + 8 c. à s. d'huile d'olive. Servir avec 400 g de crevettes roses décortiquées + 2 c. à s. de mayonnaise.

Sur 8 feuilles de brik, répartir 4 tranches de jambon cru en lanières + 8 abricots secs en dés + 1 bûche de chèvre + 4 c. à c. de miel + 4 c. à c. de romarin. Fermer les briks. Enfourner 15 mn à 180 °C. Servir avec 1 salade + 1 vinaigrette + 2 pamplemousses roses coupés en 2 à déguster à la cuillère.

Faire blondir 4 blancs de poireaux émincés dans 2 c. à s. d'huile d'olive pendant 10 mn. Ajouter 6 œufs battus avec 1 c. à c. de muscade + 100 g de Fromage Fouetté Madame Loïk. Couvrir et laisser prendre l'omelette. La plier en 2 et servir chaud.

Faire suer 1 oignon émincé dans 2 c. à s. d'huile d'olive. Ajouter 8 tomates en dés + 1 pincée d'ail + 3 c. à s. de pesto rouge + 1 c. à s. d'herbes de Provence. Mélanger à 250 g de blé cuit + 100 g de parmesan en copeaux.

Glisser 8 branches de romarin dans 1 rôti de porc dans l'échine désossé (800 g), incisé plusieurs fois sur le dessus. Mettre le rôti dans 1 plat et ajouter 4 oignons émincés + le zeste et la chair d'1 citron non traité pelé à vif. Arroser de 3 c. à s. d'eau + 2 c. à s. d'huile. Mettre de l'aluminium sur le rôti et enfourner 1 h 15 à 180 °C. Servir avec 600 g de courgettes poêlées.

Faire mariner 600 g de filets de haddock en lamelles avec le jus de 2 citrons verts + 1 filet d'huile + 1 pincée de piment. Après 4 h, prélever 1 c. à s. de la marinade, ajouter 10 cl de lait de coco + 2 oignons rouges émincés + 1 c. à s. de coriandre, de ciboulette et de curry. Servir avec 500 g de tomates cerises en salade + 4 tranches de pain de seigle grillées.

Courses
Pour 4 personnes

- [ ] **Pizza rapide à la courgette**

1 pâte à pizza, 200 g de courgettes, 200 g de mozzarella de bufflonne, 4 tranches de jambon de Parme, 2 c. à s. de romarin, 1 filet d'huile d'olive.

- [ ] **Salade d'hiver et crevettes mayo**

400 g de crevettes roses décortiquées, 600 g de champignons de Paris, 2 échalotes, 2 c. à s. de mayonnaise, 2 c. à s. de persil, 1 c. à s. d'aneth, 1 c. à s. de coriandre, 4 c. à s. de vinaigre de vin, 8 c. à s. d'huile d'olive.

- [ ] **Briks de chèvre surprise**

8 feuilles de brik, 1 bûche de chèvre, 8 abricots secs, 2 pamplemousses roses, 1 salade, 4 tranches de jambon cru, 4 c. à c. de miel, 4 c. à c. de romarin, 1 vinaigrette.

- [ ] **Omelette aux poireaux**

6 œufs, 4 blancs de poireaux, 100 g de Fromage Fouetté Madame Loïk, 1 c. à c. de muscade, 2 c. à s. d'huile d'olive.

- [ ] **Blé à la tomate**

250 g de blé, 8 tomates, 1 oignon, 100 g de parmesan en copeaux, 3 c. à s. de pesto rouge, 1 pincée d'ail, 1 c. à s. d'herbes de Provence, 2 c. à s. d'huile d'olive.

- [ ] **Rôti de porc citron et romarin**

1 rôti de porc dans l'échine désossé (800 g), 600 g de courgettes, 1 citron non traité, 4 oignons, 8 branches de romarin, 2 c. à s. d'huile.

- [ ] **Haddock mariné au lait de coco**

600 g de filets de haddock, 500 g de tomates cerises, 2 oignons rouges, 2 citrons verts, 4 tranches de pain de seigle, 10 cl de lait de coco, 1 pincée de piment, 1 c. à s. de coriandre, de ciboulette et de curry, 1 filet d'huile.

Et aussi

2022

MARS/AVRIL

Lundi 28 — Pâtes à la crème de pignons
5 mn · 10 mn

Mardi 29 — Salade aux artichauts
15 mn · 5 mn

Mercredi 30 — Boulettes de bœuf à la tomate
15 mn · 40 mn

Jeudi 31 — Filets de cabillaud sauce citron
15 mn · 15 mn

Vendredi 1 — Bagels au saumon fumé
10 mn · 5 mn

Samedi 2 — Gratin aux pommes de terre et aux poireaux
15 mn · 1 h 05

Dimanche 3 — Filet mignon au curry
20 mn · 40 mn

Recettes

Pour 4 personnes

Mixer 100 g de pignons + 20 cl de crème liquide + 30 g de beurre fondu + 50 g de parmesan + 2 c. à c. de muscade. Mélanger avec 450 g de pâtes *al dente*. Parsemer de 2 c. à s. de basilic.

Mélanger 1 salade frisée + 8 cœurs d'artichauts marinés à l'huile + 8 fonds d'artichauts émincés. Verser 1 sauce (1 c. à c. de moutarde mélangée au jus d'1 citron + 3 c. à s. de l'huile du bocal), servir avec 4 tranches de jambon cru + 4 œufs mollets (5 mn après reprise du frémissement).

Mélanger 400 g de bœuf haché + 2 oignons émincés + 2 c. à s. de persil + 1 c. à c. de paprika + 30 g de chapelure. Former des boulettes. Les poêler 5 mn dans 2 c. à s. d'huile. Réserver. Mijoter 20 mn 400 g de tomates concassées + 2 c. à s. de concentré de tomates + 15 cl d'eau. Rajouter les boulettes et cuire 5 mn. Servir avec 250 g de mélange de céréales cuits.

Pocher 4 filets de cabillaud dans de l'eau bouillante avec 1 bouillon cube pendant 5 mn. Réserver. Dans 1 casserole, faire fondre 30 g de beurre. Ajouter 1 c. à s. de farine + 20 cl de l'eau de cuisson + le jus d'½ citron + 1 sucre + 2 c. à s. d'aneth + 10 cl de crème liquide. Cuire jusqu'à épaississement. Servir avec le poisson + 600 g de légumes surgelés cuits au micro-ondes.

Couper 4 bagels en 2 et les griller 2-3 mn au four. Les tartiner de 200 g de fromage frais mélangé à 4 c. à s. d'aneth. Répartir 8 tranches de saumon fumé émincées. Servir avec 1 citron en quartiers + 2 concombres épépinés et en cubes + 1 sauce (4 c. à s. d'huile d'olive + 2 c. à s. de vinaigre balsamique + 1 échalote émincée).

Dans 1 plat à gratin beurré, étager 400 g de poireaux (émincés et cuits 15 mn à l'eau) + 600 g de pommes de terre (précuites 10 mn à l'eau, pelées et coupées en rondelles). Ajouter 1 bouillon cube dilué dans 10 cl d'eau. Enfourner 25 mn à 200 °C. Verser 10 cl de crème fraîche + 10 cl de lait entier + 1 c. à c. de muscade + 100 g de gruyère râpé. Cuire encore 15 mn.

Poêler 600 g de filet mignon + 2 carottes en rondelles + 2 oignons émincés dans 2 c. à s. d'huile. Après 5 mn, ajouter 1 c. à s. de farine. Mouiller avec ½ verre de vin blanc + 1 bouillon cube dilué dans 10 cl d'eau. Ajouter 2 c. à s. de curry + 1 c. à s. de miel + 1 c. à c. de curcuma. Mijoter 25 mn. Ajouter 4 c. à s. de crème fraîche. Servir avec 250 g de riz.

Courses

Pour 4 personnes

☐ **Pâtes à la crème de pignons**

450 g de pâtes, 100 g de pignons, 50 g de parmesan, 30 g de beurre, 20 cl de crème liquide, 2 c. à c. de muscade, 2 c. à s. de basilic.

☐ **Salade aux artichauts**

1 salade frisée, 8 fonds d'artichauts, 8 cœurs d'artichauts marinés à l'huile, 4 tranches de jambon cru, 1 citron, 4 œufs, 1 c. à c. de moutarde.

☐ **Boulettes de bœuf à la tomate**

400 g de bœuf haché, 400 g de tomates concassées, 2 oignons, 30 g de chapelure, 250 g de mélange de céréales, 2 c. à s. de persil, 1 c. à c. de paprika, 2 c. à s. de concentré de tomates, 2 c. à s. d'huile.

☐ **Filets de cabillaud sauce citron**

4 filets de cabillaud, 600 g de légumes surgelés, ½ citron, 30 g de beurre, 1 c. à s. de farine, 1 sucre, 10 cl de crème liquide, 1 bouillon cube, 2 c. à s. d'aneth.

☐ **Bagels au saumon fumé**

4 bagels, 8 tranches de saumon fumé, 2 concombres, 1 échalote, 1 citron, 200 g de fromage frais, 4 c. à s. d'aneth, 4 c. à s. d'huile d'olive, 2 c. à s. de vinaigre balsamique.

☐ **Gratin aux pommes de terre et aux poireaux**

600 g de pommes de terre, 400 g de poireaux, 100 g de gruyère râpé, 10 cl de crème fraîche, 10 cl de lait entier, 1 bouillon cube, 1 noix de beurre, 1 c. à c. de muscade.

☐ **Filet mignon au curry**

600 g de filet mignon, 2 carottes, 2 oignons, 250 g de riz, 1 c. à s. de farine, ½ verre de vin blanc, 4 c. à s. de crème fraîche, 1 c. à s. de miel, 1 bouillon cube, 2 c. à s. de curry, 1 c. à c. de curcuma, 2 c. à s. d'huile.

Et aussi

AVRIL

Lundi
4

Spaghettis à l'ail

15 mn 25 mn

Mardi
5

Velouté de carottes au lait de coco

10 mn 35 mn

Mercredi
6

Dorade au citron

10 mn 40 mn

Jeudi
7

Pilons de poulet panés

10 mn 15 mn

Vendredi
8

Ratascouss'

5 mn 5 mn

Samedi
9

Tarte aux courgettes

15 mn 1 h

Dimanche
10

Sauté de bœuf aux poivrons

20 mn 30 mn 30 mn

Recettes
Pour 4 personnes

Faire confire 10 mn à feu très doux 1 tête d'ail émincée dans 2 c. à s. d'huile d'olive. Ajouter 400 g de spaghettis *al dente* + 2 gouttes de Tabasco. Continuer à cuire quelques minutes. Saupoudrer de 60 g de parmesan, le laisser fondre et servir.

Dans 1 cocotte, poêler 1 oignon émincé dans 1 c. à s. d'huile d'olive + 1 c. à c. de cumin + 1 c. à c. de gingembre. Ajouter 1 kg de carottes en morceaux + 1 bouillon cube + 1 l d'eau. Cuire 30 mn. Mixer avec tout ou partie de l'eau de cuisson. Ajouter 10 cl de lait de coco et mixer encore. Servir avec 6 tranches de jambon blanc.

Placer 1 dorade (800 g) écaillée et vidée dans 1 plat huilé. Déposer autour 2 citrons non traités en rondelles + 2 c. à c. de cumin. Enfourner 20 mn à 180 °C. Parsemer de 2 c. à s. de coriandre. Servir avec 600 g de pommes de terre vapeur + 1 sauce (3 gousses d'ail pressées + le jus d'1 citron + 2 c. à c. de ras el-hanout + 6 c. à s. d'huile d'olive).

Rouler 8 pilons de poulet sans la peau dans 60 g de farine, puis les tremper dans 2 œufs battus avec 2 c. à s. de persil, puis dans 150 g de chapelure. Faire frire dans 1 poêle à feu moyen dans 4 c. à s. d'huile pendant 15 mn. Les égoutter avec de l'essuie-tout. Servir avec 4 c. à s. de ketchup et 1 salade.

Mélanger 500 g de semoule moyenne avec 3 c. à s. d'huile d'olive + 25 cl d'eau bouillante. Laisser absorber l'eau. Mettre 2 mn au micro-ondes. Mélanger à la fourchette, ajouter 1 noix de beurre + encore 25 cl d'eau bouillante. Remettre 2 mn au micro-ondes. Servir avec 4 tranches de jambon sec + 1 bocal de ratatouille réchauffée.

Poêler 4 courgettes en rondelles dans 1 c. à s. d'huile d'olive + 2 c. à s. d'herbes de Provence pendant 15 mn. Les égoutter et les mettre sur 1 pâte feuilletée (cuite 10 mn à blanc à 180 °C) + 3 œufs battus avec 15 cl de crème fraîche + 10 cl de lait + 1 c. à c. de muscade. Déposer 4 tranches de bacon en morceaux + 150 g de bûche de chèvre en rondelles dessus. Enfourner 35 mn à 210 °C.

Faire mariner 30 mn 800 g de bœuf émincé dans 4 c. à s. de nuoc-mâm + 2 c. à s. de sucre roux. Poêler 15 mn 2 poivrons en lanières + 2 c. à s. d'huile. Ajouter 1 piment rouge émincé + 4 gousses d'ail pilées + 1 c. à c. de gingembre. Cuire 5 mn. Ajouter le bœuf + 4 c. à s. de basilic. Cuire 3-4 mn. Ajouter le jus d'1 citron. Servir avec 250 g de nouilles chinoises. **Conserver les restes pour demain.**

Courses
Pour 4 personnes

☐ **Spaghettis à l'ail**

400 g de spaghettis, 1 tête d'ail, 60 g de parmesan, 2 gouttes de Tabasco, 2 c. à s. d'huile d'olive.

☐ **Velouté de carottes au lait de coco**

1 kg de carottes, 6 tranches de jambon blanc, 1 oignon, 10 cl de lait de coco, 1 bouillon cube, 1 c. à c. de cumin, 1 c. à c. de gingembre, 1 c. à s. d'huile d'olive.

☐ **Dorade au citron**

1 dorade de 800 g, 600 g de pommes de terre, 3 citrons non traités, 3 gousses d'ail, 2 c. à c. de cumin, 2 c. à c. de ras el-hanout, 2 c. à s. de coriandre, 6 c. à s. + 1 filet d'huile d'olive.

☐ **Pilons de poulet panés**

8 pilons de poulet, 2 œufs, 150 g de chapelure, 60 g de farine, 1 salade, 2 c. à s. de persil, 4 c. à s. de ketchup, 4 c. à s. d'huile.

☐ **Ratascouss'**

500 g de semoule moyenne, 1 bocal de ratatouille, 4 tranches de jambon sec, 1 noix de beurre, 3 c. à s. d'huile d'olive.

☐ **Tarte aux courgettes**

1 pâte feuilletée, 4 courgettes, 4 tranches de bacon, 3 œufs, 150 g de bûche de chèvre, 15 cl de crème fraîche, 10 cl de lait, 2 c. à s. d'herbes de Provence, 1 c. à c. de muscade, 1 c. à s. d'huile d'olive.

☐ **Sauté de bœuf aux poivrons**

800 g de bœuf, 2 poivrons, 1 citron, 1 piment rouge, 4 gousses d'ail, 250 g de nouilles chinoises, 4 c. à s. de basilic, 1 c. à c. de gingembre, 2 c. à s. de sucre roux, 4 c. à s. de nuoc-mâm, 2 c. à s. d'huile.

Et aussi

AVRIL

Lundi

11

Pizza à la viande hachée

10 mn 15 mn

Mardi

12

Salade printanière

15 mn 25 mn

Mercredi

13

Petits roulés au Boursin et aux crudités

15 mn

Jeudi

14

Quenelles à la béchamel

5 mn 30 mn

Vendredi

15

Œufs cocotte à la truite fumée

10 mn 15 mn

Samedi

16

Crumble de tomates

15 mn 1 h

Dimanche

17

Pâques

Rôti de porc et petits pois carottes

15 mn 1 h 20

72

Recettes
Pour 4 personnes

Hacher 200 g de restes de bœuf. Mélanger avec 1 pot de coulis de tomates + 2 c. à s. de basilic et étaler sur 1 pâte à pizza. Disposer dessus 2 tomates et 100 g de mozzarella en rondelles et parsemer de 60 g de gruyère râpé. Enfourner 15 mn à 210 °C.

Mélanger 1 botte d'asperges vertes cuites à l'eau ou à la vapeur + 1 salade mesclun + 200 g de champignons de Paris émincés + 200 g de tomates cerises coupées en 2 + 200 g de poulet grillé en morceaux + 60 g de parmesan en copeaux. Ajouter 1 vinaigrette + 2 c. à s. de ciboulette. Servir avec 4 œufs mollets.

Tartiner 6 fajitas de 200 g de Boursin. Répartir 6 tranches de jambon blanc + 1 concombre et 1 carotte en bâtonnets + 6 feuilles de salade. Arroser d'1 filet d'huile d'olive et de vinaigre balsamique. Rouler chaque fajita. Couper en tronçons et maintenir avec des cure-dents. Servir avec 1 botte de radis à la croque au sel + 2 noix de beurre.

Dans 1 plat à gratin, déposer 4 quenelles fraîches + 1 petite boîte de champignons de Paris émincés + 1 béchamel mélangée à 1 c. à s. de moutarde à l'ancienne. Recouvrir de 80 g de gruyère râpé. Enfourner 30 mn à 200 °C. Servir avec 1 salade de mâche.

Beurrer 8 ramequins. Dans chacun, mettre 1 c. à s. de crème fraîche + ½ tranche de truite fumée. Ajouter délicatement 1 œuf extra-frais + 1 c. à c. d'aneth + 10 g de gruyère râpé. Cuire 10-15 mn au bain-marie dans 1 four préchauffé à 180 °C. Servir avec 500 g de champignons de Paris émincés + 1 vinaigrette.

Dans 1 plat, mettre 1 kg de tomates en rondelles + 1 c. à s. d'huile d'olive + 2 c. à s. d'herbes de Provence. Enfourner 30 mn à 210 °C. Poêler à sec 125 g de lardons. Ajouter 1 oignon émincé et le faire suer dans 1 c. à s. d'huile d'olive. Verser sur les tomates. Ajouter 8 c. à s. de chapelure mélangée à 8 c. à s. de parmesan + 2 c. à s. d'huile d'olive. Cuire encore 20 mn.

Enduire 1 rôti de porc d'1 kg de 2 c. à s. de moutarde. Dans 1 plat, déposer 2 oignons émincés, puis le rôti. Mouiller avec 1 bouillon cube de veau dilué dans 15 cl d'eau bouillante et enfourner 1 h 15 à 180 °C en mouillant régulièrement si besoin. Servir avec 1 grosse boîte de petits pois carottes réchauffés au micro-ondes.

Courses
Pour 4 personnes

☐ **Pizza à la viande hachée**

1 pâte à pizza, 200 g de restes de bœuf, 100 g de mozzarella, 60 g de gruyère râpé, 2 tomates, 1 pot de coulis de tomates, 2 c. à s. de basilic.

☐ **Salade printanière**

200 g de poulet grillé, 1 botte d'asperges vertes, 200 g de champignons de Paris, 200 g de tomates cerises, 1 salade mesclun, 60 g de parmesan, 4 œufs, 1 vinaigrette, 2 c. à s. de ciboulette.

☐ **Petits roulés au Boursin et aux crudités**

6 fajitas, 200 g de Boursin, 6 tranches de jambon blanc, 1 concombre, 1 carotte, 6 feuilles de salade, 1 botte de radis, 2 noix de beurre, 1 filet d'huile d'olive et de vinaigre balsamique.

☐ **Quenelles à la béchamel**

4 quenelles fraîches, 1 béchamel, 1 petite boîte de champignons de Paris émincés, 1 salade de mâche, 80 g de gruyère râpé, 1 c. à s. de moutarde à l'ancienne.

☐ **Œufs cocotte à la truite fumée**

8 œufs extra-frais, 4 tranches de truite fumée, 500 g de champignons de Paris, 80 g de gruyère râpé, 8 c. à s. de crème fraîche, 8 c. à c. d'aneth, 1 noix de beurre, 1 vinaigrette.

☐ **Crumble de tomates**

1 kg de tomates, 1 oignon, 125 g de lardons, 8 c. à s. de chapelure, 8 c. à s. de parmesan, 2 c. à s. d'herbes de Provence, 4 c. à s. d'huile d'olive.

☐ **Rôti de porc et petits pois carottes**

1 rôti de porc d'1 kg, 1 grosse boîte de petits pois carottes, 2 oignons, 2 c. à s. de moutarde, 1 bouillon cube de veau.

Et aussi

AVRIL

Lundi **18** Lundi de Pâques

Pâtes fraîches à la roquette et au parmesan

5 mn | 15 mn

Mardi **19**

Salade César aux 2 tomates

15 mn | 5 mn

Mercredi **20**

Tarte au saumon fumé

10 mn | 40 mn

Jeudi **21**

Rougets et parmentière d'artichauts

15 mn | 25 mn

Vendredi **22**

Moussaka rapide et légère

15 mn | 45 mn

Samedi **23**

Crevettes au citron

10 mn | 1 h | 5 mn

Dimanche **24**

Cheeseburgers

15 mn | 20 mn

Recettes
Pour 4 personnes

Poêler 1 gousse d'ail émincée et 1 c. à c. de piment doux dans 2 c. à s. d'huile d'olive. Lorsque l'ail est blond, ajouter 200 g de roquette en sachet. Mélanger et ajouter 400 g de pâtes fraîches *al dente*. Servir rapidement avec 80 g de parmesan râpé.

Mélanger 1 sachet de cœurs de laitues + 1 sachet de croûtons + 200 g de poulet grillé en morceaux + 200 g de tomates cerises et 8 tomates séchées coupées en 2 + 60 g de parmesan en copeaux. Ajouter la sauce : mixer 2 c. à c. de câpres + 1 c. à c. de moutarde + le jus d'1 citron + 3 c. à s. d'huile + 1 œuf cuit 2 mn + 1 gousse d'ail.

Foncer 1 moule à tarte avec 1 pâte feuilletée, y déposer 4 tranches de saumon fumé en morceaux + 400 g d'épinards en branches décongelés et égouttés + 3 œufs battus avec 2 c. à s. de crème fraîche + 10 cl de lait. Parsemer de 40 g de pignons poêlés 2 mn à sec + 80 g de gruyère râpé. Enfourner 35 mn à 180 °C.

Cuire 20 mn à la vapeur ou à l'eau 6 fonds d'artichauts et 200 g de pommes de terre. Les égoutter et les mixer avec 15 cl de lait + 3 c. à s. d'huile d'olive. Poêler à feu vif 8 filets de rougets dans 2 c. à s. d'huile d'olive pendant 2-3 mn. Les arroser d'1 filet de vinaigre balsamique. Servir avec la purée.

Poêler 1 oignon et 1 gousse d'ail émincés dans 2 c. à s. d'huile d'olive. Ajouter 1 boîte de pulpe de tomates. Mijoter 20 mn. Ajouter 300 g de bœuf haché et cuire 5 mn. Dans 1 plat, étager 800 g d'aubergines en tranches (cuites 3 mn au micro-ondes) et le bœuf haché. Terminer par les aubergines + 2 œufs battus avec le jus d'1 citron + 50 g de gruyère râpé. Enfourner 10 mn à 210 °C.

Faire mariner 600 g de crevettes roses décortiquées pendant 1 h dans 4 c. à s. d'huile d'olive + le jus d'½ citron + 1 gousse d'ail pilée + 1 c. à s. de ciboulette. Les poêler 2-3 mn dans 1 noix de beurre + 1 c. à s. de persil. Servir avec ½ citron + 2 avocats coupés en 2 nappés d'1 vinaigrette.

Couper 4 pains à burgers en 2. Les garnir de 2 tomates en rondelles + 4 steaks hachés saisis + 4 tranches de cheddar + 1 oignon en rondelles (poêlé 5 mn dans 1 c. à s. d'huile). Griller 5 mn au four. Tartiner de 4 c. à s. de ketchup et garnir de 4 feuilles de salade. Servir avec 600 g de carottes râpées + 2 c. à s. de ciboulette + 1 vinaigrette.

Courses
Pour 4 personnes

☐ Pâtes fraîches à la roquette et au parmesan

400 g de pâtes fraîches, 200 g de roquette en sachet, 1 gousse d'ail, 80 g de parmesan râpé, 1 c. à c. de piment doux, 2 c. à s. d'huile d'olive.

☐ Salade César aux 2 tomates

1 sachet de cœurs de laitues, 200 g de tomates cerises, 8 tomates séchées, 1 citron, 1 gousse d'ail, 200 g de poulet grillé, 60 g de parmesan, 1 œuf, 1 sachet de croûtons, 2 c. à c. de câpres, 1 c. à c. de moutarde, 3 c. à s. d'huile.

☐ Tarte au saumon fumé

1 pâte feuilletée, 4 tranches de saumon fumé, 400 g d'épinards en branches surgelés, 40 g de pignons, 80 g de gruyère râpé, 2 c. à s. de crème fraîche, 10 cl de lait, 3 œufs.

☐ Rougets et parmentière d'artichauts

8 filets de rougets, 6 fonds d'artichauts, 200 g de pommes de terre, 15 cl de lait, 1 filet de vinaigre balsamique, 5 c. à s. d'huile d'olive.

☐ Moussaka rapide et légère

300 g de bœuf haché, 800 g d'aubergines, 1 boîte de pulpe de tomates, 1 oignon, 1 gousse d'ail, 1 citron, 50 g de gruyère râpé, 2 œufs, 2 c. à s. d'huile d'olive.

☐ Crevettes au citron

600 g de crevettes roses décortiquées, 1 citron, 2 avocats, 1 gousse d'ail, 1 noix de beurre, 1 vinaigrette, 1 c. à s. de persil, 1 c. à s. de ciboulette, 4 c. à s. d'huile d'olive.

☐ Cheeseburgers

4 pains à burgers, 4 steaks hachés, 4 tranches de cheddar, 600 g de carottes, 2 tomates, 1 oignon, 4 feuilles de salade, 4 c. à s. de ketchup, 2 c. à s. de ciboulette, 1 vinaigrette, 1 c. à s. d'huile.

Et aussi

AVRIL/MAI

2022

Lundi 25
Salade de pâtes à la feta et aux légumes
15 mn — 15 mn

Mardi 26
Velouté glacé à l'avocat
10 mn — 5 mn

Mercredi 27
Briks au jambon et au fromage
15 mn — 15 mn

Jeudi 28
Œufs mimosa à la crème de thon
15 mn — 10 mn

Vendredi 29
Salade de fruits de mer
10 mn — 10 mn

Samedi 30
Crumble de courgettes
15 mn — 50 mn

Dimanche 1
Fête du Travail
Curry de bœuf
10 mn — 20 mn

76

Recettes
Pour 4 personnes

Mélanger 250 g de torsades *al dente* + 250 g de feta émiettée + 150 g de lardons grillés à sec + 4 tomates en dés + 2 branches de céleri émincées + 1 pomme en dés. Napper d'1 sauce (1 c. à c. de moutarde + 2 c. à s. de vinaigre balsamique + 5 c. à s. d'huile d'olive). Servir frais.

Mixer la chair de 6 avocats avec le jus d'1 citron + 4 c. à s. de crème liquide + 6 glaçons + 4 brins de menthe + 2 gouttes de Tabasco. Servir rapidement avec 4 tranches de pain de campagne toastées et tartinées de 150 g de St Môret + 4 tranches de saumon fumé.

Sur 8 feuilles de brik, répartir 4 tranches de jambon en lanières + 200 g de fromage de brebis en dés + 4 c. à s. d'herbes de Provence. Fermer les feuilles de brik. Enfourner 15 mn à 180 °C. Servir avec 8 tomates en quartiers + 1 vinaigrette.

Couper 8 œufs durs en 2 dans la longueur. Prélever le jaune de 4 d'entre eux et le mixer avec 200 g de thon en boîte + 100 g de St Môret + le jus d'1 citron + 1 c. à s. d'huile d'olive. Ajouter 1 c. à s. de câpres. Verser le mélange dans les ½ blancs d'œufs vides. Saupoudrer des 4 jaunes restants réduits en mimosa. Parsemer de 2 c. à s. de ciboulette. Servir avec 1 laitue.

Décongeler 250 g de cocktail de fruits de mer, 200 g de petits pois et 200 g de haricots plats surgelés. Les mélanger avec 200 g de blé cuit. Assaisonner avec 1 sauce : 1 c. à s. de mayonnaise + 1 c. à s. de fromage blanc + le jus d'1 citron + 1 c. à s. de curry + 1 c. à s. de persil. Servir frais.

Dans 1 cocotte, poêler 1 oignon émincé dans 2 c. à s. d'huile d'olive. Ajouter 1 kg de courgettes en dés + 2 c. à s. de thym + 1 gousse d'ail pilée. Cuire 15 mn à l'étouffée. Verser dans 1 plat à gratin et saupoudrer de pâte à crumble (100 g de farine + 100 g de parmesan râpé + 80 g de beurre froid émietté). Enfourner 30 mn à 200 °C.

Poêler 2 oignons émincés + 250 g de poivrons rouges en dés dans 1 c. à s. d'huile pendant 5 mn. Ajouter 1 gousse d'ail pilée + 20 cl de coulis de tomates + 1 sucre + 2 c. à s. de curry. Mélanger. Verser 15 cl de crème liquide, faire bouillir. Ajouter 600 g de bœuf haché. Cuire 3-4 mn en mélangeant. Ajouter le jus d'1 citron et parsemer de 2 c. à s. de coriandre. Servir avec 200 g de riz.

Courses
Pour 4 personnes

☐ **Salade de pâtes à la feta et aux légumes**

250 g de torsades, 250 g de feta, 150 g de lardons, 4 tomates, 2 branches de céleri, 1 pomme, 1 c. à c. de moutarde, 2 c. à s. de vinaigre balsamique, 5 c. à s. d'huile d'olive.

☐ **Velouté glacé à l'avocat**

6 avocats, 1 citron, 4 tranches de pain de campagne, 150 g de St Môret, 4 tranches de saumon fumé, 4 c. à s. de crème liquide, 4 brins de menthe, 2 gouttes de Tabasco.

☐ **Briks au jambon et au fromage**

8 feuilles de brik, 4 tranches de jambon, 200 g de fromage de brebis, 8 tomates, 1 vinaigrette, 4 c. à s. d'herbes de Provence.

☐ **Œufs mimosa à la crème de thon**

8 œufs, 200 g de thon en boîte, 100 g de St Môret, 1 laitue, 1 citron, 1 c. à s. de câpres, 2 c. à s. de ciboulette, 1 c. à s. d'huile d'olive.

☐ **Salade de fruits de mer**

250 g de cocktail de fruits de mer surgelés, 200 g de blé, 200 g de petits pois surgelés, 200 g de haricots plats surgelés, 1 citron, 1 c. à s. de mayonnaise, 1 c. à s. de fromage blanc, 1 c. à s. de curry, 1 c. à s. de persil.

☐ **Crumble de courgettes**

1 kg de courgettes, 1 oignon, 1 gousse d'ail, 100 g de farine, 100 g de parmesan râpé, 80 g de beurre froid, 2 c. à s. de thym, 2 c. à s. d'huile d'olive.

☐ **Curry de bœuf**

600 g de bœuf haché, 200 g de riz, 250 g de poivrons rouges, 1 citron, 2 oignons, 1 gousse d'ail, 20 cl de coulis de tomates, 15 cl de crème liquide, 1 sucre, 2 c. à s. de coriandre, 2 c. à s. de curry, 1 c. à s. d'huile.

Et aussi

MAI

2022

Lundi
2

Pâtes aux asperges

5 mn — 25 mn

Mardi
3

Comme un pique-nique

10 mn

Mercredi
4

Blinis de courgettes

10 mn — 10 mn

Jeudi
5

Poisson en papillote aux aubergines

5 mn — 20 mn

Vendredi
6

Mousses de légumes express

10 mn — 40 mn

Samedi
7

Poêlée de Knacki et épinards

5 mn — 10 mn

Dimanche
8

Victoire de 1945

Gigot d'agneau

15 mn — 10 mn — 1 h 10

Recettes
Pour 4 personnes

Ôter la queue de 400 g d'asperges et les couper en tronçons. Les ébouillanter 1 mn, puis les égoutter. Cuire 300 g de pâtes dans l'eau des asperges. Poêler les asperges 10 mn dans 30 g de beurre + 1 c. à c. de muscade. Verser 1 c. à s. de crème fraîche et ajouter les pâtes *al dente*. Mélanger 2 mn et servir avec 4 c. à s. de parmesan.

Mélanger 80 g de fromage frais + 4 c. à s. de ciboulette + 100 g de fromage blanc. Y tremper 1 concombre et 2 carottes épluchés et en bâtons + 250 g de tomates cerises. Servir avec 1 baguette coupée en 4 et tartinée de 40 g de beurre. Ajouter dessus 150 g de fromage à pâte dure + 4 tranches de jambon blanc + 16 cornichons.

Battre 2 œufs. Ajouter 2 courgettes râpées + 1 échalote émincée + 6 c. à s. de farine + 1 c. à c. de thym. Façonner des petites galettes et poêler dans 2 c. à s. d'huile chaude. Faire dorer 5 mn/côté. Servir avec 6 tranches de jambon de poulet.

Sur 4 feuilles d'aluminium, déposer 4 pavés de poisson blanc + 2 tomates en morceaux + 4 c. à s. de caviar d'aubergines + 4 c. à c. de persil. Fermer les papillotes et enfourner 15 mn à 180 °C. Servir avec 600 g d'aubergines grillées surgelées cuites au micro-ondes + 1 citron en quartiers.

Battre 4 œufs avec 10 cl de lait. Mélanger la moitié avec 300 g de purée de carottes décongelée et l'autre moitié avec 300 g de purée de brocolis décongelée. Mettre 30 g de gruyère râpé dans les deux. Verser dans des ramequins beurrés et enfourner 30 mn à 200 °C. Servir avec 4 escalopes de dinde poêlées dans 2 c. à s. d'huile d'olive.

Cuire 8 Knacki au micro-ondes. Les poêler dans 1 c. à s. d'huile pour qu'elles dorent. Servir avec 600 g d'épinards en branches surgelés réchauffés au micro-ondes et mélangés avec 2 c. à s. de crème fraîche + 1 c. à s. de moutarde.

Dans 1 plat, déposer 1 gigot d'agneau d'1,2 kg + 400 g de pommes de terre pelées et en rondelles. Parsemer de 60 g de beurre en morceaux + 4 branches de thym. Enfourner 20 mn à 210 °C. Retourner le gigot, ajouter 6 gousses d'ail en chemise. Poursuivre la cuisson 40 mn à 180 °C. Laisser reposer 10 mn. Servir avec 400 g de haricots verts + 2 c. à s. de moutarde.

Courses
Pour 4 personnes

☐ **Pâtes aux asperges**

300 g de pâtes, 400 g d'asperges, 30 g de beurre, 4 c. à s. de parmesan, 1 c. à s. de crème fraîche, 1 c. à c. de muscade.

☐ **Comme un pique-nique**

1 baguette, 4 tranches de jambon blanc, 250 g de tomates cerises, 2 carottes, 1 concombre, 16 cornichons, 150 g de fromage à pâte dure, 80 g de fromage frais, 100 g de fromage blanc, 40 g de beurre, 4 c. à s. de ciboulette.

☐ **Blinis de courgettes**

2 courgettes, 1 échalote, 6 c. à s. de farine, 6 tranches de jambon de poulet, 2 œufs, 1 c. à c. de thym, 2 c. à s. d'huile.

☐ **Poisson en papillote aux aubergines**

4 pavés de poisson blanc, 600 g d'aubergines grillées surgelées, 2 tomates, 1 citron, 4 c. à s. de caviar d'aubergines, 4 c. à s. de persil.

☐ **Mousses de légumes express**

300 g de purée de carottes surgelée, 300 g de purée de brocolis surgelée, 4 escalopes de dinde, 60 g de gruyère râpé, 4 œufs, 10 cl de lait, 1 noix de beurre, 2 c. à s. d'huile d'olive.

☐ **Poêlée de Knacki et épinards**

8 Knacki, 600 g d'épinards en branches surgelés, 2 c. à s. de crème fraîche, 1 c. à s. de moutarde, 1 c. à s. d'huile.

☐ **Gigot d'agneau**

1 gigot d'agneau d'1,2 kg, 400 g de pommes de terre, 400 g de haricots verts, 6 gousses d'ail, 60 g de beurre, 4 branches de thym, 2 c. à s. de moutarde.

Et aussi

MAI

Lundi **9**

Lasagnes aux 3 C

15 mn 45 mn

Mardi **10**

Velouté de Shrek

15 mn 25 mn

Mercredi **11**

Muffins au saumon

15 mn 35 mn

Jeudi **12**

Bouchées de porc au caramel

15 mn 45 mn

Vendredi **13**

Quinoa en taboulé

15 mn 15 mn

Samedi **14**

Foies de volailles aux herbes

15 mn 35 mn

Dimanche **15**

Saint-Jacques juste saisies

20 mn 15 mn

80

Recettes
Pour 4 personnes

Poêler 1 kg de courgettes râpées dans 1 c. à s. d'huile d'olive. Après 15 mn, ajouter 200 g de chèvre frais + 1 c. à c. de curry. Cuire encore 5 mn. Étager sur 2-3 couches avec 12 feuilles de lasagnes précuites, 1 béchamel et 6 tranches de bacon émincées. Disposer ensuite 100 g de mozzarella en tranches et enfourner 25 mn à 200 °C.

Poêler 5 mn dans 1 c. à s. d'huile d'olive 1 poireau émincé + 2 gousses d'ail hachées + 400 g d'épinards en branches surgelés + 200 g de pommes de terre en morceaux + 4 c. à s. de persil. Ajouter 1 bouillon cube + 1 l d'eau. Cuire 20 mn. Mixer avec 1 partie de l'eau de cuisson. Ajouter 20 cl de crème liquide légère. Servir avec 4 tranches de pain aux céréales + 100 g de mimolette.

Poêler 1 blanc de poireau émincé dans 1 c. à s. d'huile d'olive. Après 5 mn, ajouter 100 g de saumon fumé en dés et cuire encore 2 mn. Mélanger 2 œufs battus + 10 g de Maïzena + 20 cl de crème fraîche + 50 g de parmesan + 1 c. à s. de ciboulette. Mettre dans des moules à muffins et enfourner 25 mn à 180 °C. Servir avec 1 salade.

Poêler 800 g d'échine de porc en fins morceaux + 1 oignon jaune émincé dans 2 c. à s. d'huile. Faire un caramel à sec avec 100 g de sucre. Y ajouter 2 cubes de bouillon de poule dilués dans 50 cl d'eau bouillante + 1 c. à c. de gingembre + 1 c. à s. de mélange 4-épices + 3 c. à s. de sauce soja + la viande. Cuire à feu vif 25 mn. Servir avec 200 g de riz thaï.

Cuire 200 g de quinoa à l'eau avec 1 bouillon cube. Une fois refroidi, le mélanger avec 4 tomates en dés et ½ concombre épépiné + 40 g de raisins secs + 150 g de feta en cubes + ½ oignon rouge émincé + 100 g de poivrons grillés à l'huile en morceaux + 20 feuilles de menthe. Assaisonner avec 4 c. à s. d'huile d'olive + le jus d'½ citron.

Poêler 600 g de foies de volailles dans 2 c. à s. d'huile d'olive pendant 5 mn. Ajouter 4 gousses d'ail hachées + 200 g de champignons de Paris émincés. Cuire encore 5 mn. Verser 1 c. à s. de fond de veau délayé dans 30 cl d'eau chaude, puis 10 cl de vin blanc + 2 c. à s. d'herbes de Provence + 5 c. à s. de vinaigre balsamique. Mijoter 15 mn. Servir avec 600 g de purée de céleri.

Poêler 2 échalotes émincées dans 4 c. à s. de vin blanc + 1 c. à s. de vinaigre. Faire réduire 4 c. à s. de crème liquide. Ajouter 150 g de beurre froid en morceaux. Faire épaissir à feu doux. Ajouter 1 botte de ciboulette ciselée + 2 tomates et 1 concombre en dés. Poêler 16 grosses noix de Saint-Jacques dans 10 g de beurre pendant 1 mn. Servir avec la sauce + 350 g de tagliatelles fraîches.

Courses
Pour 4 personnes

☐ Lasagnes aux 3 C

12 feuilles de lasagnes précuites, 1 kg de courgettes, 200 g de chèvre frais, 100 g de mozzarella, 6 tranches de bacon, 1 béchamel, 1 c. à c. de curry, 1 c. à s. d'huile d'olive.

☐ Velouté de Shrek

400 g d'épinards en branches surgelés, 200 g de pommes de terre, 1 poireau, 2 gousses d'ail, 4 tranches de pain aux céréales, 100 g de mimolette, 20 cl de crème liquide légère, 1 bouillon cube, 4 c. à s. de persil, 1 c. à s. d'huile d'olive.

☐ Muffins au saumon

100 g de saumon fumé, 1 blanc de poireau, 1 salade, 50 g de parmesan, 10 g de Maïzena, 2 œufs, 20 cl de crème fraîche, 1 c. à s. de ciboulette, 1 c. à s. d'huile d'olive.

☐ Bouchées de porc au caramel

800 g d'échine de porc, 200 g de riz thaï, 100 g de sucre, 1 oignon jaune, 2 cubes de bouillon de poule, 3 c. à s. de sauce soja, 1 c. à s. de mélange 4-épices, 1 c. à c. de gingembre, 2 c. à s. d'huile.

☐ Quinoa en taboulé

200 g de quinoa, 4 tomates, ½ concombre, ½ citron, ½ oignon rouge, 40 g de raisins secs, 100 g de poivrons grillés à l'huile, 150 g de feta, 20 feuilles de menthe, 1 bouillon cube, 4 c. à s. d'huile d'olive.

☐ Foies de volailles aux herbes

600 g de foies de volailles, 600 g de purée de céleri, 200 g de champignons de Paris, 4 gousses d'ail, 10 cl de vin blanc, 2 c. à s. d'herbes de Provence, 1 c. à s. de fond de veau, 5 c. à s. de vinaigre balsamique, 2 c. à s. d'huile d'olive.

☐ Saint-Jacques juste saisies

16 grosses noix de Saint-Jacques, 350 g de tagliatelles fraîches, 2 tomates, 1 concombre, 2 échalotes, 1 botte de ciboulette, 160 g de beurre dont 150 g froid, 4 c. à s. de crème liquide, 4 c. à s. de vin blanc, 1 c. à s. de vinaigre.

Et aussi

MAI

Lundi
16

Pizza au thon

15 mn 25 mn

Mardi
17

Steaks au poivre vert

15 mn 25 mn

Mercredi
18

Briks au bœuf

15 mn 20 mn

Jeudi
19

Omelette et ratatouille

5 mn 10 mn

Vendredi
20

Assiette italienne

15 mn 1 h

Samedi
21

Courgettes rondes farcies

15 mn 1 h

Dimanche
22

Curry de poulet à la mangue

15 mn 25 mn

Recettes
Pour 4 personnes

Faire suer 3 oignons émincés dans 2 c. à s. d'huile d'olive. Ajouter 400 g de tomates pelées + 1 sucre. Cuire jusqu'à évaporation du liquide. Étaler sur 1 pâte à pizza. Ajouter 200 g de thon au naturel émietté + 8 olives noires + 2 c. à s. de câpres + 60 g de gruyère râpé + 40 g de parmesan râpé + 1 c. à s. de basilic. Enfourner 15 mn à 240 °C.

Poêler 250 g de champignons de Paris + 4 steaks dans 2 noix de beurre. Réserver. Dans la poêle, faire bouillir 2 bouillons de bœuf dilués dans 40 cl d'eau + 1 c. à s. de Maïzena + 10 cl de marsala + 15 cl de crème + 1 c. à s. de moutarde + 1 c. à s. de poivre vert + 1 c. à c. de miel. Mijoter 5 mn. Servir avec la viande + les champignons + 600 g de purée de choux-fleurs.

Poêler 1 oignon émincé dans 1 c. à s. d'huile. Ajouter 200 g de bœuf haché + 1 petit pot de concentré de tomates + 4 gouttes de Tabasco + 2 c. à c. d'épices à couscous + un peu d'eau. Hors du feu, ajouter 4 c. à s. de fromage blanc + 1 c. à s. de coriandre + 30 g de pignons. Farcir 12 feuilles de brik et dorer avec 1 jaune d'œuf. Enfourner 10 mn à 200 °C.

Dans 1 poêle, cuire dans 1 noix de beurre 8 œufs battus + 4 c. à s. de lait. Parsemer de 60 g de fromage de brebis (Etorki) en morceaux. Laisser l'omelette prendre à feu moyen-doux. Servir avec 600 g de ratatouille (en bocal ou surgelée) chaude ou froide.

Faire mariner 1 h dans le jus d'1 citron 4 petites courgettes lavées et coupées en tranches fines avec 1 économe + 4 c. à s. d'huile d'olive + 2 c. à s. de basilic. Servir avec 4 tomates en rondelles + 250 g de burrata en tranches + 12 cœurs d'artichauts à l'huile en morceaux + 8 tranches de jambon de Parme. Accompagner de 4 tranches de pain de campagne.

Évider 8 courgettes rondes et poêler la chair dans 2 c. à s. d'huile d'olive + 1 oignon émincé + 500 g de chair à saucisse. Ajouter 1 boîte de champignons de Paris. Cuire 5 mn. Hors du feu, ajouter 2 œufs battus + 60 g de fromage râpé. Farcir les courgettes. Les mettre dans 1 plat + 50 cl de coulis de tomates. Enfourner 40 mn à 200 °C. Servir avec 250 g de riz.

Poêler 2 oignons émincés dans 2 c. à s. d'huile. Ajouter 600 g de blancs de poulet en dés + 3 c. à s. de curry + 1 c. à c. de paprika. Faire dorer. Ajouter 15 cl de lait de coco + 1 c. à s. de Maïzena + 1 bouillon cube de volaille dilué dans 10 cl d'eau. Couvrir et mijoter 5 mn. Ajouter 250 g de mangues surgelées en dés. Cuire 5 mn. Servir avec 600 g de légumes pour wok décongelés.

Courses
Pour 4 personnes

- [ ] Pizza au thon

1 pâte à pizza, 200 g de thon au naturel, 400 g de tomates pelées, 3 oignons, 60 g de gruyère râpé, 40 g de parmesan râpé, 8 olives noires, 2 c. à s. de câpres, 1 sucre, 1 c. à s. de basilic, 2 c. à s. d'huile d'olive.

- [ ] Steaks au poivre vert

4 steaks, 600 g de purée de choux-fleurs, 250 g de champignons de Paris, 15 cl de crème, 10 cl de marsala, 2 bouillons de bœuf, 1 c. à s. de Maïzena, 1 c. à s. de moutarde, 1 c. à s. de poivre vert, 1 c. à c. de miel, 2 noix de beurre.

- [ ] Briks au bœuf

12 feuilles de brik, 200 g de bœuf haché, 1 petit pot de concentré de tomates, 1 oignon, 30 g de pignons, 1 jaune d'œuf, 4 c. à s. de fromage blanc, 4 gouttes de Tabasco, 2 c. à c. d'épices à couscous, 1 c. à s. de coriandre, 1 c. à s. d'huile.

- [ ] Omelette et ratatouille

8 œufs, 600 g de ratatouille en bocal ou surgelée, 60 g de fromage de brebis (Etorki), 4 c. à s. de lait, 1 noix de beurre.

- [ ] Assiette italienne

4 tomates, 12 cœurs d'artichauts à l'huile, 4 petites courgettes, 1 citron, 250 g de burrata, 8 tranches de jambon de Parme, 4 tranches de pain de campagne, 2 c. à s. de basilic, 4 c. à s. d'huile d'olive.

- [ ] Courgettes rondes farcies

500 g de chair à saucisse, 250 g de riz, 8 courgettes rondes, 1 boîte de champignons de Paris, 1 oignon, 50 cl de coulis de tomates, 60 g de fromage râpé, 2 œufs, 2 c. à s. d'huile d'olive.

- [ ] Curry de poulet à la mangue

600 g de blancs de poulet, 250 g de mangues surgelées, 600 g de légumes pour wok surgelés, 2 oignons, 15 cl de lait de coco, 1 c. à s. de Maïzena, 1 bouillon cube de volaille, 3 c. à s. de curry, 1 c. à c. de paprika, 2 c. à s. d'huile.

Et aussi

MAI

Lundi 23

Risotto au jambon

10 mn — 40 mn

Mardi 24

Soupe fraîche aux 3 légumes

15 mn — 25 mn

Mercredi 25

Pain de thon

10 mn — 35 mn

Jeudi 26

Ascension

Poulet aux tomates confites

15 mn — 25 mn

Vendredi 27

Salade de pois chiches

15 mn

Samedi 28

Saumon fumé et sauce douce

10 mn — 15 mn

Dimanche 29

Côtelettes de porc à la pomme

10 mn — 25 mn

Recettes

Pour 4 personnes

Poêler 1 oignon émincé dans 2 c. à s. d'huile d'olive. Ajouter 300 g de riz à risotto. Incorporer progressivement en remuant sans cesse 1 cube de bouillon de volaille dilué dans 1 l d'eau + 10 cl de vin blanc. En fin de cuisson, ajouter 2 c. à s. de persil + 2 c. à s. de crème fraîche + 80 g de parmesan râpé + 6 tranches de jambon de Parme en chiffonnade.

Cuire 25 mn à l'eau 400 g de courgettes en dés + 300 g de tomates pelées et épépinées + 200 g de céleri-rave en dés + 1 gousse d'ail hachée + 2 c. à s. de coriandre + 1 bouillon cube de légumes. Mixer avec 1 partie de l'eau de cuisson. Servir froid et y verser le jus d'½ citron + 1 filet d'huile d'olive. Accompagner de 4 tranches de pain complet + 100 g de fromage frais.

Mélanger 4 œufs + 2 c. à c. de farine + 5 g de levure + 20 cl de lait chaud + 200 g de thon à la tomate en boîte + 2 c. à s. de persil + 2 c. à s. de ciboulette + 1 c. à c. d'huile d'olive + 50 g de gruyère râpé. Enfourner dans 1 moule à cake 30 mn à 200 °C. Servir tiède ou froid avec 20 cl de coulis de tomates + 1 salade.

Faire dorer 800 g de blancs de poulet dans 3 c. à s. d'huile d'olive. Ajouter 2 gousses d'ail en chemise + 200 g de tomates confites. Cuire 5 mn. Ajouter 1 c. à c. de piment doux + 20 cl de concentré de tomates + 3 c. à c. de sauce d'huître + le jus d'1 citron + 2 c. à c. de sucre. Mijoter 10 mn à feu doux. Servir avec 400 g de pâtes fraîches.

Mélanger 600 g de pois chiches prêts à l'emploi + 1 poivron rouge pelé et épépiné + 1 pomme en quartiers + 2 branches de céleri et 3 oignons nouveaux émincés + 12 cerneaux de noix. Assaisonner avec 1 sauce (2 c. à s. de vinaigre de cidre + 1 c. à c. de moutarde + ½ c. à c. de miel + 3 c. à s. d'huile d'olive).

Mixer 50 g de moutarde douce + 50 g de sucre + 1 c. à s. de vinaigre de vin blanc + 5 cl d'huile d'olive + 1 jaune d'œuf dur. Ajouter ½ bouquet d'aneth ciselé. Servir avec 8 tranches de saumon fumé + 800 g de pommes de terre à la vapeur écrasées mélangées à 1 filet d'huile d'olive.

Faire suer 1 échalote émincée dans 2 noix de beurre. Ajouter 4 côtelettes de porc et cuire quelques minutes. Réserver. Déglacer la poêle avec 2 c. à s. de vinaigre de cidre. Ajouter 25 cl de jus de pomme + 1 c. à c. de sucre roux. Faire bouillir et laisser réduire. Remettre la viande et servir avec 600 g de haricots verts.

Courses

Pour 4 personnes

☐ Risotto au jambon

300 g de riz à risotto, 6 tranches de jambon de Parme, 80 g de parmesan râpé, 1 oignon, 10 cl de vin blanc, 2 c. à s. de crème fraîche, 1 cube de bouillon de volaille, 2 c. à s. de persil, 2 c. à s. d'huile d'olive.

☐ Soupe fraîche aux 3 légumes

400 g de courgettes, 300 g de tomates, 200 g de céleri-rave, ½ citron, 1 gousse d'ail, 4 tranches de pain complet, 100 g de fromage frais, 1 bouillon cube de légumes, 2 c. à s. de coriandre, 1 filet d'huile d'olive.

☐ Pain de thon

200 g de thon à la tomate en boîte, 1 salade, 50 g de gruyère râpé, 2 c. à c. de farine, 5 g de levure, 4 œufs, 20 cl de lait, 20 cl de coulis de tomates, 2 c. à s. de persil, 2 c. à s. de ciboulette, 1 c. à c. d'huile d'olive.

☐ Poulet aux tomates confites

800 g de blancs de poulet, 400 g de pâtes fraîches, 200 g de tomates confites, 2 gousses d'ail, 1 citron, 20 cl de concentré de tomates, 1 c. à c. de piment doux, 2 c. à c. de sucre, 3 c. à c. de sauce d'huître, 3 c. à s. d'huile d'olive.

☐ Salade de pois chiches

600 g de pois chiches prêts à l'emploi, 1 poivron rouge, 1 pomme, 2 branches de céleri, 3 oignons nouveaux, 12 cerneaux de noix, 1 c. à c. de moutarde, ½ c. à c. de miel, 3 c. à s. d'huile d'olive, 2 c. à s. de vinaigre de cidre.

☐ Saumon fumé et sauce douce

8 tranches de saumon fumé, 800 g de pommes de terre, 1 jaune d'œuf dur, 50 g de sucre, 50 g de moutarde douce, ½ bouquet d'aneth, 1 c. à s. de vinaigre de vin blanc, 5 cl + 1 filet d'huile d'olive.

☐ Côtelettes de porc à la pomme

4 côtelettes de porc, 600 g de haricots verts, 1 échalote, 25 cl de jus de pomme, 2 noix de beurre, 1 c. à c. de sucre roux, 2 c. à s. de vinaigre de cidre.

Et aussi

MAI/JUIN

Lundi **30**
Pâtes à la ricotta, aux épinards et au crabe
10 mn — 25 mn

Mardi **31**
Velouté de laitue
15 mn — 20 mn

Mercredi **1**
Petits roulés surprise
15 mn — 30 mn

Jeudi **2**
Œufs mollets aux asperges
10 mn — 15 mn

Vendredi **3**
Gratin d'artichauts
10 mn — 10 mn

Samedi **4**
Filets de poisson aux pistaches
15 mn — 15 mn

Dimanche **5**
Pentecôte
Lapin aux carottes
20 mn — 1 h 10

Recettes
Pour 4 personnes

Dans 1 plat, mélanger 300 g de farfalles cuites et refroidies + 200 g d'épinards frais (poêlés 5 mn dans 2 c. à s. d'huile d'olive) + 300 g de chair de crabe + 100 g de ricotta et 50 g de chèvre frais émiettés. Enfourner 10 mn à puissance minimale.

Cuire 15-20 mn à l'eau avec 1 bouillon cube, 1 laitue et 1 oignon émincés + 2 courgettes en rondelles. Mixer avec 1 partie de l'eau de cuisson et ajouter 2 c. à s. de St Môret. Servir frais avec 500 g de crevettes roses décortiquées + 4 c. à s. de mayonnaise.

Poêler 200 g de champignons de Paris dans 1 noix de beurre. Ajouter 4 c. à s. de concentré de tomates + 1 béchamel + 40 g de gruyère râpé + 200 g de tomates cerises coupées en 2. Farcir 8 tranches de jambon blanc, les rouler et les mettre dans 1 plat à gratin. Disposer le reste de sauce autour et recouvrir de 60 g de gruyère râpé. Faire gratiner 10 mn à 200 °C. Servir avec 200 g de riz.

Laver 2 kg d'asperges vertes et conserver juste les pointes. Les cuire 6 mn à l'eau bouillante, puis les poêler dans 40 g de beurre. Ajouter 6 c. à s. de parmesan et couvrir. Servir avec 8 œufs mollets (5 mn de cuisson) + 4 tranches de pain de campagne beurrées.

Mettre 8 fonds d'artichauts cuits dans 1 plat beurré. Déposer dessus 60 g de bleu mixé avec 2 c. à s. de crème fraîche. Répartir 60 g d'emmental en morceaux + 4 c. à s. de chapelure. Faire gratiner 5-10 mn à 210 °C. Servir avec 1 salade.

Tremper 600 g de filets de poisson blanc dans 50 g de farine, puis dans 2 œufs battus et dans 250 g de pistaches émondées et concassées. Poêler le poisson 2 mn/côté dans 2 noix de beurre. Réserver. Déglacer la poêle avec 2 c. à s. de sauce soja et de sauce Worcestershire + 1 c. à s. de vinaigre de vin blanc + 1 c. à s. de miel. Faire réduire. Servir avec le poisson + 600 g de légumes.

Poêler 1 kg de lapin en morceaux dans 30 g de beurre pendant 10 mn. Mettre dans 1 plat avec 1 gousse d'ail pilée + 600 g de carottes en rondelles. Arroser d'½ verre de vin blanc + autant d'eau + 1 c. à c. de fond de veau. Badigeonner de 3 c. à s. de moutarde. Enfourner 45 mn à 210 °C en retournant à mi-cuisson. Verser 20 cl de crème liquide et cuire encore 15 mn.

Courses
Pour 4 personnes

- [ ] **Pâtes à la ricotta, aux épinards et au crabe**

300 g de farfalles, 300 g de chair de crabe, 200 g d'épinards frais, 100 g de ricotta, 50 g de chèvre frais, 2 c. à s. d'huile d'olive.

- [ ] **Velouté de laitue**

1 laitue, 2 courgettes, 1 oignon, 500 g de crevettes roses décortiquées, 1 bouillon cube, 2 c. à s. de St Môret, 4 c. à s. de mayonnaise.

- [ ] **Petits roulés surprise**

8 tranches de jambon blanc, 200 g de riz, 200 g de champignons de Paris, 200 g de tomates cerises, 100 g de gruyère râpé, 1 béchamel, 4 c. à s. de concentré de tomates, 1 noix de beurre.

- [ ] **Œufs mollets aux asperges**

8 œufs, 2 kg d'asperges vertes, 4 tranches de pain de campagne, 40 g + 4 noix de beurre, 6 c. à s. de parmesan.

- [ ] **Gratin d'artichauts**

8 fonds d'artichauts cuits, 1 salade, 60 g de bleu, 60 g d'emmental, 2 c. à s. de crème fraîche, 4 c. à s. de chapelure, 1 noix de beurre.

- [ ] **Filets de poisson aux pistaches**

600 g de filets de poisson blanc, 250 g de pistaches émondées, 600 g de légumes, 50 g de farine, 2 œufs, 2 noix de beurre, 2 c. à s. de sauce soja et de sauce Worcestershire, 1 c. à s. de vinaigre de vin blanc, 1 c. à s. de miel.

- [ ] **Lapin aux carottes**

1 kg de lapin, 600 g de carottes, 1 gousse d'ail, 30 g de beurre, ½ verre de vin blanc, 20 cl de crème liquide, 3 c. à s. de moutarde, 1 c. à c. de fond de veau.

Et aussi

JUIN

Lundi 6 (Lundi de Pentecôte)	Gratin de ravioles au saumon	15 mn	35 mn
Mardi 7	Soupe fraîche de petits pois	10 mn	40 mn
Mercredi 8	Tarte aux 2 tomates	15 mn	30 mn
Jeudi 9	Paupiettes de veau et ratatouille	10 mn	45 mn
Vendredi 10	Salade de quinoa aux pois chiches	5 mn	15 mn
Samedi 11	Sauté de dinde au fenouil	15 mn	55 mn
Dimanche 12	Poêlée de gambas aux herbes	20 mn	20 mn

88

Recettes
Pour 4 personnes

Dans 1 plat à gratin beurré, étager 3 courgettes coupées en lamelles dans la longueur + 6 plaques de ravioles + 4 tranches de saumon fumé en lanières. Verser 20 cl de crème liquide + 2 c. à s. de ricotta + 1 c. à s. de ciboulette. Parsemer de 80 g de gruyère râpé. Enfourner 35 mn à 210 °C.

Dans 1 cocotte, faire suer 1 oignon émincé dans 1 noix de beurre. Ajouter 600 g de petits pois + ½ laitue émincée + 1 cube de bouillon de volaille + 1 l d'eau. Cuire 30 mn à feu moyen. Mixer avec 1 partie du bouillon + 2 brins de menthe + 10 cl de crème liquide. Servir très frais avec 4 tranches de pain grillées 5 mn au four avec ½ bûche de chèvre en rondelles.

Sur 1 pâte feuilletée, étaler 1 c. à s. de moutarde + 6 tomates en rondelles + 8 tomates séchées coupées en 2. Ajouter 3 œufs battus avec 20 cl de crème fraîche + 150 g de gruyère râpé + 1 c. à c. d'herbes de Provence. Enfourner 30 mn à 210 °C. Servir avec 1 salade de mâche.

Poêler 1 oignon et 2 gousses d'ail émincés dans 2 c. à s. d'huile d'olive. Y mettre à dorer 8 paupiettes de veau. Ajouter 4 c. à s. de fond de veau + 25 cl d'eau + 15 cl de vin blanc + 1 c. à s. de farine et de moutarde + 1 c. à s. de vinaigre balsamique. Cuire 5 mn à feu moyen. Couvrir et mijoter 25 mn en retournant les paupiettes 1-2 fois. Servir avec 1 bocal de ratatouille.

Mélanger 200 g de quinoa cuit 15 mn à l'eau avec 250 g de pois chiches cuits + 2 tomates en dés + 1 échalote émincée + 40 g de noix + 100 g de feta en dés. Ajouter 3 c. à s. d'huile de noix + 2 c. à s. de vinaigre balsamique + 1 c. à s. de persil. Servir très frais.

Dans 1 cocotte, faire dorer 4 blancs de dinde en morceaux dans 2 c. à s. d'huile d'olive. Ajouter 800 g de fenouil en morceaux + 10 olives noires + 2 citrons confits en morceaux + 1 branche de thym. Cuire 5 mn. Ajouter 1 verre d'eau + 1 bouillon cube de volaille. Mijoter 45 mn.

Faire suer 2 échalotes émincées dans 3 c. à s. d'huile d'olive. Ajouter 20 gambas décongelées et décortiquées. Les faire sauter à feu vif 3 mn. Réduire le feu, cuire encore 2 mn et parsemer de 2 c. à s. d'herbes (ciboulette, basilic, persil, cerfeuil). Servir chaud avec 600 g de purée de légumes.

Courses
Pour 4 personnes

- [ ] Gratin de ravioles au saumon

6 plaques de ravioles, 4 tranches de saumon fumé, 3 courgettes, 80 g de gruyère râpé, 2 c. à s. de ricotta, 20 cl de crème liquide, 1 c. à s. de ciboulette, 1 noix de beurre.

- [ ] Soupe fraîche de petits pois

600 g de petits pois, ½ laitue, 1 oignon, 4 tranches de pain, ½ bûche de chèvre, 10 cl de crème liquide, 2 brins de menthe, 1 cube de bouillon de volaille, 1 noix de beurre.

- [ ] Tarte aux 2 tomates

1 pâte feuilletée, 6 tomates, 8 tomates séchées, 1 salade de mâche, 150 g de gruyère râpé, 20 cl de crème fraîche, 3 œufs, 1 c. à s. de moutarde, 1 c. à c. d'herbes de Provence.

- [ ] Paupiettes de veau et ratatouille

8 paupiettes de veau, 1 bocal de ratatouille, 2 gousses d'ail, 1 oignon, 15 cl de vin blanc, 4 c. à s. de fond de veau, 1 c. à s. de farine, 1 c. à s. de moutarde, 2 c. à s. d'huile d'olive, 1 c. à s. de vinaigre balsamique.

- [ ] Salade de quinoa aux pois chiches

200 g de quinoa, 250 g de pois chiches cuits, 2 tomates, 1 échalote, 100 g de feta, 40 g de noix, 1 c. à s. de persil, 3 c. à s. d'huile de noix, 2 c. à s. de vinaigre balsamique.

- [ ] Sauté de dinde au fenouil

4 blancs de dinde, 800 g de fenouil, 10 olives noires, 2 citrons confits, 1 branche de thym, 1 bouillon cube de volaille, 2 c. à s. d'huile d'olive.

- [ ] Poêlée de gambas aux herbes

20 gambas surgelées, 600 g de purée de légumes, 2 échalotes, 2 c. à s. d'herbes (ciboulette, basilic, persil, cerfeuil), 3 c. à s. d'huile d'olive.

Et aussi

JUIN

Lundi **13**

Gnocchis au brocoli

10 mn · 10 mn

Mardi **14**

Salade de fèves

15 mn · 15 mn · 10 mn

Mercredi **15**

Tarte aux blettes

15 mn · 40 mn

Jeudi **16**

Calamars en cocotte

15 mn · 50 mn

Vendredi **17**

Petits gâteaux de courgettes

15 mn · 30 mn

Samedi **18**

Hamburgers au bleu

15 mn · 40 mn

Dimanche **19**

Tajine de poulet aux citrons confits

25 mn · 1 h 15

90

Recettes
Pour 4 personnes

Détailler 1 brocoli en fleurettes, le cuire 5 mn à l'eau bouillante et réserver. Cuire 300 g de gnocchis à poêler. Rajouter le brocoli + 2 gousses d'ail hachées. Ajouter 100 g de parmesan. Mélanger.

Faire mariner 1 oignon émincé pendant 15 mn dans 2 c. à s. de vinaigre de Xérès. Mélanger 600 g de fèves pelées décongelées avec 250 g de champignons de Paris émincés + 100 g de chèvre frais en morceaux + 2 brins de thym + 4 c. à s. d'huile d'olive + l'oignon et le vinaigre + 2 œufs durs en rondelles. Servir frais.

Cuire 10 mn à la vapeur 300 g de côtes de blettes en morceaux. Les égoutter et les mettre sur 1 pâte feuilletée tartinée d'1 c. à s. de moutarde. Ajouter 1 boîte de thon émietté + 1 tomate et 150 g de mozzarella en rondelles. Verser dessus 1 œuf battu avec 10 cl de crème fraîche + 10 cl de lait + 1 c. à s. de ciboulette. Enfourner 30 mn à 200 °C.

Dans 1 cocotte, poêler 700 g d'anneaux de calamars dans 3 c. à s. d'huile d'olive pendant 5 mn. Réserver. Ajouter 3 échalotes émincées, puis 1 poivron jaune en lanières + 2 branches de romarin et de thym + 1 c. à c. de paprika + 600 g de tomates pelées. Couvrir et laisser mijoter 30 mn. Remettre les calamars et servir avec 250 g de riz thaï.

Poêler 4 mn à couvert et 4 mn à découvert 700 g de courgettes râpées + 1 gousse d'ail émincée dans 2 c. à s. d'huile d'olive et d'eau. Mélanger avec 6 œufs battus + 2 c. à s. de basilic + 80 g de comté râpé + 1 c. à s. de fromage blanc. Verser la préparation dans de petits moules et enfourner 15-20 mn à 180 °C. Servir tiède avec 1 coulis de tomates + 1 salade.

Poêler 1 oignon émincé dans 1 c. à s. d'huile. Ajouter 4 steaks hachés et répartir dessus 200 g de bleu émietté mélangé à 2 c. à s. de crème fraîche. Garnir 4 pains à burgers avec 2 tomates en rondelles + la viande au bleu + l'oignon + 4 tranches de bacon. Griller 5 mn au four et garnir de 4 feuilles de salade. Servir avec 600 g de frites surgelées cuites au four.

Saisir 1 poulet en morceaux dans 2 c. à s. d'huile d'olive pendant 10 mn. Ajouter 2 oignons émincés + 2 carottes et 2 courgettes en rondelles + 3 tomates en cubes + 3 citrons confits en morceaux + 2 pommes de terre + 1 c. à s. d'épices à couscous + 1 c. à c. de cumin + 1 bouillon cube + 10 cl d'eau. Mijoter 1 h. Servir avec 250 g de semoule.

Courses
Pour 4 personnes

- [ ] **Gnocchis au brocoli**

300 g de gnocchis à poêler, 1 brocoli, 2 gousses d'ail, 100 g de parmesan.

- [ ] **Salade de fèves**

600 g de fèves pelées surgelées, 250 g de champignons de Paris, 1 oignon, 100 g de chèvre frais, 2 œufs, 2 brins de thym, 4 c. à s. d'huile d'olive, 2 c. à s. de vinaigre de Xérès.

- [ ] **Tarte aux blettes**

1 pâte feuilletée, 300 g de côtes de blettes, 1 tomate, 1 boîte de thon, 150 g de mozzarella, 1 œuf, 10 cl de crème fraîche, 10 cl de lait, 1 c. à s. de moutarde, 1 c. à s. de ciboulette.

- [ ] **Calamars en cocotte**

700 g d'anneaux de calamars, 250 g de riz thaï, 600 g de tomates pelées, 1 poivron jaune, 3 échalotes, 2 branches de romarin et de thym, 1 c. à c. de paprika, 3 c. à s. d'huile d'olive.

- [ ] **Petits gâteaux de courgettes**

700 g de courgettes, 1 salade, 1 gousse d'ail, 80 g de comté râpé, 6 œufs, 1 coulis de tomates, 1 c. à s. de fromage blanc, 2 c. à s. de basilic, 2 c. à s. d'huile d'olive.

- [ ] **Hamburgers au bleu**

4 pains à burgers, 4 steaks hachés, 4 tranches de bacon, 200 g de bleu, 600 g de frites surgelées, 4 feuilles de salade, 2 tomates, 1 oignon, 2 c. à s. de crème fraîche, 1 c. à s. d'huile.

- [ ] **Tajine de poulet aux citrons confits**

1 poulet, 3 citrons confits, 3 tomates, 2 carottes, 2 courgettes, 2 pommes de terre, 2 oignons, 250 g de semoule, 1 c. à s. d'épices à couscous, 1 c. à c. de cumin, 1 bouillon cube, 2 c. à s. d'huile d'olive.

Et aussi

JUIN

2022

Lundi

20

Salade de riz, jolie, jolie, jolie

15 mn | 20 mn

Mardi

21

Soupe glacée de carottes à l'orange

15 mn | 35 mn

Mercredi

22

Cake au saumon et au citron

15 mn | 40 mn

Jeudi

23

Escalopes de dinde à la moutarde

5 mn | 15 mn

Vendredi

24

Petits gratins de fenouil

15 mn | 45 mn

Samedi

25

Falafels et crudités

15 mn | 25 mn

Dimanche

26

Curry de thon

5 mn | 1 h | 25 mn

92

Recettes
Pour 4 personnes

Mélanger 300 g de riz cuit avec 200 g de thon émietté + 4 tomates en cubes + 2 œufs durs en rondelles + 200 g de maïs + 1 concombre épépiné et en cubes + 12 cornichons en rondelles + 150 g de gruyère en dés + 1 c. à s. de ciboulette. Ajouter 1 sauce (1 échalote émincée + 1 c. à s. de vinaigre de Xérès + 1 c. à c. de moutarde + 3 c. à s. d'huile de noix). Servir frais.

Poêler 2 oignons émincés dans 2 c. à s. d'huile d'olive + 2 c. à c. de curry. Ajouter 800 g de carottes en rondelles + 1 l d'eau. Couvrir et cuire 30 mn. Mixer avec 10 cl de jus d'orange pressé + 10 cl de lait de coco + 1 partie du bouillon. Servir très frais avec 8 tranches de viande des Grisons + 1 botte de radis avec 40 g de beurre ½ sel.

Mélanger 3 œufs battus + 150 g de farine + 1 sachet de levure + 4 c. à s. d'huile d'olive + 2 c. à s. de crème fraîche. Ajouter le jus et le zeste d'1 citron non traité + 100 g de gruyère râpé + 6 tranches de saumon fumé en dés + 2 c. à s. d'aneth. Enfourner 35-40 mn à 200 °C. Servir tiède avec 500 g de betteraves cuites + 1 vinaigrette.

Poêler 4 escalopes de dinde dans 2 noix de beurre. Une fois presque cuites, ajouter 1 boîte de champignons de Paris + 20 cl de crème fraîche + 2 c. à s. de moutarde + 1 c. à s. de persil. Mijoter 2 mn. Servir avec 1 boîte de petits pois carottes.

Dans 4 plats à gratin individuels, répartir 2 bulbes de fenouil en morceaux cuits 15 mn à l'eau ou à la vapeur et égouttés. Répartir dessus 1 mélange fait de 2 œufs battus + 20 cl de crème liquide + 1 verre de lait + 2 c. à c. de paprika. Répartir 4 tranches de jambon en dés + 80 g de gruyère râpé. Enfourner 30 mn à 180 °C.

Poêler 1 oignon et 2 gousses d'ail émincés + 1 c. à s. de coriandre + 2 c. à c. de cumin dans 1 c. à s. d'huile d'olive. Mélanger à 400 g de pois chiches en boîte mixés avec 1 botte de persil plat + 2 c. à c. de farine. Former des boulettes, arroser d'1 filet d'huile d'olive. Enfourner 20 mn à 200 °C. Servir avec 1 concombre et 2 carottes en bâtons + 250 g de tomates cerises + 1 boîte de houmous.

Faire mariner 600 g de thon frais en dés dans le jus d'½ citron vert pendant 1 h. Dans 1 sauteuse, poêler 2 oignons émincés dans 2 c. à s. d'huile. Ajouter 2 c. à s. de curry. Cuire 2 mn. Verser 25 cl de lait de coco + le thon. Cuire 7-8 mn. Ajouter 2 c. à s. de coriandre. Cuire encore 1 mn. Servir avec 200 g de quinoa.

Courses
Pour 4 personnes

☐ Salade de riz, jolie, jolie, jolie

300 g de riz, 200 g de thon, 200 g de maïs, 4 tomates, 1 concombre, 12 cornichons, 1 échalote, 150 g de gruyère, 2 œufs, 1 c. à c. de moutarde, 1 c. à s. de ciboulette, 3 c. à s. d'huile de noix, 1 c. à s. de vinaigre de Xérès.

☐ Soupe glacée de carottes à l'orange

800 g de carottes, 1 botte de radis, 2 oignons, 8 tranches de viande des Grisons, 40 g de beurre ½ sel, 10 cl de jus d'orange pressé, 10 cl de lait de coco, 2 c. à c. de curry, 2 c. à s. d'huile d'olive.

☐ Cake au saumon et au citron

6 tranches de saumon fumé, 1 citron non traité, 500 g de betteraves cuites, 150 g de farine, 1 sachet de levure, 100 g de gruyère râpé, 3 œufs, 2 c. à s. de crème fraîche, 1 vinaigrette, 2 c. à s. d'aneth, 4 c. à s. d'huile d'olive.

☐ Escalopes de dinde à la moutarde

4 escalopes de dinde, 1 boîte de champignons de Paris, 1 boîte de petits pois carottes, 20 cl de crème fraîche, 2 c. à s. de moutarde, 2 noix de beurre, 1 c. à s. de persil.

☐ Petits gratins de fenouil

2 bulbes de fenouil, 4 tranches de jambon, 80 g de gruyère râpé, 2 œufs, 20 cl de crème liquide, 1 verre de lait, 2 c. à c. de paprika.

☐ Falafels et crudités

400 g de pois chiches en boîte, 250 g de tomates cerises, 2 carottes, 1 concombre, 2 gousses d'ail, 1 oignon, 1 boîte de houmous, 2 c. à c. de farine, 1 botte de persil plat, 1 c. à s. de coriandre, 2 c. à c. de cumin, 1 c. à s. + 1 filet d'huile d'olive.

☐ Curry de thon

600 g de thon frais, 200 g de quinoa, ½ citron vert, 2 oignons, 25 cl de lait de coco, 2 c. à s. de curry, 2 c. à s. de coriandre, 2 c. à s. d'huile.

Lundi **27**

Farfalles aux poivrons et à la feta

10 mn — 20 mn

Mardi **28**

Salade de tomates à la mozzarella

15 mn

Mercredi **29**

Tarte aux légumes d'été

15 mn — 45 mn

Jeudi **30**

Saint-Jacques au parmesan

10 mn — 5 mn

Vendredi **1**

Ratatouille maison

15 mn — 30 mn

Samedi **2**

Steaks hachés et poêlée de légumes

10 mn — 25 mn

Dimanche **3**

Poulet en brochettes à l'abricot

15 mn — 1 h — 10 mn

94

Recettes
Pour 4 personnes

Poêler 1 poivron rouge et 1 poivron jaune (pelés avec 1 économe et coupés en lanières) dans 2 c. à s. d'huile d'olive pendant 10 mn. Ajouter 2 c. à c. de thym. Mélanger avec 400 g de farfalles *al dente* + 150 g de feta en dés. Servir chaud.

Dans 4 assiettes, répartir 8 tomates et 300 g de mozzarella en rondelles + ½ botte de basilic ciselé + 40 g de pignons + 2 c. à s. de câpres. Assaisonner avec 4 c. à s. d'huile d'olive + 2 c. à s. de vinaigre balsamique. Servir avec 8 tranches de jambon italien + 4 tranches de pain de campagne.

Poêler 1 échalote émincée dans 2 c. à s. d'huile d'olive. Ajouter 2 courgettes râpées + 2 tomates épépinées et en dés + 2 c. à s. d'herbes de Provence. Verser sur 1 pâte brisée cuite 10 mn à blanc à 180 °C. Ajouter 4 tranches d'aubergines grillées décongelées, puis 2 œufs battus + 10 cl de crème fraîche + 10 cl de lait, puis 100 g de gruyère râpé. Enfourner 30 mn à 180 °C.

Dans 4 assiettes, répartir 1 salade de jeunes pousses + 8 tomates confites coupées en 2. Assaisonner avec 3 c. à s. d'huile d'olive + 1 c. à s. de vinaigre de Xérès. Saisir 2 mn/côté 20 grosses noix de Saint-Jacques dans 2 c. à s. d'huile d'olive. Les poser dans les assiettes. Ajouter 60 g de parmesan en copeaux et servir avec 4 tranches de pain aux noix toastées.

Poêler 1 oignon émincé dans 3 c. à s. d'huile d'olive. Ajouter 1 poivron rouge épépiné et en dés + 1 tomate en quartiers + 2 petites aubergines + 2 courgettes en rondelles. Ajouter 2 c. à s. d'herbes de Provence + 1 c. à c. de curcuma + 2 gousses d'ail pilées. Couvrir et laisser mijoter 25 mn minimum. Servir avec 6 tranches de jambon blanc.

Poêler 2 échalotes émincées dans 2 c. à s. d'huile d'olive. Ajouter 4 steaks hachés et les poêler selon la cuisson désirée. Servir avec 600 g de poêlée de légumes surgelée cuite au micro-ondes + 4 c. à c. de moutarde à l'ancienne.

Faire mariner 1 h : 4 blancs de poulet en dés + 2 c. à s. de miel + 1 c. à c. de cumin + 1 c. à s. de romarin + 3 c. à s. d'huile d'olive + 4 oignons nouveaux coupés en 2. Les enfiler sur des brochettes en bois en alternant avec 6 abricots et 6 tomates cerises coupés en 2. Cuire 10 mn au gril. Servir avec 2 concombres en rondelles mélangés à 15 cl de crème liquide.

Courses
Pour 4 personnes

☐ **Farfalles aux poivrons et à la feta**

400 g de farfalles, 1 poivron jaune, 1 poivron rouge, 150 g de feta, 2 c. à c. de thym, 2 c. à s. d'huile d'olive.

☐ **Salade de tomates à la mozzarella**

8 tomates, 300 g de mozzarella, 8 tranches de jambon italien, 4 tranches de pain de campagne, 40 g de pignons, 2 c. à s. de câpres, ½ botte de basilic, 4 c. à s. d'huile d'olive, 2 c. à s. de vinaigre balsamique.

☐ **Tarte aux légumes d'été**

1 pâte brisée, 2 courgettes, 2 tomates, 4 tranches d'aubergines grillées surgelées, 1 échalote, 100 g de gruyère râpé, 2 œufs, 10 cl de crème fraîche, 10 cl de lait, 2 c. à s. d'herbes de Provence, 2 c. à s. d'huile d'olive.

☐ **Saint-Jacques au parmesan**

20 grosses noix de Saint-Jacques, 8 tomates confites, 1 salade de jeunes pousses, 60 g de parmesan, 4 tranches de pain aux noix, 5 c. à s. d'huile d'olive, 1 c. à s. de vinaigre de Xérès.

☐ **Ratatouille maison**

2 petites aubergines, 2 courgettes, 1 tomate, 1 poivron rouge, 1 oignon, 2 gousses d'ail, 6 tranches de jambon blanc, 2 c. à s. d'herbes de Provence, 1 c. à c. de curcuma, 3 c. à s. d'huile d'olive.

☐ **Steaks hachés et poêlée de légumes**

4 steaks hachés, 600 g de poêlée de légumes surgelée, 2 échalotes, 4 c. à c. de moutarde à l'ancienne, 2 c. à s. d'huile d'olive.

☐ **Poulet en brochettes à l'abricot**

4 blancs de poulet, 6 abricots, 6 tomates cerises, 2 concombres, 4 oignons nouveaux, 15 cl de crème liquide, 2 c. à s. de miel, 1 c. à c. de cumin, 1 c. à s. de romarin, 3 c. à s. d'huile d'olive.

Et aussi

JUILLET

Lundi **4** — Spaghettis *alla puttanesca* — 15 mn / 35 mn

Mardi **5** — Gaspacho rapide — 15 mn

Mercredi **6** — Quiche lorraine sans pâte — 15 mn / 40 mn

Jeudi **7** — Merlan au lait de coco — 10 mn / 25 mn

Vendredi **8** — Courgettes en gratin — 10 mn / 40 mn

Samedi **9** — Tartare aux 2 saumons — 15 mn / 1 h

Dimanche **10** — Rôti de porc aux groseilles — 10 mn / 1 h 25

96

Recettes

Pour 4 personnes

Cuire à feu doux dans 3 c. à s. d'huile d'olive 2 gousses d'ail émincées + 6 filets d'anchois hachés + 1 c. à c. de piment doux. Ajouter 500 g de tomates pelées + 2 c. à s. de câpres + 15 olives noires dénoyautées et coupées en 2. Faire bouillir, baisser le feu et laisser mijoter 20 mn. Mélanger avec 500 g de spaghettis *al dente*.

Mixer 6 tomates mûres + 1 poivron rouge, 1 poivron vert et 1 concombre épépinés + 1 oignon + 1 gousse d'ail. Ajouter 1 tranche de pain de mie + 2 c. à s. de basilic et mixer encore. Assaisonner avec 2 c. à s. de vinaigre de Xérès + 2 c. à s. d'huile d'olive + 3 gouttes de Tabasco. Servir très frais avec 1 melon en tranches + 8 tranches de jambon cru.

Mélanger 80 g de farine + 4 œufs battus + 25 cl de lait + 20 cl de crème fraîche + 1 c. à c. de muscade. Ajouter 1 petite boîte de champignons + 200 g de lardons (poêlés à sec 3 mn). Mettre dans 1 plat, parsemer de 80 g de comté râpé et enfourner 35 mn à 180 °C. Servir avec 1 salade verte.

Dans 1 cocotte, poêler 2 carottes, 4 ciboules et 1 piment oiseau émincés dans 1 c. à s. d'huile. Ajouter 1 c. à c. de cannelle + 20 cl de lait de coco et cuire quelques minutes. Ajouter 400 g de filets de merlan en lamelles + 2 c. à s. de coriandre et cuire 5 mn. Servir avec 250 g de riz.

Poêler 5 courgettes en morceaux dans 1 c. à s. d'huile d'olive et bien les égoutter. Les mettre dans 1 plat à gratin beurré. Verser dessus 3 œufs battus avec 1 boîte de Fromage Fouetté Madame Loïk échalote & ciboulette et répartir 100 g de parmesan râpé. Enfourner 30 mn à 180 °C.

Mélanger 200 g de pavés de saumon et 200 g de saumon fumé en petits dés avec 2 c. à s. d'aneth + 1 avocat en dés + le jus d'1 citron + 1 filet d'huile d'olive + 1 c. à s. de baies roses. Réserver 1 h au frais. Servir avec 500 g de carottes râpées + 1 sauce (2 c. à s. de vinaigre de cidre + 1 c. à c. de moutarde + 3 c. à s. d'huile de noix).

Dans 1 cocotte, faire revenir 1 rôti de porc d'1 kg dans 2 c. à s. d'huile d'olive. Ajouter 2 oignons émincés + 2 gousses d'ail pilées + 250 g de groseilles + 8 feuilles de sauge + 1 c. à s. de miel + 2 c. à s. de sauce soja + ½ verre d'eau. Couvrir et laisser mijoter 1 h. Couper le rôti en fines tranches et servir avec 600 g de purée de pommes de terre.

Courses

Pour 4 personnes

☐ Spaghettis *alla puttanesca*

500 g de spaghettis, 500 g de tomates pelées, 2 gousses d'ail, 15 olives noires, 2 c. à s. de câpres, 6 filets d'anchois, 1 c. à c. de piment doux, 3 c. à s. d'huile d'olive.

☐ Gaspacho rapide

6 tomates, 1 poivron rouge et 1 vert, 1 concombre, 1 melon, 1 oignon, 1 gousse d'ail, 1 tranche de pain de mie, 8 tranches de jambon cru, 2 c. à s. de basilic, 3 gouttes de Tabasco, 2 c. à s. de vinaigre de Xérès, 2 c. à s. d'huile d'olive.

☐ Quiche lorraine sans pâte

200 g de lardons, 1 petite boîte de champignons, 1 salade verte, 80 g de farine, 80 g de comté râpé, 4 œufs, 25 cl de lait, 20 cl de crème fraîche, 1 c. à c. de muscade.

☐ Merlan au lait de coco

400 g de filets de merlan, 250 g de riz, 4 ciboules, 2 carottes, 1 piment oiseau, 20 cl de lait de coco, 2 c. à s. de coriandre, 1 c. à c. de cannelle, 1 c. à s. d'huile.

☐ Courgettes en gratin

5 courgettes, 3 œufs, 1 boîte de Fromage Fouetté Madame Loïk échalote & ciboulette, 100 g de parmesan râpé, 1 noix de beurre, 1 c. à s. d'huile d'olive.

☐ Tartare aux 2 saumons

200 g de pavés de saumon, 200 g de saumon fumé, 1 avocat, 500 g de carottes, 1 citron, 2 c. à s. d'aneth, 1 c. à s. de baies roses, 1 c. à c. de moutarde, 1 filet d'huile d'olive, 3 c. à s. d'huile de noix, 2 c. à s. de vinaigre de cidre.

☐ Rôti de porc aux groseilles

1 rôti de porc d'1 kg, 250 g de groseilles, 600 g de purée de pommes de terre, 2 oignons, 2 gousses d'ail, 8 feuilles de sauge, 2 c. à s. de sauce soja, 1 c. à s. de miel, 2 c. à s. d'huile d'olive.

Et aussi

JUILLET

Lundi 11

Pâtes crescendo

10 mn | 15 mn

Mardi 12

Salade de crabe aux pêches

15 mn

Mercredi 13

Wraps bœuf et légumes

10 mn | 15 mn

Jeudi 14
Fête nationale française

Œufs brouillés et artichauts

10 mn | 35 mn

Vendredi 15

Côtes de veau aux olives

10 mn | 20 mn

Samedi 16

Tomates farcies

15 mn | 1 h

Dimanche 17

Poulet rôti et purée de patates douces

10 mn | 1 h 40

98

Recettes

Pour 4 personnes

Faire revenir 1 oignon + 6 tomates coupées en dés. Quand le mélange est en purée, verser 20 cl de crème fraîche + 200 g de jambon coupé en dés. Servir sur 400 g de tagliatelles cuites.

Mélanger 2 pêches en quartiers sans peau avec 2 ciboules émincées + 400 g de chair de crabe. Au moment de servir, assaisonner avec 3 c. à s. d'huile d'olive + 2 c. à s. de jus de citron + ½ c. à c. de sucre + 1 c. à s. de persil. Dans 4 assiettes, répartir 200 g de tomates cerises + 1 salade mesclun arrosée d'1 c. à s. d'huile d'olive. Mélanger avec le crabe aux pêches.

Sur 8 tortillas de blé, répartir 400 g de julienne de légumes surgelée (poêlée 5 mn dans 1 c. à s. d'huile d'olive) mélangée à 300 g de bœuf haché (poêlé 2-3 mn dans 1 c. à s. d'huile d'olive) + 8 c. à s. de ketchup. Fermer les wraps, enfourner 5 mn à 180 °C.

Dans 2 l d'eau salée, cuire 30 mn après ébullition 4 artichauts équeutés. Servir avec 4 c. à s. de vinaigre de vin + 2 c. à c. de moutarde + 8 c. à s. d'huile d'olive. Mélanger 6 œufs battus avec ½ verre de lait + 1 c. à s. de ciboulette. Poêler dans 1 noix de beurre et mélanger régulièrement pendant 2-5 mn. Ajouter 60 g de gruyère râpé et servir avec les artichauts.

Poêler 4 côtes de veau dans 2 c. à s. d'huile d'olive + 20 g de beurre + 1 c. à c. de cumin. Ajouter 1 citron confit émincé + 20 olives noires dénoyautées coupées en 2. Réserver la viande. Ôter le gras de cuisson, déglacer avec 2 c. à s. de vin blanc sec et d'eau + 1 c. à c. de fond de veau. Remettre la viande dans le jus 15 sec. Servir avec 600 g de fèves surgelées cuites au micro-ondes.

Évider 8 belles tomates. Poêler la chair dans 2 c. à s. d'huile d'olive + 1 oignon émincé + 500 g de chair à saucisse. Ajouter 1 boîte de champignons de Paris et cuire 5 mn. Hors du feu, ajouter 2 œufs battus + 60 g de fromage râpé. Farcir les tomates et les mettre dans 1 plat avec 40 cl de coulis de tomates. Enfourner 40 mn à 200 °C. Servir avec 250 g de blé.

Cuire au four env. 1 h 20 à 200 °C 1 poulet d'1,2 kg avec 4 c. à s. d'huile d'olive + 4 gousses d'ail pilées + 4 brins de thym et de romarin. Servir avec 600 g de purée de patates douces.

Courses

Pour 4 personnes

- [ ] Pâtes crescendo

400 g de tagliatelles, 6 tomates, 1 oignon, 200 g de jambon, 20 cl de crème fraîche.

- [ ] Salade de crabe aux pêches

400 g de chair de crabe, 1 salade mesclun, 2 pêches, 2 ciboules, 200 g de tomates cerises, ½ c. à c. de sucre, 1 c. à s. de persil, 2 c. à s. de jus de citron, 4 c. à s. d'huile d'olive.

- [ ] Wraps bœuf et légumes

8 tortillas de blé, 300 g de bœuf haché, 400 g de julienne de légumes surgelée, 8 c. à s. de ketchup, 2 c. à s. d'huile d'olive.

- [ ] Œufs brouillés et artichauts

4 artichauts, 6 œufs, 60 g de gruyère râpé, ½ verre de lait, 1 c. à s. de ciboulette, 2 c. à c. de moutarde, 4 c. à s. de vinaigre de vin, 8 c. à s. d'huile d'olive, 1 noix de beurre.

- [ ] Côtes de veau aux olives

4 côtes de veau, 20 olives noires, 1 citron confit, 600 g de fèves surgelées, 20 g de beurre, 1 c. à c. de fond de veau, 1 c. à c. de cumin, 2 c. à s. de vin blanc sec, 2 c. à s. d'huile d'olive.

- [ ] Tomates farcies

8 belles tomates, 500 g de chair à saucisse, 250 g de blé, 1 boîte de champignons de Paris, 1 oignon, 40 cl de coulis de tomates, 60 g de fromage râpé, 2 œufs, 2 c. à s. d'huile d'olive.

- [ ] Poulet rôti et purée de patates douces

1 poulet d'1,2 kg, 600 g de purée de patates douces, 4 gousses d'ail, 4 brins de thym et de romarin, 4 c. à s. d'huile d'olive.

Et aussi

JUILLET

2022

Lundi 18 — Salade de pâtes de papa

15 mn · 10 mn

Mardi 19 — Velouté de courgettes au safran

15 mn · 25 mn

Mercredi 20 — Terrine de légumes express

10 mn · 20 mn · 45 mn

Jeudi 21 — Moules au curry

15 mn · 35 mn

Vendredi 22 — Taboulé simplissime

15 mn

Samedi 23 — Saumon au four

10 mn · 30 mn

Dimanche 24 — Tartare de bœuf aux herbes

10 mn · 5 mn

100

Recettes
Pour 4 personnes

Mélanger 350 g de penne *al dente* refroidies à 150 g de feta en dés + 4 tomates en quartiers + 1 courgette lavée finement émincée + 20 olives noires dénoyautées et 8 tomates séchées à l'huile émincées. Assaisonner avec 2 c. à s. de vinaigre balsamique + 1 c. à c. de moutarde + 4 c. à s. de l'huile des tomates + 2 c. à s. de fines herbes.

Cuire 20 mn à l'eau 1,2 kg de courgettes en morceaux + 2 gousses d'ail pelées. Mixer avec tout ou partie de l'eau de cuisson + 2 pincées de safran en poudre + 1 filet d'huile d'olive + 1 c. à s. de St Môret. Servir avec 6 tranches de pain grillées tartinées d'1 petite boîte de thon mélangée à 3 c. à s. de St Môret + 2 c. à s. de ciboulette + 2 c. à s. de jus de citron.

Battre 5 œufs avec 2 c. à s. d'herbes de Provence + 3 c. à s. de son d'avoine. Ajouter 800 g de ratatouille en bocal, verser dans 1 moule à cake huilé et enfourner 45 mn à 180 °C. Servir frais avec 20 cl de coulis de tomates + 6 tranches de jambon blanc.

Poêler 2 échalotes émincées dans 40 g de beurre. Ajouter 10 cl de vin blanc + 2,5 l de moules lavées. Cuire 5-7 mn après ébullition. Égoutter les moules, mélanger leur jus avec 15 cl de crème fraîche + 2 c. à s. de curry + 1 pincée de gingembre. Laisser réduire la sauce, ajouter 2 c. à s. de persil, remettre les moules dans la cocotte et servir avec 600 g de frites surgelées cuites au four.

Mélanger 250 g de semoule de couscous moyenne avec le jus d'1 citron jaune et d'1 vert + 4 c. à s. d'huile d'olive + ½ verre d'eau + 50 g de raisins secs. Réserver. Mixer 1 poivron épépiné + ½ bouquet de menthe + 2 ciboules. Réserver. Mixer 5 tomates + 1 concombre épluché 1 rang sur 2. Mélanger le tout avec 1 boîte de maïs. Servir frais.

Mettre 4 pavés de saumon dans 1 plat. Y déposer 2 citrons non traités en fines tranches + 2 petits oignons émincés. Arroser du jus d'1 citron + 4 c. à s. de vin blanc + 1 filet d'huile d'olive. Enfourner 20-25 mn à 180 °C. 2 mn avant la fin, ajouter 4 c. à s. de crème fraîche + 2 c. à s. de ciboulette. Servir avec 600 g de julienne de légumes surgelée cuite au micro-ondes.

Mélanger 1 c. à s. de moutarde forte et de Savora. Ajouter délicatement 2 c. à s. de jus de citron + 4 c. à s. de crème fraîche + 2 c. à s. d'huile d'olive + 6 c. à s. de fines herbes + 600 g de bœuf haché extra-frais. Servir avec 1 salade mesclun + 6 tranches de pain de campagne toastées.

Courses
Pour 4 personnes

- [ ] **Salade de pâtes de papa**

350 g de penne, 150 g de feta, 4 tomates, 1 courgette, 20 olives noires, 8 tomates séchées à l'huile, 1 c. à c. de moutarde, 2 c. à s. de fines herbes, 2 c. à s. de vinaigre balsamique.

- [ ] **Velouté de courgettes au safran**

1,2 kg de courgettes, 2 gousses d'ail, 6 tranches de pain, 1 petite boîte de thon, 4 c. à s. de St Môret, 2 pincées de safran en poudre, 2 c. à s. de ciboulette, 2 c. à s. de jus de citron, 1 filet d'huile d'olive.

- [ ] **Terrine de légumes express**

800 g de ratatouille en bocal, 5 œufs, 2 c. à s. d'herbes de Provence, 3 c. à s. de son d'avoine, 20 cl de coulis de tomates, 6 tranches de jambon blanc, 1 filet d'huile.

- [ ] **Moules au curry**

2,5 l de moules, 600 g de frites surgelées, 2 échalotes, 15 cl de crème fraîche, 10 cl de vin blanc, 40 g de beurre, 2 c. à s. de curry, 2 c. à s. de persil, 1 pincée de gingembre.

- [ ] **Taboulé simplissime**

250 g de semoule de couscous moyenne, 5 tomates, 1 concombre, 1 poivron, 2 ciboules, 1 citron jaune et 1 vert, 1 boîte de maïs, 50 g de raisins secs, ½ bouquet de menthe, 4 c. à s. d'huile d'olive.

- [ ] **Saumon au four**

4 pavés de saumon, 600 g de julienne de légumes surgelée, 3 citrons non traités, 2 petits oignons, 2 c. à s. de ciboulette, 4 c. à s. de crème fraîche, 4 c. à s. de vin blanc, 1 filet d'huile d'olive.

- [ ] **Tartare de bœuf aux herbes**

600 g de bœuf haché extra-frais, 6 c. à s. de fines herbes, 1 salade mesclun, 6 tranches de pain de campagne, 4 c. à s. de crème fraîche, 2 c. à s. de jus de citron, 1 c. à s. de moutarde forte et de Savora, 2 c. à s. d'huile d'olive.

101

Et aussi

JUILLET

Lundi 25
Ravioles aux courgettes et aux tomates séchées
15 mn — 35 mn

Mardi 26
Salade montagnarde légère
15 mn — 10 mn

Mercredi 27
Quiche aux épinards et au chèvre
5 mn — 40 mn

Jeudi 28
Poisson aux tomates
10 mn — 40 mn

Vendredi 29
Apéritif dînatoire
15 mn — 5 mn

Samedi 30
Sauté de veau à la provençale
15 mn — 1 h 05

Dimanche 31
Curry de porc aux nectarines
20 mn — 1 h 10

Recettes

Pour 4 personnes

Dans 1 plat à gratin beurré, étager 6 plaques de ravioles + 2 petites courgettes râpées + 10 tomates séchées émincées. Verser 20 cl de crème fleurette mélangée à 4 c. à s. de fromage blanc + 1 c. à c. de muscade. Parsemer de 80 g de gruyère râpé. Enfourner 35 mn à 210 °C.

Mélanger 1 salade avec 6 tomates et 200 g d'Etorki en dés + 8 tranches de jambon de Parme en lanières + 40 g de noix. Ajouter 1 sauce (2 c. à s. de vinaigre balsamique + 1 c. à c. de moutarde + 4 c. à s. d'huile d'olive) et 200 g de pommes de terre en cubes surgelées rissolées à la poêle.

Mélanger 3 œufs battus + 15 cl de crème fraîche + ½ verre de lait + 2 c. à s. de thym + 500 g d'épinards en branches décongelés et égouttés. Verser le mélange sur 1 pâte brisée, puis parsemer d'1 bûche de chèvre en rondelles et d'1 c. à s. de miel liquide. Enfourner 40 mn à 180 °C.

Mélanger 2 tomates en dés + 4 tomates séchées à l'huile émincées + 2 noix de beurre mou + 4 c. à s. de persil plat + 4 c. à s. de chapelure + 1 filet d'huile d'olive. Disposer le mélange sur 4 filets de cabillaud posés dans 1 plat à gratin huilé. Enfourner 25 mn à 200 °C. Servir avec 600 g de haricots verts cuits à la vapeur.

Mélanger la chair d'1 avocat avec le jus d'½ citron. Répartir le mélange dans 4 verrines. Ajouter 4 c. à s. de Fromage Fouetté de Madame Loïk, puis 2 tranches de truite fumée en dés et 4 c. à c. de ciboulette. Servir avec 1 brique de gaspacho et 4 tranches de pain complet coupées en croûtons et grillées 2 mn à la poêle dans 1 c. à s. d'huile d'olive.

Dans 1 cocotte, faire dorer 1 kg de veau à braiser en morceaux dans 4 c. à s. d'huile d'olive. Ajouter 2 oignons et 2 gousses d'ail émincés + 2 poivrons en lanières + 1 kg de tomates en dés. Mouiller avec ½ verre de vin blanc. Ajouter 1 bouquet garni + 10 olives vertes. Couvrir et laisser mijoter 45 mn. Servir avec 250 g de coquillettes + 2 noix de beurre.

Poêler 2 oignons émincés + 800 g de filet mignon de porc en dés dans 2 c. à s. d'huile. Ajouter 2 c. à s. de curry + 3 tomates en dés. Mouiller avec 50 cl d'eau + 2 bouillons cubes. Faire bouillir, puis mijoter 45 mn. Retirer la viande, faire réduire la sauce et ajouter 4 nectarines en dés + 10 cl de crème fraîche. Servir sur la viande + 200 g de riz + 50 g de pistaches.

Courses

Pour 4 personnes

- [ ] **Ravioles aux courgettes et aux tomates séchées**

6 plaques de ravioles, 2 petites courgettes, 10 tomates séchées, 80 g de gruyère râpé, 20 cl de crème fleurette, 4 c. à s. de fromage blanc, 1 c. à c. de muscade, 1 noix de beurre.

- [ ] **Salade montagnarde légère**

1 salade, 200 g de pommes de terre en cubes surgelées, 6 tomates, 8 tranches de jambon de Parme, 200 g d'Etorki, 40 g de noix, 1 c. à c. de moutarde, 2 c. à s. de vinaigre balsamique, 4 c. à s. d'huile d'olive.

- [ ] **Quiche aux épinards et au chèvre**

1 pâte brisée, 500 g d'épinards en branches surgelés, 1 bûche de chèvre, 3 œufs, 15 cl de crème fraîche, ½ verre de lait, 1 c. à s. de miel liquide, 2 c. à s. de thym.

- [ ] **Poisson aux tomates**

4 filets de cabillaud, 2 tomates, 4 tomates séchées à l'huile, 600 g de haricots verts, 4 c. à s. de persil plat, 4 c. à s. de chapelure, 2 noix de beurre, 2 filets d'huile d'olive.

- [ ] **Apéritif dînatoire**

1 avocat, ½ citron, 4 tranches de pain complet, 2 tranches de truite fumée, 4 c. à s. de Fromage Fouetté de Madame Loïk, 1 brique de gaspacho, 4 c. à c. de ciboulette, 1 c. à s. d'huile d'olive.

- [ ] **Sauté de veau à la provençale**

1 kg de veau à braiser, 250 g de coquillettes, 1 kg de tomates, 2 poivrons, 10 olives vertes, 2 oignons, 2 gousses d'ail, ½ verre de vin blanc, 1 bouquet garni, 2 noix de beurre, 4 c. à s. d'huile d'olive.

- [ ] **Curry de porc aux nectarines**

800 g de filet mignon de porc, 4 nectarines, 3 tomates, 2 oignons, 200 g de riz, 50 g de pistaches, 10 cl de crème fraîche, 2 c. à s. de curry, 2 bouillons cubes, 2 c. à s. d'huile.

Et aussi

AOÛT

Lundi **1** — Spaghettis aux palourdes — 15 mn, 15 mn

Mardi **2** — Salade grecque — 15 mn

Mercredi **3** — Rillettes de cabillaud — 15 mn, 20 mn, 15 mn

Jeudi **4** — Coleslaw et crevettes à la noix de coco — 15 mn, 15 mn

Vendredi **5** — Côtes de porc moutardées — 10 mn, 55 mn

Samedi **6** — Crumble de fenouil — 15 mn, 1 h 05

Dimanche **7** — Courgettes en salade et saumon fumé — 10 mn, 20 mn

Recettes
Pour 4 personnes

Cuire 400 g de spaghettis. Dans 1 cocotte, saisir 2-3 mn dans 6 c. à s. d'huile d'olive 2 kg de palourdes rincées. Ajouter 1 verre de vin blanc et cuire 1 mn. Ajouter 40 g de beurre froid en dés + 1 gousse d'ail émincée + 4 c. à s. de persil plat. Mélanger et cuire 2 mn. Couvrir et réserver. Ajouter les spaghettis + un peu d'eau de cuisson et mélanger.

Mélanger 4 tomates en quartiers + 1 poivron rouge, 1 poivron vert et ½ concombre épépinés et en dés + 12 olives noires + 1 oignon émincé + 200 g de feta en dés. Assaisonner avec le jus d'½ citron + 4 c. à s. d'huile d'olive + 1 c. à c. d'origan.

Cuire 15 mn au four ou à la vapeur 200 g de cabillaud et le laisser refroidir. Mélanger 80 g de St Môret + 1 échalote émincée + 4 c. à s. de coriandre + 2 c. à c. de gingembre + le zeste d'1 citron vert bio + 1 filet d'huile d'olive. Ajouter le poisson émietté + 2 tomates épépinées et en dés. Servir sur 6 tranches de pain de campagne grillées + 1 bocal de soupe froide au choix.

Mixer brièvement 400 g de chou blanc + 2 carottes. Ajouter 1 sauce (80 g de mayonnaise + 100 g de fromage blanc + 2 c. à s. de vinaigre de cidre + 2 c. à s. de ciboulette) + 40 g de raisins secs. Servir avec 20 crevettes roulées dans 2 blancs d'œufs en neige, puis dans 100 g de noix de coco râpée et frites dans 4 c. à s. d'huile.

Faire suer 2 oignons émincés dans 2 c. à s. d'huile d'olive. Réserver. Faire dorer 4 côtes de porc passées dans 2 c. à s. de farine. Remettre les oignons, ajouter 2 bouillons cubes dilués dans 40 cl d'eau. Couvrir et mijoter 25 mn. Ajouter 6 c. à s. de crème fraîche mélangées à 4 c. à s. de moutarde. Porter à ébullition et servir avec 600 g de petits pois.

Poêler 4 bulbes de fenouil émincés dans 4 c. à s. d'huile d'olive. Ajouter 15 cl d'eau. Cuire 20 mn à couvert. Ajouter le zeste d'1 citron + ½ bouquet d'aneth + 2 c. à s. d'huile d'olive. Confire 10 mn. Mixer 200 g de farine + 40 g de beurre + 50 g d'huile d'olive + 4 brins de thym + 1 c. à c. de levure. Ajouter 1 œuf et mixer. Étaler sur les légumes dans 1 plat. Enfourner 30 mn à 200 °C.

Râper 600 g de courgettes et les cuire 5 mn au micro-ondes. Assaisonner avec 4 c. à s. de vinaigre de vin blanc mélangées à 2 c. à s. de miel + 2 c. à s. d'huile d'arachide. Parsemer d'1 c. à s. de romarin. Servir tiède avec 6 tranches de saumon fumé (ou 4 filets de saumon grillés 10 mn au four).

Courses
Pour 4 personnes

☐ Spaghettis aux palourdes

400 g de spaghettis, 2 kg de palourdes, 1 gousse d'ail, 40 g de beurre froid, 1 verre de vin blanc, 4 c. à s. de persil plat, 6 c. à s. d'huile d'olive.

☐ Salade grecque

4 tomates, 1 poivron rouge et 1 vert, ½ concombre, 12 olives noires, 1 oignon, ½ citron, 200 g de feta, 1 c. à c. d'origan, 4 c. à s. d'huile d'olive.

☐ Rillettes de cabillaud

200 g de cabillaud, 80 g de St Môret, 1 bocal de soupe froide au choix, 6 tranches de pain de campagne, 2 tomates, 1 citron vert bio, 1 échalote, 4 c. à s. de coriandre, 2 c. à c. de gingembre, 1 filet d'huile d'olive.

☐ Coleslaw et crevettes à la noix de coco

20 crevettes, 400 g de chou blanc, 2 carottes, 100 g de noix de coco râpée, 40 g de raisins secs, 2 blancs d'œufs, 100 g de fromage blanc, 80 g de mayonnaise, 2 c. à s. de ciboulette, 2 c. à s. de vinaigre de cidre, 4 c. à s. d'huile.

☐ Côtes de porc moutardées

4 côtes de porc, 600 g de petits pois, 2 oignons, 2 c. à s. de farine, 2 bouillons cubes, 6 c. à s. de crème fraîche, 4 c. à s. de moutarde, 2 c. à s. d'huile d'olive.

☐ Crumble de fenouil

4 bulbes de fenouil, 1 citron, 200 g de farine, 1 c. à c. de levure, 40 g de beurre, 1 œuf, 4 brins de thym, ½ bouquet d'aneth, 6 c. à s. + 50 g d'huile d'olive.

☐ Courgettes en salade et saumon fumé

600 g de courgettes, 6 tranches de saumon fumé (ou 4 filets de saumon), 1 c. à s. de romarin, 2 c. à s. de miel, 4 c. à s. de vinaigre de vin blanc, 2 c. à s. d'huile d'arachide.

Et aussi

AOÛT

Lundi
8
Riz aux poivrons
15 mn — 40 mn

Mardi
9
Salade de crabe et de pommes
15 mn — 5 mn

Mercredi
10
Cake aux tomates séchées et aux olives
15 mn — 40 mn

Jeudi
11
Terrine de poulet
5 mn — 20 mn — 40 mn

Vendredi
12
Aubergines grillées
10 mn — 30 mn

Samedi
13
Barbecue de saucisses et tomates provençales
10 mn — 45 mn

Dimanche
14
Soles meunières
10 mn — 30 mn

Recettes
Pour 4 personnes

Dans 1 cocotte, faire suer 2 oignons et 2 gousses d'ail émincés dans 3 c. à s. d'huile d'olive. Une fois translucides, ajouter 1 poivron rouge, 1 vert et 1 orange épépinés et en dés + 1 c. à c. de cumin + 1 c. à c. de curcuma + 2 c. à s. de thym et cuire 20 mn. Ajouter 250 g de riz basmati cuit + 200 g de chorizo en rondelles. Faire revenir 5 mn.

Mélanger 1 c. à c. de moutarde + 120 g de *cottage cheese* + 2 c. à s. de jus de citron + 20 g de pignons et 20 g d'amandes effilées (grillés à sec). Ajouter 400 g de pommes en petits morceaux + 2 tiges de céleri-branche émincées + 200 g de chair de crabe. Servir avec 1 salade de mâche arrosée d'1 filet d'huile d'olive.

Mélanger 180 g de farine + 1 sachet de levure + 3 œufs cassés 1 à 1. Verser 12 cl de lait + 4 c. à s. d'huile et mélanger. Ajouter 12 tomates séchées + 12 olives vertes + 100 g de feta en dés + 50 g de gruyère râpé + 20 feuilles de basilic. Verser dans 1 moule à cake et enfourner 40 mn à 180 ou 200 °C selon la puissance de votre four. Servir avec 1 salade verte.

Mixer 600 g de blancs de poulet avec 2 œufs + 2 c. à s. de crème fraîche + 1 c. à s. d'estragon. Verser dans 1 moule à terrine et enfourner 40 mn env. au bain-marie à 180 °C. Servir froid avec 1 bocal de ratatouille.

Ôter le pédoncule de 4 aubergines lavées et essuyées. Les couper verticalement en tranches d'1 cm. Les disposer sous le gril du four et cuire 30 mn en les tournant plusieurs fois. Mettre dans 1 assiette, arroser d'1 filet d'huile d'olive + 1 c. à s. de fleur de sel + 60 g de parmesan râpé. Servir avec 8 tranches de jambon cru.

Dans 1 plat, déposer 8 tomates coupées en 2. Parsemer de 2 c. à s. d'herbes de Provence + 4 c. à s. d'huile d'olive + 2 c. à s. de sucre et enfourner 35 mn à 200 °C. Servir avec 6 chipolatas + 6 merguez grillées (au barbecue ou au gril) et accompagner de 4 c. à s. de moutarde à l'ancienne.

Ôter la peau brune de 4 soles, les passer dans 4 c. à s. de farine. Poêler 10 mn à feu doux les soles (tête-bêche côté épais) dans 40 g de beurre fondu. Pendant la cuisson, ajouter 20 g de beurre sous les soles. Les retourner, ajouter encore 20 g de beurre dessous et cuire 1-2 mn. Servir avec 1 citron + 400 g de haricots verts et 4 pommes de terre cuits à la vapeur.

Courses
Pour 4 personnes

- [ ] Riz aux poivrons

250 g de riz basmati, 1 poivron rouge, 1 vert et 1 orange, 2 oignons, 2 gousses d'ail, 200 g de chorizo, 2 c. à s. de thym, 1 c. à c. de cumin, 1 c. à c. de curcuma, 3 c. à s. d'huile d'olive.

- [ ] Salade de crabe et de pommes

1 salade de mâche, 200 g de chair de crabe, 400 g de pommes, 2 tiges de céleri-branche, 120 g de *cottage cheese*, 20 g de pignons, 20 g d'amandes effilées, 1 c. à c. de moutarde, 2 c. à s. de jus de citron, 1 filet d'huile d'olive.

- [ ] Cake aux tomates séchées et aux olives

180 g de farine, 12 tomates séchées, 12 olives vertes, 1 salade verte, 100 g de feta, 50 g de gruyère râpé, 3 œufs, 12 cl de lait, 20 feuilles de basilic, 1 sachet de levure, 4 c. à s. d'huile.

- [ ] Terrine de poulet

600 g de blancs de poulet, 1 bocal de ratatouille, 2 œufs, 2 c. à s. de crème fraîche, 1 c. à s. d'estragon.

- [ ] Aubergines grillées

4 aubergines, 8 tranches de jambon cru, 60 g de parmesan râpé, 1 filet d'huile d'olive, 1 c. à s. de fleur de sel.

- [ ] Barbecue de saucisses et tomates provençales

6 chipolatas, 6 merguez, 8 tomates, 2 c. à s. de sucre, 2 c. à s. d'herbes de Provence, 4 c. à s. de moutarde à l'ancienne, 4 c. à s. d'huile d'olive.

- [ ] Soles meunières

4 soles, 400 g de haricots verts, 4 pommes de terre, 1 citron, 4 c. à s. de farine, 80 g de beurre.

Et aussi

AOÛT
2022

Lundi
15
Assomption

Pain de viande aux épices

10 mn | 50 mn

Mardi
16

Soupe de melon au basilic

10 mn | 5 mn

Mercredi
17

Bar au four

15 mn | 55 mn

Jeudi
18

Moules au vin blanc

10 mn | 20 mn

Vendredi
19

Flan de légumes

10 mn | 45 mn

Samedi
20

Salade de blé à la mexicaine

15 mn | 10 mn

Dimanche
21

Poulet basquaise

20 mn | 1 h 20

108

Recettes
Pour 4 personnes

Mixer 1 oignon + 1 gousse d'ail + 4 c. à s. de persil. Ajouter 1 tranche de pain de mie toastée et écroûtée et mixer brièvement. Ajouter 500 g de bœuf haché + 1 œuf + 4 c. à s. de coulis de tomates + 1 pincée de muscade, de cannelle et de cumin + 1 c. à c. de sucre et mixer 3-4 sec. Tasser la préparation dans 1 moule à cake, enfourner 45 mn à 170 °C. Servir avec 1 salade.

Mixer la chair de 2 melons avec 12 feuilles de basilic + 4 c. à c. d'huile d'olive. Servir très frais avec 12 tranches de viande des Grisons + 1 boule de mozzarella à partager + 6 tranches de pain de campagne grillées.

Dans 1 plat, poser sur les rondelles d'1 citron 1 bar d'1,2 kg fourré d'1 bouquet garni. Poser 1 autre citron en rondelles dessus. Disposer autour 6 tomates coupées en 2 + 1 courgette en rondelles + 2 oignons émincés. Arroser de 4 c. à s. d'huile d'olive. Enfourner 10 mn à 180 °C. Mouiller avec 1 verre de vin blanc, cuire encore 20-25 mn et servir avec 600 g de purée de pommes de terre.

Dans 1 cocotte, faire suer 2 oignons émincés dans 50 g de beurre. Ajouter 150 g de lardons, les saisir et ajouter 2,5 l de moules nettoyées + ½ bouquet de persil plat + 40 cl de vin blanc sec. Couvrir et cuire jusqu'à l'ouverture des moules. Servir avec 250 g de riz.

Poêler 10 mn 800 g de mélange de légumes surgelés dans 2 c. à s. d'huile d'olive. Mélanger avec 4 œufs battus + 12 cl de lait + 2 c. à s. de crème fraîche + 60 g de gruyère râpé + 40 g de parmesan râpé + 2 c. à s. de basilic. Mettre dans 1 grand plat et enfourner 35 mn à 180 °C. Servir avec 4 c. à s. de ketchup.

Mélanger 200 g de blé cuit et refroidi avec 1 salade sucrine émincée + 250 g de tomates cerises coupées en 2 + 1 botte de radis émincés + 200 g de maïs et 200 g de haricots rouges en boîte + 1 avocat en morceaux. Assaisonner avec le jus d'1 citron vert + 4 c. à s. d'huile d'olive + 2 c. à s. de coriandre.

Enfourner 15 mn à 200 °C 6 cuisses de poulet + 4 c. à s. d'huile d'olive. Dans 1 cocotte, poêler 5 mn 3 oignons et 3 gousses d'ail émincés + 2 poivrons verts et 2 rouges en lanières avec 1 c. à s. d'huile d'olive. Ajouter 800 g de tomates pelées, couvrir, mijoter 20 mn. Ajouter le poulet + 1 bouquet garni + 10 cl de vin blanc + 1 pincée de piment d'Espelette. Mijoter 35 mn. Servir avec 250 g de semoule.

Courses
Pour 4 personnes

☐ **Pain de viande aux épices**

500 g de bœuf haché, 1 tranche de pain de mie, 1 salade, 1 oignon, 1 gousse d'ail, 1 œuf, 4 c. à s. de coulis de tomates, 4 c. à s. de persil, 1 pincée de muscade, de cannelle et de cumin, 1 c. à c. de sucre.

☐ **Soupe de melon au basilic**

2 melons, 12 feuilles de basilic, 6 tranches de pain de campagne, 12 tranches de viande des Grisons, 1 boule de mozzarella, 4 c. à c. d'huile d'olive.

☐ **Bar au four**

1 bar d'1,2 kg, 600 g de purée de pommes de terre, 6 tomates, 1 courgette, 2 oignons, 2 citrons, 1 bouquet garni, 1 verre de vin blanc, 4 c. à s. d'huile d'olive.

☐ **Moules au vin blanc**

2,5 l de moules, 150 g de lardons, 250 g de riz, 2 oignons, 50 g de beurre, 40 cl de vin blanc sec, ½ bouquet de persil plat.

☐ **Flan de légumes**

800 g de mélange de légumes surgelés, 60 g de gruyère râpé, 40 g de parmesan râpé, 4 œufs, 12 cl de lait, 2 c. à s. de basilic, 4 c. à s. de ketchup, 2 c. à s. de crème fraîche, 2 c. à s. d'huile d'olive.

☐ **Salade de blé à la mexicaine**

1 salade sucrine, 200 g de blé, 200 g de maïs en boîte, 200 g de haricots rouges en boîte, 250 g de tomates cerises, 1 botte de radis, 1 avocat, 1 citron vert, 2 c. à s. de coriandre, 4 c. à s. d'huile d'olive.

☐ **Poulet basquaise**

6 cuisses de poulet, 800 g de tomates pelées, 2 poivrons verts et 2 rouges, 3 oignons, 3 gousses d'ail, 250 g de semoule, 10 cl de vin blanc, 1 bouquet garni, 1 pincée de piment d'Espelette, 5 c. à s. d'huile d'olive.

Et aussi

2022

AOÛT

Lundi

22

Pâtes au basilic et à la mozzarella

10 mn 10 mn

Mardi

23

Carpaccio et légumes verts

5 mn 15 mn

Mercredi

24

Galettes complètes aux champignons

15 mn 20 mn

Jeudi

25

Tartare de dorade à la mangue

15 mn 30 mn

Vendredi

26

Verrines surprise

10 mn 5 mn

Samedi

27

Tarte fine aux sardines

15 mn 25 mn

Dimanche

28

Poulet à l'estragon

5 mn 25 mn

110

Recettes
Pour 4 personnes

Mélanger 500 g de farfalles *al dente* à 250 g de mozzarella en morceaux + le zeste d'1 citron + ½ bouquet de basilic ciselé + 2 c. à s. d'huile d'olive. Servir très chaud.

Disposer 400 g de carpaccio de bœuf dans 1 plat. Arroser d'1 filet d'huile d'olive. Parsemer de 2 c. à s. de câpres + 100 g de parmesan râpé + 12 feuilles de basilic. Servir avec 600 g de mélange de légumes verts surgelés cuits à la vapeur ou au micro-ondes.

Faire fondre 1 noix de beurre à la poêle et réchauffer 1 galette de sarrasin. Ajouter 1 tranche de jambon + ¼ d'1 petite boîte de champignons de Paris émincés + 1 œuf cassé délicatement dessus + 25 g de gruyère râpé. Recommencer l'opération avec 3 autres galettes. Servir au fur et à mesure. Accompagner de 600 g de carottes râpées.

Mélanger 600 g de dorade en petits morceaux avec le jus et le zeste de 2 citrons verts + 3 tranches de mangue décongelée coupées en dés + 4 c. à s. d'huile d'olive + 1 pincée de piment d'Espelette. Mariner 30 mn et servir très frais. Accompagner avec 500 g de tomates cerises coupées en 2 et arrosées de 2 c. à s. d'huile d'olive + 1 c. à s. de vinaigre balsamique.

Répartir dans des verrines 800 g de ratatouille en bocal. Au moment de servir, étager avec 2 salades sucrines (émincées et assaisonnées avec le jus d'1 citron + 1 c. à s. d'huile d'olive) + 200 g de Sainte-Maure de Touraine ou de crottin de Chavignol en morceaux + 8 tranches de bacon (poêlées 2 mn à sec). Servir avec 4 tranches de pain de campagne grillées.

Poêler 4 oignons émincés dans 2 c. à s. d'huile d'olive. Ajouter 1 boîte de concentré de tomates + 1 c. à c. de sucre + 1 gousse d'ail pilée et cuire 1 mn. Étaler sur 1 pâte feuilletée avec 8 olives noires + 8 sardines fraîches (poêlées 1 mn dans 2 c. à s. d'huile d'olive). Parsemer de 40 g de parmesan + 2 c. à s. de persil. Enfourner 15-20 mn à 210 °C. Servir avec 1 salade.

Poêler 4 blancs de poulet dans 20 g de beurre pendant 10 mn. Une fois dorés, ajouter 4 c. à c. d'estragon. Cuire 2 mn et ajouter ½ verre d'eau. Après évaporation, ajouter 4 c. à s. de crème fraîche et mijoter 1 mn. Servir avec 600 g de petits pois à la vapeur.

Courses
Pour 4 personnes

Pâtes au basilic et à la mozzarella

500 g de farfalles, 250 g de mozzarella, 1 citron, ½ bouquet de basilic, 2 c. à s. d'huile d'olive.

Carpaccio et légumes verts

400 g de carpaccio de bœuf, 600 g de mélange de légumes verts surgelés, 100 g de parmesan râpé, 12 feuilles de basilic, 2 c. à s. de câpres, 1 filet d'huile d'olive.

Galettes complètes aux champignons

4 galettes de sarrasin, 1 petite boîte de champignons de Paris émincés, 600 g de carottes râpées, 4 tranches de jambon, 100 g de gruyère râpé, 4 œufs, 4 noix de beurre.

Tartare de dorade à la mangue

600 g de dorade, 3 tranches de mangue surgelée, 500 g de tomates cerises, 2 citrons verts, 1 pincée de piment d'Espelette, 1 c. à s. de vinaigre balsamique, 6 c. à s. d'huile d'olive.

Verrines surprise

800 g de ratatouille en bocal, 200 g de Sainte-Maure de Touraine ou de crottin de Chavignol, 8 tranches de bacon, 4 tranches de pain de campagne, 2 salades sucrines, 1 citron, 1 c. à s. d'huile d'olive.

Tarte fine aux sardines

1 pâte feuilletée, 8 sardines fraîches, 8 olives noires, 1 salade, 4 oignons, 1 gousse d'ail, 40 g de parmesan, 1 boîte de concentré de tomates, 1 c. à c. de sucre, 2 c. à s. de persil, 4 c. à s. d'huile d'olive.

Poulet à l'estragon

4 blancs de poulet, 600 g de petits pois, 20 g de beurre, 4 c. à c. d'estragon, 4 c. à s. de crème fraîche.

Et aussi

AOÛT/SEPT.

Lundi **29**

Pâtes au thon et à la tapenade

10 mn · 15 mn

Mardi **30**

Plateau d'été

15 mn

Mercredi **31**

Papeton d'aubergines

10 mn · 30 mn

Jeudi **1**

Saumon en papillote

10 mn · 35 mn

Vendredi **2**

Poêlée de riz végétarienne

15 mn · 35 mn

Samedi **3**

Poulet à la bière

15 mn · 1 h 20

Dimanche **4**

Steaks hachés et lentilles corail au curry

10 mn · 35 mn

112

Recettes
Pour 4 personnes

Porter à ébullition 20 cl de crème liquide avec 1 boîte de thon au naturel + 2 c. à s. de tapenade + 12 olives vertes émincées + 1 c. à s. de romarin + 1 c. à s. de thym. Mélanger avec 400 g de linguine *al dente*.

Disposer sur 1 plateau : 1 melon en tranches + 8 figues coupées en 2 + 200 g de mozzarella en rondelles + 200 g de jambon de Parme + 400 g de tomates cerises + 1 bocal d'artichauts marinés. Accompagner d'1 salade mesclun assaisonnée de 2 c. à s. de vinaigre de cidre + 1 c. à c. de moutarde et de miel + 4 c. à s. d'huile d'olive.

Mélanger 1 pot de 500 g d'aubergines cuisinées + 4 œufs + 25 cl de crème fraîche + 1 c. à s. de basilic + 1 c. à s. de ciboulette. Enfourner au bain-marie 30 mn à 180 °C. Servir froid avec 1 sauce (1 yaourt + 2 c. à s. de fromage blanc + 1 c. à s. de basilic, de ciboulette et de thym + le jus d'½ citron) + 1 concombre épépiné et 1 carotte taillés en bâtonnets.

Dans 4 feuilles d'aluminium, répartir 4 pavés de saumon + 1 sauce (mélanger 80 g de gingembre frais râpé + le zeste de 2 citrons bio et 4 c. à s. de leur jus + 4 c. à c. de sauce soja + 2 c. à s. d'huile d'olive). Refermer les papillotes et enfourner 25 mn à 180 °C. Servir avec 600 g de purée de légumes surgelée au choix cuite au micro-ondes.

Poêler 2 oignons émincés + 1 gousse d'ail pilée dans 3 c. à s. d'huile d'olive. Ajouter 1 poivron rouge, 1 vert et 1 jaune épépinés et en lanières. Cuire 10 mn. Ajouter 400 g de champignons de Paris émincés + 800 g de tomates pelées + 12 olives vertes + 1 c. à c. de basilic, d'origan et de thym. Cuire 5 mn. Ajouter 200 g de riz cuit et cuire 2 mn.

Dans 1 plat allant au four, mettre 1 poulet en morceaux + 200 g de lardons fumés + le zeste et la pulpe (coupée en dés) d'1 citron bio + 4 gousses d'ail en chemise + 8 feuilles de sauge + 2 c. à s. de baies de genièvre. Arroser d'1 canette de bière blonde. Cuire 1 h-1 h 10 à 210 °C en retournant plusieurs fois les morceaux de poulet. Servir avec 250 g de polenta.

Mettre 2 carottes épluchées et en dés dans 1 grand volume d'eau. Cuire 10 mn après ébullition. Ajouter 250 g de lentilles corail + 1 c. à c. de curry. Couvrir et cuire encore 10-15 mn. Saupoudrer d'1 c. à s. de coriandre. Servir avec 4 steaks hachés poêlés dans 1 c. à s. d'huile d'olive. Accompagner de 4 c. à c. de moutarde douce.

Courses
Pour 4 personnes

☐ **Pâtes au thon et à la tapenade**

400 g de linguine, 1 boîte de thon au naturel, 12 olives vertes, 20 cl de crème liquide, 2 c. à s. de tapenade, 1 c. à s. de romarin, 1 c. à s. de thym.

☐ **Plateau d'été**

1 melon, 8 figues, 400 g de tomates cerises, 1 salade mesclun, 1 bocal d'artichauts marinés, 200 g de mozzarella, 200 g de jambon de Parme, 1 c. à c. de moutarde et de miel, 4 c. à s. d'huile d'olive, 2 c. à s. de vinaigre de cidre.

☐ **Papeton d'aubergines**

1 pot de 500 g d'aubergines cuisinées, 1 concombre, 1 carotte, ½ citron, 4 œufs, 2 c. à s. de fromage blanc, 1 yaourt, 25 cl de crème fraîche, 2 c. à s. de basilic et de ciboulette, 1 c. à s. de thym.

☐ **Saumon en papillote**

4 pavés de saumon, 80 g de gingembre frais, 2 citrons bio, 600 g de purée de légumes surgelée au choix, 4 c. à c. de sauce soja, 2 c. à s. d'huile d'olive.

☐ **Poêlée de riz végétarienne**

200 g de riz, 400 g de champignons de Paris, 12 olives vertes, 1 poivron rouge, 1 vert et 1 jaune, 2 oignons, 1 gousse d'ail, 800 g de tomates pelées, 1 c. à c. de basilic, d'origan et de thym, 3 c. à s. d'huile d'olive.

☐ **Poulet à la bière**

1 poulet, 200 g de lardons fumés, 250 g de polenta, 4 gousses d'ail, 1 citron bio, 1 canette de bière blonde, 8 feuilles de sauge, 2 c. à s. de baies de genièvre.

☐ **Steaks hachés et lentilles corail au curry**

4 steaks hachés, 250 g de lentilles corail, 2 carottes, 4 c. à c. de moutarde douce, 1 c. à c. de curry, 1 c. à s. de coriandre, 1 c. à s. d'huile d'olive.

Et aussi

SEPTEMBRE

Lundi 5

Pâtes forestières

5 mn — 20 mn

Mardi 6

Rôti de porc froid et aubergines en purée

5 mn — 15 mn

Mercredi 7

Tartines des enfants

10 mn

Jeudi 8

Filets de rouget aux aromates

10 mn — 25 mn

Vendredi 9

Blettes poêlées

10 mn — 15 mn

Samedi 10

Mini-roulés au fromage frais

10 mn

Dimanche 11

Poulet en cocotte aux olives

15 mn — 45 mn

114

Recettes

Pour 4 personnes

Dans 1 sauteuse, poêler 5 mn 500 g de mélange de champignons décongelés au micro-ondes + 2 c. à s. d'huile d'olive + 1 c. à s. de persil. Égoutter si besoin. Ajouter 400 g de pâtes *al dente* + 2 c. à s. de crème liquide et cuire encore 1 mn.

Cuire 14 mn au micro-ondes 700 g d'aubergines coupées en ½ rondelles d'1 cm d'épaisseur. Les retourner à mi-cuisson. Mixer avec 2 c. à s. d'huile d'olive + 2 c. à c. de jus de citron + 1 gousse d'ail épluchée + 3 pincées de cumin. Servir cette purée froide avec 8 tranches de rôti de porc cuit.

Mélanger 1 concombre épépiné et en petits dés avec 100 g de La Vache qui rit + 100 g de fromage blanc + 1 c. à s. de ciboulette. En tartiner 4 tranches de pain. Servir avec 4 tranches de jambon + 500 g de tomates cerises + 1 vinaigrette.

Dans 1 plat allant au four, disposer 700 g de filets de rouget + 8 gousses d'ail émincées + 8 feuilles de sauge et de laurier + 2 c. à c. de romarin + 24 olives noires + 1 pincée de piment diluée dans 4 c. à s. d'huile d'olive. Enfourner 15-20 mn à 250 °C. Servir avec 8 palets de légumes surgelés cuits au micro-ondes.

Laver et émincer 600 g de blettes en coupant les tiges à 3 cm des feuilles. Faire blondir 4 gousses d'ail émincées dans 2 c. à s. d'huile d'olive + 1 pincée de paprika, puis ajouter les blettes. Cuire à feu vif 5 mn en mélangeant. Servir avec 6 œufs cuits à la coque (après ébullition, cuire 3 mn).

Découper 8 tranches de jambon de Parme en 3 dans la longueur. Répartir dessus 250 g de fromage frais (Madame Loïk ou brousse) mélangé à 2 c. à s. de basilic + 1 c. à s. d'huile d'olive. Rouler les tranches de jambon et servir avec 1 brique de soupe froide (betterave ou autre) + 400 g de tomates cerises à la croque au sel.

Dans 1 cocotte allant au four, déposer 1 poulet en morceaux + 1 boîte de tomates pelées + 1 petit bocal d'olives vertes et 1 d'olives noires + 2 oignons émincés + ½ bouquet garni + 1 petite boîte de champignons de Paris + 10 petites pommes de terre épluchées + 1 morceau de sucre. Enfourner 45 mn à 210 °C à couvert la moitié du temps.

Courses

Pour 4 personnes

- [ ] Pâtes forestières

400 g de pâtes, 500 g de mélange de champignons surgelés, 1 c. à s. de persil, 2 c. à s. de crème liquide, 2 c. à s. d'huile d'olive.

- [ ] Rôti de porc froid et aubergines en purée

8 tranches de rôti de porc cuit, 700 g d'aubergines, 1 gousse d'ail, 3 pincées de cumin, 2 c. à c. de jus de citron, 2 c. à s. d'huile d'olive.

- [ ] Tartines des enfants

4 tranches de pain, 500 g de tomates cerises, 1 concombre, 4 tranches de jambon, 100 g de La Vache qui rit, 100 g de fromage blanc, 1 c. à s. de ciboulette, 1 vinaigrette.

- [ ] Filets de rouget aux aromates

700 g de filets de rouget, 8 palets de légumes surgelés, 24 olives noires, 8 gousses d'ail, 8 feuilles de sauge et de laurier, 2 c. à c. de romarin, 1 pincée de piment, 4 c. à s. d'huile d'olive.

- [ ] Blettes poêlées

600 g de blettes, 4 gousses d'ail, 6 œufs, 1 pincée de paprika, 2 c. à s. d'huile d'olive.

- [ ] Mini-roulés au fromage frais

8 tranches de jambon de Parme, 250 g de fromage frais (Madame Loïk ou brousse), 400 g de tomates cerises, 1 brique de soupe froide (betterave ou autre), 2 c. à s. de basilic, 1 c. à s. d'huile d'olive.

- [ ] Poulet en cocotte aux olives

1 poulet, 10 petites pommes de terre, 2 oignons, 1 boîte de tomates pelées, 1 petite boîte de champignons de Paris, 1 petit bocal d'olives vertes + 1 d'olives noires, ½ bouquet garni, 1 morceau de sucre.

115

Et aussi

SEPTEMBRE

Lundi **12** — Ravioles au potiron — 10 mn / 25 mn

Mardi **13** — Salade de crevettes au pamplemousse — 15 mn

Mercredi **14** — Tarte aux tomates cerises — 10 mn / 20 mn

Jeudi **15** — Dinde en rouge et blanc — 15 mn / 45 mn

Vendredi **16** — Flan de poivrons — 5 mn / 45 mn

Samedi **17** — Côtes de porc aux abricots — 15 mn / 1 h / 50 mn

Dimanche **18** — Paëlla — 20 mn / 1 h

116

Recettes
Pour 4 personnes

Cuire à l'eau 20 mn après ébullition 800 g de pulpe de potiron en dés + 1 pomme de terre sans la peau en morceaux + 1 bouillon cube de volaille. Mixer les légumes et ajouter 10 cl de crème liquide + 1 c. à c. de muscade. Ajouter 8 plaques de ravioles fraîches et servir lorsqu'elles remontent à la surface.

Mélanger 1 roquette avec 400 g de crevettes roses décortiquées + la chair de 2 pamplemousses roses et la chair de 2 avocats en morceaux + 80 g de graines de grenade. Assaisonner avec 4 c. à s. d'huile d'olive + 2 c. à s. de vinaigre balsamique. Servir avec 4 tranches de pain de campagne + 40 g de beurre ½ sel.

Sur 1 pâte feuilletée, étaler 6 c. à s. de caviar d'aubergines + 400 g de tomates cerises coupées en 2 (côté peau vers le bas) + 2 tranches de jambon cru en morceaux + 150 g de comté râpé. Enfourner 20 mn à 200 °C. Servir avec 1 salade.

Enfourner 15 mn à 200 °C 500 g de tomates cerises coupées en 2 + 4 c. à s. d'huile d'olive + 1 c. à s. d'herbes de Provence. Ajouter 4 fines escalopes de dinde (poêlées 2 mn/côté dans 1 c. à s. d'huile d'olive), recouvertes de 200 g de feta en morceaux. Cuire encore 20 mn à 180 °C. Servir avec 400 g de pâtes fraîches cuites + 20 cl de coulis de tomates réchauffé au micro-ondes.

Mixer 600 g de poivrons grillés décongelés avec 4 œufs + 20 cl de crème fraîche. Ajouter 1 boîte de fromage de chèvre (type Chavroux) émietté + 1 c. à c. de thym. Verser dans 1 plat à cake et enfourner 45 mn à 160 °C. Servir chaud ou froid avec 6 tranches de jambon.

Mariner 4 côtes de porc pendant 1 h dans 2 c. à c. de moutarde et de sauce Worcestershire + 6 c. à s. de vinaigre de Xérès et d'huile + 40 g de sucre. Poêler 1 oignon émincé + 1 gousse d'ail pilée + 1 c. à s. d'huile. Ajouter 1 c. à c. de cumin + 1 boîte d'abricots au sirop + le sirop. Mijoter 5 mn. Ajouter le porc + la marinade. Cuire 10 mn/côté. Servir avec 600 g de purée de patates douces.

Poêler 2 blancs de poulet en morceaux dans 3 c. à s. d'huile d'olive. Ajouter 1 oignon émincé + 250 g de calamars. Cuire 1 mn. Ajouter 600 g de tomates pelées + 1 poivron + 1 gousse d'ail hachée + 2 doses de safran. Cuire 5 mn. Verser 250 g de riz + ½ chorizo en rondelles + 1 bouillon cube dilué dans 50 cl d'eau + ½ l de moules lavées + 10 grosses crevettes. Faire bouillir. Cuire 30 mn env.

Courses
Pour 4 personnes

- [ ] Ravioles au potiron

8 plaques de ravioles fraîches, 800 g de pulpe de potiron, 1 pomme de terre, 10 cl de crème liquide, 1 bouillon cube de volaille, 1 c. à c. de muscade.

- [ ] Salade de crevettes au pamplemousse

400 g de crevettes roses décortiquées, 2 pamplemousses roses, 2 avocats, 1 roquette, 80 g de graines de grenade, 4 tranches de pain de campagne, 40 g de beurre ½ sel, 2 c. à s. de vinaigre balsamique, 4 c. à s. d'huile d'olive.

- [ ] Tarte aux tomates cerises

1 pâte feuilletée, 400 g de tomates cerises, 1 salade, 2 tranches de jambon cru, 150 g de comté râpé, 6 c. à s. de caviar d'aubergines.

- [ ] Dinde en rouge et blanc

4 fines escalopes de dinde, 400 g de pâtes fraîches, 200 g de feta, 500 g de tomates cerises, 20 cl de coulis de tomates, 1 c. à s. d'herbes de Provence, 5 c. à s. d'huile d'olive.

- [ ] Flan de poivrons

600 g de poivrons grillés surgelés, 1 boîte de fromage de chèvre (type Chavroux), 6 tranches de jambon, 4 œufs, 20 cl de crème fraîche, 1 c. à c. de thym.

- [ ] Côtes de porc aux abricots

4 côtes de porc, 1 boîte d'abricots au sirop, 600 g de purée de patates douces, 1 oignon, 1 gousse d'ail, 40 g de sucre, 1 c. à c. de cumin, 2 c. à c. de moutarde et de sauce Worcestershire, 6 c. à s. de vinaigre de Xérès, 7 c. à s. d'huile.

- [ ] Paëlla

250 g de riz, 2 blancs de poulet, 250 g de calamars, ½ l de moules, 10 grosses crevettes, ½ chorizo, 600 g de tomates pelées, 1 poivron, 1 oignon, 1 gousse d'ail, 2 doses de safran, 1 bouillon cube, 3 c. à s. d'huile d'olive.

Et aussi

SEPTEMBRE

Lundi 19 — Salade de pâtes différente
15 mn | 10 mn

Mardi 20 — Soupe aux 2 céleris
15 mn | 35 mn

Mercredi 21 — Tarte aux champignons
15 mn | 45 mn

Jeudi 22 — Moules au roquefort
15 mn | 25 mn

Vendredi 23 — Tomates à la provençale
10 mn | 35 mn

Samedi 24 — Rôti de bœuf aux 3 poivres
10 mn | 50 mn

Dimanche 25 — Salade de bœuf aux pommes de terre
10 mn | 20 mn

118

Recettes

Pour 4 personnes

Mélanger 250 g de farfalles *al dente* avec 200 g de thon au naturel + 2 tomates en dés. Ajouter 1 sauce (4 c. à s. de mayonnaise + 1 c. à s. de curry + 1 c à s. de jus de citron). Mélanger et ajouter 1 bocal d'asperges vertes en tronçons. Servir frais.

Dans 1 cocotte, poêler 5 mn dans 2 c. à s. d'huile d'olive 1 céleri-rave pelé et en morceaux + ½ céleri-branche émincé + 2 pommes de terre pelées et émincées. Ajouter 1 l d'eau + 1 bouillon cube de légumes. Cuire 20-25 mn. Mixer avec tout ou partie de l'eau de cuisson + 2 c. à s. de St Môret + 1 c. à c. de paprika. Servir avec 6 Knacki cuites au micro-ondes.

Poêler 125 g de lardons fumés. Réserver. Dans la même poêle, poêler 3 oignons émincés pendant 5 mn. Ajouter 500 g de champignons émincés + 1 c. à s. de persil. Sur 1 pâte feuilletée, répartir les légumes égouttés + les lardons. Ajouter 3 œufs battus avec 20 cl de crème fraîche + 10 cl de lait. Ajouter 80 g de gruyère râpé. Enfourner 30 mn à 180 °C. Servir avec 1 salade.

Dans 1 casserole, faire suer 3 échalotes dans 1 noix de beurre. Ajouter 40 cl de crème fraîche + 125 g de roquefort émietté + 2 c. à s. de persil. Dans 1 cocotte, cuire 2 kg de moules nettoyées avec 25 cl de vin blanc. À leur ouverture, ôter la moitié du jus, ajouter la sauce roquefort et cuire encore 3-4 mn. Servir avec 8 palets de légumes surgelés cuits au micro-ondes.

Dans 1 plat, déposer 12 tomates coupées en 2. Parsemer de 2 c. à s. d'herbes de Provence + 4 c. à s. d'huile d'olive + 2 c. à s. de sucre. Enfourner 35 mn à 200 °C. Servir avec 4 tranches de jambon + 4 tranches de pain tartinées de 100 g de fromage frais.

Enduire 1 rôti de bœuf d'1,2 kg d'1 c. à s. d'huile. Le rouler dans 2 c. à s. de 3 poivres concassés. Le faire dorer 5 mn dans 1 poêle et enfourner 25 mn à 200 °C. Déglacer le plat avec ½ verre de cognac. Poêler 12 cl de crème fraîche + 1 c. à s. de moutarde + le jus au cognac. Servir le rôti tranché + la sauce + 1 kg de haricots verts à la vapeur. **Conserver les restes pour demain.**

Mélanger 1 salade avec 300 g de haricots verts cuits (restes de la veille) + 6 pommes de terre cuites à l'eau, refroidies et coupées en rondelles + 1 sauce (mélanger 1 échalote émincée à 2 c. à s. de vinaigre de vin + 1 c. à c. de moutarde + 4 c. à s. d'huile d'olive). Parsemer d'1 c. à s. de ciboulette. Servir avec 4 tranches de rôti de bœuf cuit (restes de la veille).

Courses

Pour 4 personnes

- [ ] Salade de pâtes différente

250 g de farfalles, 200 g de thon au naturel, 1 bocal d'asperges vertes, 2 tomates, 1 c. à s. de curry, 4 c. à s. de mayonnaise, 1 c à s. de jus de citron.

- [ ] Soupe aux 2 céleris

1 céleri-rave, ½ céleri-branche, 2 pommes de terre, 6 Knacki, 2 c. à s. de St Môret, 1 bouillon cube de légumes, 1 c. à c. de paprika, 2 c. à s. d'huile d'olive.

- [ ] Tarte aux champignons

1 pâte feuilletée, 500 g de champignons, 3 oignons, 1 salade, 125 g de lardons fumés, 80 g de gruyère râpé, 3 œufs, 20 cl de crème fraîche, 10 cl de lait, 1 c. à s. de persil.

- [ ] Moules au roquefort

2 kg de moules, 125 g de roquefort, 8 palets de légumes surgelés, 3 échalotes, 40 cl de crème fraîche, 25 cl de vin blanc, 2 c. à s. de persil, 1 noix de beurre.

- [ ] Tomates à la provençale

12 tomates, 4 tranches de pain, 4 tranches de jambon, 100 g de fromage frais, 2 c. à s. de sucre, 2 c. à s. d'herbes de Provence, 4 c. à s. d'huile d'olive.

- [ ] Rôti de bœuf aux 3 poivres

1 rôti de bœuf d'1,2 kg, 1 kg de haricots verts, ½ verre de cognac, 12 cl de crème fraîche, 1 c. à s. de moutarde, 2 c. à s. de 3 poivres, 1 c. à s. d'huile.

- [ ] Salade de bœuf aux pommes de terre

4 tranches de rôti de bœuf cuit et 300 g de haricots verts (restes de la veille), 1 salade, 6 pommes de terre, 1 échalote, 1 c. à s. de ciboulette, 1 c. à c. de moutarde, 2 c. à s. de vinaigre de vin, 4 c. à s. d'huile d'olive.

119

Et aussi

SEPT./OCT.

Lundi **26**

Risotto aux champignons

15 mn | 45 mn

Mardi **27**

Salade d'automne

15 mn

Mercredi **28**

Briks de saumon sauce cocktail

15 mn | 30 mn

Jeudi **29**

Cordons bleus et petits pois

10 mn | 30 mn

Vendredi **30**

Petits roulés de jambon tout chou

15 mn | 5 mn

Samedi **1**

Poulet aux citrons confits

20 mn | 1 h 25

Dimanche **2**

Steaks au chèvre

20 mn | 35 mn

120

Recettes
Pour 4 personnes

Poêler 1 oignon et 2 gousses d'ail émincés dans 2 c. à c. d'huile d'olive. Ajouter 300 g de riz à risotto pour qu'il devienne translucide + 600 g de champignons émincés (décongelés ou frais). Incorporer progressivement le bouillon (1 l d'eau + 2 cubes de bouillon) en remuant sans cesse. En fin de cuisson, incorporer 1 c. à s. de persil + 50 g de parmesan. Arroser du jus d'1 citron.

Mélanger 1 laitue romaine lavée et effeuillée à 40 g de cerneaux de noix + 2 endives émincées + 1 pomme en quartiers + 100 g de raisin coupé en 2 + 150 g de cantal en dés + 6 tranches de jambon sec en morceaux + 1 sachet de croûtons + 1 sauce (2 c. à s. de vinaigre de cidre + 1 c. à c. de moutarde + 4 c. à s. d'huile de noix).

Disposer 4 pavés de saumon sur 4 feuilles de brik et verser 1 mélange fait d'1 petit pot de sauce cocktail + 25 cl de crème liquide + 1 c. à s. d'aneth + 1 c. à s. de ciboulette. Refermer les briks. Enfourner 20 mn à 180 °C. Servir avec 600 g de courgettes cuites 3 mn au micro-ondes et poêlées 5 mn dans 1 c. à s. d'huile d'olive.

Poêler 4 escalopes de poulet dans 20 g de beurre pendant 5 mn. Les couper en 2 dans l'épaisseur et farcir avec 1 tranche de comté + 2 tranches de bacon + 1 tranche de comté. Les tremper 1 à 1 dans 4 c. à s. de farine, puis 1 œuf battu, puis 4 c. à s. de chapelure. Mettre dans 1 plat et enfourner env. 15 mn à 200 °C, en retournant à mi-cuisson. Servir avec 600 g de petits pois.

Farcir 4 tranches de jambon avec 400 g de chou à choucroute émincé mélangé à 1 sauce (le jus d'1 orange + 2 c. à s. d'huile d'olive + 1 c. à s. d'estragon + 1 c. à s. de sauce soja) + 4 c. à s. de pignons de pin poêlés à sec. Enrouler les tranches de jambon et servir avec 1 salade verte.

Dans 1 cocotte, dorer à feu vif 1 poulet en morceaux dans 4 c. à s. d'huile d'olive. Réserver. Y cuire 10 mn à feu doux 4 oignons émincés + 4 carottes en rondelles. Ajouter 3 citrons confits en dés + 1 c. à c. de graines de coriandre + 1 c. à s. de 4-épices + 100 g de raisins secs + 4 c. à s. de miel + le poulet + 1 verre d'eau. Couvrir et mijoter 1 h. Servir avec 200 g de semoule.

Cuire 2 mn avec 30 cl de crème fraîche 1 bûche de chèvre de 300 g écroûtée + 3 c. à s. de fond de veau. Ajouter 500 g de champignons de Paris (rissolés dans 1 noix de beurre + ½ c. à c. d'ail + 1 c. à s. de persil). Faire suer 1 oignon émincé dans 1 noix de beurre. Ajouter 4 steaks de bœuf. Servir avec la sauce + 600 g de purée de brocolis.

Courses
Pour 4 personnes

☐ **Risotto aux champignons**

300 g de riz à risotto, 600 g de champignons émincés (surgelés ou frais), 1 citron, 1 oignon, 2 gousses d'ail, 50 g de parmesan, 2 cubes de bouillon, 1 c. à s. de persil, 2 c. à c. d'huile d'olive.

☐ **Salade d'automne**

1 laitue romaine, 2 endives, 1 pomme, 100 g de raisin, 150 g de cantal, 6 tranches de jambon sec, 40 g de cerneaux de noix, 1 sachet de croûtons, 2 c. à s. de vinaigre de cidre, 1 c. à c. de moutarde, 4 c. à s. d'huile de noix.

☐ **Briks de saumon sauce cocktail**

4 feuilles de brik, 4 pavés de saumon, 600 g de courgettes, 1 petit pot de sauce cocktail, 25 cl de crème liquide, 1 c. à s. d'aneth, 1 c. à s. de ciboulette, 1 c. à s. d'huile d'olive.

☐ **Cordons bleus et petits pois**

4 escalopes de poulet, 8 tranches de bacon, 8 tranches de comté, 600 g de petits pois, 20 g de beurre, 4 c. à s. de farine, 4 c. à s. de chapelure, 1 œuf.

☐ **Petits roulés de jambon tout chou**

4 tranches de jambon, 400 g de chou à choucroute, 1 orange, 1 salade verte, 4 c. à s. de pignons de pin, 1 c. à s. d'estragon, 1 c. à s. de sauce soja, 2 c. à s. d'huile d'olive.

☐ **Poulet aux citrons confits**

1 poulet, 3 citrons confits, 100 g de raisins secs, 4 carottes, 4 oignons, 200 g de semoule, 1 c. à c. de graines de coriandre, 1 c. à s. de 4-épices, 4 c. à s. de miel, 4 c. à s. d'huile d'olive.

☐ **Steaks au chèvre**

4 steaks de bœuf, 1 bûche de chèvre de 300 g, 600 g de purée de brocolis, 500 g de champignons de Paris, 1 oignon, 30 cl de crème fraîche, 3 c. à s. de fond de veau, ½ c. à c. d'ail, 1 c. à s. de persil, 2 noix de beurre.

Et aussi

2022

OCTOBRE

Lundi **3**

Tagliatelles aux poivrons

15 mn — 40 mn

Mardi **4**

Salade au céleri et aux champignons

15 mn

Mercredi **5**

Acras de potiron

15 mn — 10 mn

Jeudi **6**

Œufs brouillés aux 2 tomates

10 mn — 5 mn

Vendredi **7**

Brandade de cabillaud rapide

15 mn — 30 mn

Samedi **8**

Galettes de bœuf aux épices

15 mn — 25 mn

Dimanche **9**

Colombo de veau

10 mn — 1 h

122

Recettes
Pour 4 personnes

Poêler 1 oignon émincé dans 1 c. à s. d'huile d'olive. Ajouter 1 gousse d'ail émincée + 3 poivrons rouges épépinés et en lamelles. Cuire 10 mn. Ajouter 20 cl de vin blanc et cuire encore 15 mn. Mixer avec 3 c. à s. de St Môret + 1 pincée de paprika. Mélanger avec 400 g de tagliatelles *al dente* avec 1 bouillon cube de volaille. Servir avec 80 g de gruyère râpé.

Mélanger 400 g de champignons de Paris lavés et émincés avec le jus d'1 citron. Ajouter 2 branches de céleri émincé + 250 g de mozzarella en rondelles + 12 olives noires + 2 pommes vertes en fins quartiers. Arroser de 4 c. à s. d'huile d'olive et d'1 c. à s. de basilic. Servir avec 4 tranches de pain grillées + 1 pot de tapenade.

Mélanger 200 g de farine + ½ c. à c. de sucre + 1 œuf + 8 c. à s. de lait. Ajouter 200 g de chair de potiron râpée + 1 pincée de piment + 1 c. à s. de persil + le zeste d'½ citron vert. Former les acras et les plonger dans 6 c. à s. d'huile très chaude. Cuire jusqu'à ce qu'ils soient dorés. Les égoutter sur de l'essuie-tout. Servir avec 600 g de betteraves cuites + 1 vinaigrette.

Mélanger 8 œufs avec un fouet. Ajouter 8 tomates séchées et 12 tomates cerises coupées en 2 + 2 c. à s. de crème fraîche. Chauffer 1 noix de beurre dans 1 poêle, ajouter les œufs et les mélanger régulièrement pendant 2-5 mn. Saupoudrer de 60 g de gruyère râpé + 1 c. à s. de ciboulette. Servir sur 4 tranches de pain de campagne toastées. Accompagner d'1 salade verte.

Cuire 15 mn au court-bouillon avec 1 bouillon cube de poisson 4 filets de cabillaud. Mélanger le poisson égoutté à 600 g de purée de pommes de terre et tout écraser à la fourchette. Ajouter 3 gousses d'ail hachées + 4 c. à s. d'huile d'olive + 1 bouquet de persil ciselé. Mettre dans 1 plat à gratin et parsemer de 60 g de parmesan râpé mélangé à 3 c. à s. de chapelure. Passer 5 mn au gril.

Faire bouillir 15 cl de lait. Ajouter 50 g de chapelure + 1 c. à c. de muscade, de cannelle et de cumin. Cuire 3 mn en mélangeant pour obtenir 1 pâte onctueuse. Mélanger avec 600 g de bœuf haché + 1 oignon haché + le zeste d'1 citron. Façonner 12 boulettes et les aplatir. Les poêler 2-3 mn/côté dans 2 c. à s. d'huile. Servir avec 600 g de légumes verts à la vapeur.

Dans 1 cocotte, poêler 2 oignons émincés dans 1 c. à s. d'huile. Ajouter 800 g de filet mignon de veau + 1 c. à s. de colombo en poudre + 1 bouillon cube de volaille + 20 cl d'eau + 1 piment oiseau émincé. Mijoter 30 mn. Ajouter 500 g d'épinards en branches décongelés et égouttés + 2 c. à s. de crème liquide. Cuire 15 mn. Servir avec 600 g de patates douces à la vapeur.

Courses
Pour 4 personnes

☐ **Tagliatelles aux poivrons**

400 g de tagliatelles, 3 poivrons rouges, 1 oignon, 1 gousse d'ail, 80 g de gruyère râpé, 3 c. à s. de St Môret, 20 cl de vin blanc, 1 bouillon cube de volaille, 1 pincée de paprika, 1 c. à s. d'huile d'olive.

☐ **Salade au céleri et aux champignons**

400 g de champignons de Paris, 2 branches de céleri, 2 pommes vertes, 12 olives noires, 1 citron, 250 g de mozzarella, 1 pot de tapenade, 4 tranches de pain, 1 c. à s. de basilic, 4 c. à s. d'huile d'olive.

☐ **Acras de potiron**

200 g de chair de potiron, 600 g de betteraves cuites, ½ citron vert, 200 g de farine, ½ c. à c. de sucre, 1 œuf, 8 c. à s. de lait, 1 c. à s. de persil, 1 pincée de piment, 1 vinaigrette, 6 c. à s. d'huile.

☐ **Œufs brouillés aux 2 tomates**

8 œufs, 8 tomates séchées, 12 tomates cerises, 1 salade verte, 60 g de gruyère râpé, 4 tranches de pain de campagne, 2 c. à s. de crème fraîche, 1 c. à s. de ciboulette, 1 noix de beurre.

☐ **Brandade de cabillaud rapide**

4 filets de cabillaud, 600 g de purée de pommes de terre, 3 gousses d'ail, 60 g de parmesan râpé, 1 bouillon cube de poisson, 1 bouquet de persil, 3 c. à s. de chapelure, 4 c. à s. d'huile d'olive.

☐ **Galettes de bœuf aux épices**

600 g de bœuf haché, 600 g de légumes verts, 1 oignon, 1 citron, 50 g de chapelure, 15 cl de lait, 1 c. à c. de muscade, 1 c. à c. de cannelle, 1 c. à c. de cumin, 2 c. à s. d'huile.

☐ **Colombo de veau**

800 g de filet mignon de veau, 600 g de patates douces, 500 g d'épinards en branches surgelés, 2 oignons, 1 c. à s. de colombo en poudre, 1 piment oiseau, 1 bouillon cube de volaille, 2 c. à s. de crème liquide, 1 c. à s. d'huile.

Et aussi

OCTOBRE

Lundi **10** — Macaronis à la courge — 10 mn / 25 mn

Mardi **11** — Soupe de pois cassés à la Cocotte-Minute — 15 mn / 35 mn

Mercredi **12** — Tarte au brocoli et au jambon — 15 mn / 45 mn

Jeudi **13** — Filets de merlan au sésame — 5 mn / 15 mn

Vendredi **14** — Poêlée de champignons — 15 mn / 15 mn

Samedi **15** — Filet mignon aux lardons — 20 mn / 45 mn

Dimanche **16** — Bœuf sauté au raisin frais — 20 mn / 1 h 10

124

Recettes
Pour 4 personnes

Poêler 10-15 mn 600 g de chair de courge en lamelles + 2 pincées de muscade + 2 pincées de cannelle dans 4 c. à s. d'huile d'olive. Ajouter 350 g de macaronis *al dente* et cuire encore 1 mn à feu doux. Servir avec 60 g de parmesan râpé.

Dans 1 Cocotte-Minute, poêler 3 oignons et 1 gousse d'ail émincés dans 2 c. à s. d'huile d'olive. Ajouter 1 branche de céleri émincée + 2 carottes en rondelles + 400 g de pois cassés + 1 bouquet de persil + 2 feuilles de laurier + 1 l d'eau. Cuire 25 mn après rotation de la soupape. Mixer avec tout ou partie de l'eau + 10 cl de lait. Servir avec 200 g de lardons poêlés à sec.

Sur 1 pâte brisée, répartir 1 brocoli en fleurettes (lavé et cuit 5 mn au micro-ondes avec un peu d'eau, puis égoutté) + 100 g d'allumettes de jambon fumé + ½ bûche de chèvre en rondelles. Verser 1 mélange fait de 3 œufs battus avec 10 cl de lait + 10 cl de crème liquide + 1 c. à c. de muscade. Enfourner 40 mn à 180 °C.

Poêler 1 mn/côté 4 filets de merlan dans 1 c. à s. d'huile. Réserver et jeter l'huile. Dans la poêle, faire bouillir 1 mélange de 4 c. à s. de sauce soja + 4 c. à s. de muscat + 2 c. à c. de sucre + 30 g de gingembre frais râpé + 6 gouttes d'huile de sésame. Remettre le merlan. Cuire 1-2 mn/côté. Servir avec 600 g de purée de carottes surgelée cuite au micro-ondes.

Poêler à feu vif 1,2 kg de champignons frais mélangés, nettoyés et émincés + 1 c. à s. de persil dans 2 c. à s. d'huile d'olive. Lorsque l'eau des champignons s'est évaporée, cuire encore 8-10 mn, jusqu'à ce qu'ils soient croustillants. Servir avec 6 tranches de jambon de dinde.

Dans 1 plat allant au four, mettre 1 filet mignon de 800 g arrosé d'1 c. à s. de fond de veau délayé dans 4 c. à s. d'eau + 150 g d'allumettes de lardons + 2 c. à s. d'huile d'olive + 1 c. à s. d'herbes de Provence + 800 g de petites pommes de terre épluchées coupées en 2. Enfourner 45 mn à 180 °C. Servir avec 1 salade verte.

Dans 1 sauteuse, dorer 10 mn 800 g de bœuf maigre en dés dans 2 c. à s. d'huile d'olive. Ajouter 1 oignon émincé + 3 gousses d'ail pilées + 3 courgettes en rondelles + 2 tomates en quartiers. Cuire 5 mn. Ajouter 15 cl de vin rouge. Faire bouillir, couvrir et mijoter 45 mn. Ajouter 150 g de raisin + 1 bouillon cube de légumes + 15 cl d'eau + 1 branche de sauge. Cuire encore 10 mn.

Courses
Pour 4 personnes

☐ **Macaronis à la courge**

350 g de macaronis, 600 g de chair de courge, 60 g de parmesan râpé, 2 pincées de muscade, 2 pincées de cannelle, 4 c. à s. d'huile d'olive.

☐ **Soupe de pois cassés à la Cocotte-Minute**

400 g de pois cassés, 2 carottes, 1 branche de céleri, 3 oignons, 1 gousse d'ail, 200 g de lardons, 10 cl de lait, 1 bouquet de persil, 2 feuilles de laurier, 2 c. à s. d'huile d'olive.

☐ **Tarte au brocoli et au jambon**

1 pâte brisée, 1 brocoli, 100 g d'allumettes de jambon fumé, ½ bûche de chèvre, 3 œufs, 10 cl de lait, 10 cl de crème liquide, 1 c. à c. de muscade.

☐ **Filets de merlan au sésame**

4 filets de merlan, 600 g de purée de carottes surgelée, 30 g de gingembre frais, 2 c. à c. de sucre, 4 c. à s. de sauce soja, 4 c. à s. de muscat, 6 gouttes d'huile de sésame, 1 c. à s. d'huile.

☐ **Poêlée de champignons**

1,2 kg de champignons frais mélangés, 6 tranches de jambon de dinde, 1 c. à s. de persil, 2 c. à s. d'huile d'olive.

☐ **Filet mignon aux lardons**

1 filet mignon de 800 g, 150 g d'allumettes de lardons, 800 g de petites pommes de terre, 1 salade verte, 1 c. à s. de fond de veau, 1 c. à s. d'herbes de Provence, 2 c. à s. d'huile d'olive.

☐ **Bœuf sauté au raisin frais**

800 g de bœuf maigre, 150 g de raisin, 3 courgettes, 2 tomates, 3 gousses d'ail, 1 oignon, 15 cl de vin rouge, 1 bouillon cube de légumes, 1 branche de sauge, 2 c. à s. d'huile d'olive.

Et aussi

OCTOBRE

Lundi **17**
Spaghettis de mamie
5 mn — 10 mn

Mardi **18**
Salade de lentilles au comté
10 mn — 25 mn

Mercredi **19**
Tartines comme une pizza
10 mn — 15 mn

Jeudi **20**
Côtes de porc aux pommes
15 mn — 25 mn

Vendredi **21**
Chou-fleur en couscous
15 mn — 20 mn

Samedi **22**
Saumon aux échalotes
10 mn — 30 mn

Dimanche **23**
Steaks hachés au persil et au parmesan
5 mn — 20 mn

Recettes
Pour 4 personnes

Mélanger 400 g de spaghettis *al dente* à 2 noix de beurre. Servir avec 100 g d'emmental râpé + 4 c. à s. de ketchup.

Cuire env. 25 mn après ébullition 300 g de lentilles vertes dans 1 l d'eau froide avec 1 bouillon cube de légumes. Les mélanger, égouttées et refroidies, avec 100 g de comté en dés + 8 tomates séchées. Ajouter 1 sauce (2 c. à s. de vinaigre de cidre + 1 c. à c. de moutarde + 4 c. à s. d'huile de noix) + 1 c. à s. de persil + 40 g de noisettes concassées.

Sur 8 tranches de pain de campagne, répartir 8 c. à s. de coulis de tomates + 4 tranches de jambon en morceaux + 8 olives coupées en 2 + 8 cœurs d'artichauts à l'huile en morceaux + 200 g de mozzarella en rondelles + 8 c. à c. de basilic. Enfourner 10-15 mn à 180 °C et servir avec 1 roquette.

Poêler 5 mn/côté 4 côtes de porc dans 1 c. à s. d'huile. Réserver. Déglacer la poêle avec 4 c. à s. de jus de citron. Verser 3 c. à s. de miel et caraméliser 2 mn. Y réchauffer la viande 10 sec/côté. Servir avec 600 g de purée de pommes de terre + 2 pommes en quartiers (cuites 5 mn au micro-ondes et poêlées 3 mn dans 15 g de beurre).

Mixer 1 chou-fleur pour obtenir des morceaux comme des graines de couscous. Poêler 2 branches de céleri et 1 oignon émincés + 1 pincée d'ail, de cumin et de coriandre dans 15 g de beurre pendant 5 mn. Ajouter 1 pomme en dés + 25 cl d'eau + 1 bouillon cube de légumes + 30 g d'amandes effilées. Faire bouillir. Ajouter le chou-fleur. Cuire 5-10 mn. Mettre 2 c. à s. de jus de citron.

Poêler 6 échalotes émincées dans 1 noix de beurre. Ajouter 4 pavés de saumon et cuire 2 mn/côté. Réserver le saumon. Déglacer la poêle avec les échalotes avec 4 c. à s. de vinaigre balsamique + 1 c. à s. d'eau. Ajouter 1 c. à c. de moutarde. Mijoter 2-3 mn. Ajouter 4 c. à s. de crème fraîche. Remettre le saumon et servir avec 250 g de riz basmati.

Poêler 4 steaks hachés dans 1 c. à s. d'huile. Parsemer de 8 c. à s. de parmesan + 4 c. à c. de persil. Servir avec 600 g d'épinards surgelés cuits au micro-ondes et mélangés à 2 c. à s. de crème fraîche.

Courses
Pour 4 personnes

- [ ] **Spaghettis de mamie**

400 g de spaghettis,
100 g d'emmental râpé,
4 c. à s. de ketchup,
2 noix de beurre.

- [ ] **Salade de lentilles au comté**

300 g de lentilles vertes, 100 g de comté, 40 g de noisettes, 8 tomates séchées, 1 bouillon cube de légumes, 1 c. à s. de persil, 1 c. à c. de moutarde, 2 c. à s. de vinaigre de cidre, 4 c. à s. d'huile de noix.

- [ ] **Tartines comme une pizza**

8 tranches de pain de campagne, 4 tranches de jambon, 200 g de mozzarella, 8 cœurs d'artichauts à l'huile, 8 olives, 8 c. à s. de coulis de tomates, 8 c. à c. de basilic, 1 roquette.

- [ ] **Côtes de porc aux pommes**

4 côtes de porc, 2 pommes, 600 g de purée de pommes de terre, 15 g de beurre, 3 c. à s. de miel, 4 c. à s. de jus de citron, 1 c. à s. d'huile.

- [ ] **Chou-fleur en couscous**

1 chou-fleur, 2 branches de céleri, 1 pomme, 1 oignon, 30 g d'amandes effilées, 15 g de beurre, 1 pincée d'ail, de cumin et de coriandre, 1 bouillon cube de légumes, 2 c. à s. de jus de citron.

- [ ] **Saumon aux échalotes**

4 pavés de saumon, 6 échalotes, 250 g de riz basmati, 4 c. à s. de crème fraîche, 4 c. à s. de vinaigre balsamique, 1 c. à c. de moutarde, 1 noix de beurre.

- [ ] **Steaks hachés au persil et au parmesan**

4 steaks hachés, 600 g d'épinards surgelés, 8 c. à s. de parmesan, 4 c. à c. de persil, 2 c. à s. de crème fraîche, 1 c. à s. d'huile.

Et aussi

2022

OCTOBRE

Lundi **24** — Linguine aux cèpes — 15 mn / 20 mn

Mardi **25** — Thonade et petits bouquets verts — 10 mn / 15 mn

Mercredi **26** — Tarte aux tomates cerises et au gorgonzola — 10 mn / 30 mn

Jeudi **27** — Filets de limande aux câpres — 10 mn / 25 mn

Vendredi **28** — Crumble de potiron aux lardons — 15 mn / 55 mn

Samedi **29** — Poulet laqué au gingembre — 5 mn / 35 mn

Dimanche **30** — Blanquette de poisson — 10 mn / 45 mn

128

Recettes
Pour 4 personnes

Poêler 500 g de cèpes émincés dans 1 c. à s. d'huile d'olive + 1 noix de beurre pendant env. 5 mn. Ajouter 1 c. à s. de persil + 400 g de linguine *al dente* + 1 c. à s. de l'eau de cuisson des pâtes + 4 c. à s. de crème fraîche. Cuire 2 mn. Servir chaud.

Mélanger 1 boîte de thon au naturel avec ½ Boursin ail & fines herbes. En tartiner 4 tranches de pain grillées. Servir avec 600 g de brocolis en fleurettes cuits 5-10 mn au micro-ondes, puis disposés dans 1 plat et grillés 5 mn au four avec l'autre ½ du Boursin.

Sur 1 pâte brisée, étaler 300 g de tomates cerises coupées en 2, côté peau vers le bas. Ajouter 1 mélange fait de 4 œufs battus + 10 cl de crème liquide + 10 cl de lait + 1 pincée de muscade + 250 g de gorgonzola émietté. Enfourner env. 30 mn à 210 °C. Servir avec 1 salade.

Cuire à feu très doux en mélangeant 1 c. à c. de moutarde + 40 g de beurre + le zeste et 1 c. à s. du jus d'1 citron vert. Hors du feu, ajouter 2 c. à s. de câpres. Poêler 4 filets de limande côté peau dans 1 c. à s. d'huile d'olive pendant env. 8 mn. Répartir la sauce sur le poisson chaud. Servir avec 600 g de mélange de légumes surgelés cuits à la vapeur.

Cuire à l'eau 15 mn après ébullition 800 g de chair de potiron en dés et l'écraser à la fourchette avec 1 c. à c. de muscade. Poêler à sec 100 g de lardons. Réserver. Blondir 2 oignons émincés dans 1 c. à s. d'huile d'olive. Déposer le potiron dans 1 plat à gratin, parsemer de lardons, d'oignons et de crumble (mixer 150 g de farine + 100 g de parmesan râpé + 60 g de beurre). Enfourner 30 mn à 200 °C.

Dans 1 plat à gratin, napper 4 blancs de poulet d'1 sauce (1 c. à c. de gingembre frais râpé + 4 c. à c. de moutarde + 2 c. à s. de sauce soja + 1 c. à s. de miel + 1 c. à s. d'huile). Enfourner 25 mn à 210 °C en retournant plusieurs fois. Ajouter 1 c. à s. d'eau + 1 c. à c. de gingembre frais râpé pour délayer la sauce. Servir avec 250 g de polenta.

Dans 1 cocotte, poêler 1 oignon émincé dans 1 noix de beurre. Ajouter 400 g de champignons de Paris en boîte + 4 carottes en rondelles + 25 cl de vin blanc et faire bouillir. Ajouter 25 cl de crème liquide + 1 bouquet garni. Faire réduire. Ajouter 600 g de filets de cabillaud en dés passés dans 2 c. à s. de farine. Mijoter 20 mn. Servir avec 200 g de riz.

Courses
Pour 4 personnes

☐ **Linguine aux cèpes**

400 g de linguine, 500 g de cèpes, 1 noix de beurre, 1 c. à s. de persil, 4 c. à s. de crème fraîche, 1 c. à s. d'huile d'olive.

☐ **Thonade et petits bouquets verts**

1 boîte de thon au naturel, 600 g de brocolis, 1 Boursin ail & fines herbes, 4 tranches de pain.

☐ **Tarte aux tomates cerises et au gorgonzola**

1 pâte brisée, 250 g de gorgonzola, 300 g de tomates cerises, 1 salade, 4 œufs, 10 cl de crème liquide, 10 cl de lait, 1 pincée de muscade.

☐ **Filets de limande aux câpres**

4 filets de limande avec la peau, 600 g de mélange de légumes surgelés, 2 c. à s. de câpres, 1 citron vert, 40 g de beurre, 1 c. à c. de moutarde, 1 c. à s. d'huile d'olive.

☐ **Crumble de potiron aux lardons**

800 g de chair de potiron, 2 oignons, 100 g de lardons, 150 g de farine, 100 g de parmesan râpé, 60 g de beurre, 1 c. à c. de muscade, 1 c. à s. d'huile d'olive.

☐ **Poulet laqué au gingembre**

4 blancs de poulet, 250 g de polenta, 2 c. à c. de gingembre frais râpé, 4 c. à c. de moutarde, 2 c. à s. de sauce soja, 1 c. à s. de miel, 1 c. à s. d'huile.

☐ **Blanquette de poisson**

600 g de filets de cabillaud, 200 g de riz, 400 g de champignons de Paris en boîte, 4 carottes, 1 oignon, 25 cl de crème liquide, 25 cl de vin blanc, 2 c. à s. de farine, 1 noix de beurre, 1 bouquet garni.

Et aussi

OCT./NOV.

Lundi **31**

Lasagnes express

15 mn 45 mn

Mardi **1**

Toussaint

Velouté tout doux

15 mn 30 mn

Mercredi **2**

Wraps au poulet

10 mn 20 mn

Jeudi **3**

Cabillaud à la crème de roquefort

15 mn 50 mn

Vendredi **4**

Escalopes de dinde aux lardons

5 mn 25 mn

Samedi **5**

Mousses de choux au parmesan

15 mn 1 h

Dimanche **6**

Légumes d'hiver rôtis

15 mn 50 mn

130

Recettes
Pour 4 personnes

Blondir 1 oignon émincé + 1 c. à s. d'herbes de Provence dans 2 c. à s. d'huile d'olive. Ajouter 500 g de bœuf haché. Cuire 2-3 mn. Étager sur 2-3 couches 50 cl de sauce tomate, 12 feuilles de lasagnes, la viande et 20 cl de crème fraîche + 4 c. à s. de lait. Finir avec 100 g de mozzarella en rondelles + 100 g de gruyère râpé. Enfourner 35 mn à 200 °C. Servir avec 1 salade.

Cuire env. 30 mn à l'eau 4 carottes en rondelles + 3 courgettes en dés + 2 poivrons rouges épépinés + 1 pomme de terre épluchée en morceaux + 1 oignon et 1 gousse d'ail émincés + 1 cube de bouillon de volaille + 1 c. à c. de curry + 1 c. à c. de curcuma. Mixer avec tout ou partie de l'eau de cuisson + 2 Kiri. Servir avec 6 tranches de jambon + 1 sachet de croûtons + 80 g de mimolette en tranches.

Sur 8 tortillas de blé, répartir 400 g de julienne de légumes surgelée (poêlée 5 mn dans 1 c. à s. d'huile d'olive) mélangée à 300 g de blancs de poulet (poêlés 7-8 mn dans 1 c. à s. d'huile d'olive) + 8 c. à s. de moutarde douce + 100 g de gruyère râpé. Fermer les wraps, enfourner 5 mn à 180 °C.

Chauffer à feu doux 100 g de roquefort émietté + 20 cl de crème liquide. Servir sur 4 filets de cabillaud cuits 10-15 mn à la vapeur. Accompagner de 600 g de pommes de terre cuites à l'eau, puis coupées en rondelles et rissolées 10 mn dans 2 noix de beurre.

Poêler 4 escalopes de dinde émincées + 200 g de lardons fumés dans 2 c. à s. d'huile d'olive pendant 10 mn. Une fois dorés, ajouter 25 cl de crème fraîche + 2 c. à s. de fond de veau. Ajouter 1 boîte de champignons de Paris et mijoter 3 mn. Servir avec 250 g de blé.

Cuire séparément à l'eau 20 mn 500 g de choux-fleurs et 500 g de brocolis en fleurettes avec 2 bouillons cubes. Égoutter et mixer séparément. Dans chaque purée, ajouter 2 œufs battus + 1 jaune + 5 cl de crème fleurette + 50 g de parmesan râpé. Remplir des ramequins et enfourner env. 35 mn à 180 °C. Servir avec 12 tranches de bacon poêlées à sec + 1 salade.

Dans 1 plat à gratin, disposer 300 g de panais, 300 g de carottes et 200 g de topinambours épluchés et coupés en morceaux. Verser 4 c. à s. d'huile d'olive + 40 g de sucre roux + 1 c. à c. de muscade et de cumin. Enfourner 50 mn à 220 °C. Servir avec 6 tranches de jambon et 100 g de fromage frais.

Courses
Pour 4 personnes

- [ ] Lasagnes express

12 feuilles de lasagnes, 500 g de bœuf haché, 100 g de mozzarella, 100 g de gruyère râpé, 1 salade, 1 oignon, 50 cl de sauce tomate, 20 cl de crème fraîche, 4 c. à s. de lait, 1 c. à s. d'herbes de Provence, 2 c. à s. d'huile d'olive.

- [ ] Velouté tout doux

4 carottes, 3 courgettes, 2 poivrons rouges, 1 pomme de terre, 1 oignon, 1 gousse d'ail, 6 tranches de jambon, 1 sachet de croûtons, 80 g de mimolette, 2 Kiri, 1 cube de bouillon de volaille, 1 c. à c. de curry, 1 c. à c. de curcuma.

- [ ] Wraps au poulet

8 tortillas de blé, 300 g de blancs de poulet, 400 g de julienne de légumes surgelée, 100 g de gruyère râpé, 8 c. à s. de moutarde douce, 2 c. à s. d'huile d'olive.

- [ ] Cabillaud à la crème de roquefort

4 filets de cabillaud, 100 g de roquefort, 600 g de pommes de terre, 20 cl de crème liquide, 2 noix de beurre.

- [ ] Escalopes de dinde aux lardons

4 escalopes de dinde, 200 g de lardons fumés, 250 g de blé, 1 boîte de champignons de Paris, 25 cl de crème fraîche, 2 c. à s. de fond de veau, 2 c. à s. d'huile d'olive.

- [ ] Mousses de choux au parmesan

500 g de choux-fleurs, 500 g de brocolis, 1 salade, 100 g de parmesan râpé, 12 tranches de bacon, 2 bouillons cubes, 4 œufs + 2 jaunes, 10 cl de crème fleurette.

- [ ] Légumes d'hiver rôtis

300 g de panais, 300 g de carottes, 200 g de topinambours, 6 tranches de jambon, 100 g de fromage frais, 40 g de sucre roux, 1 c. à c. de muscade et de cumin, 4 c. à s. d'huile d'olive.

Et aussi

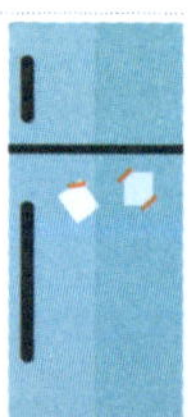

2022

NOVEMBRE

Lundi **7** — **Pâtes carbonara aux poireaux**
15 mn · 25 mn

Mardi **8** — **Velouté de potimarron**
15 mn · 50 mn

Mercredi **9** — **Tarte au fromage**
15 mn · 15 mn · 45 mn

Jeudi **10** — **Boudins blancs aux pommes**
15 mn · 45 mn

Vendredi **11** Armistice de 1918 — **Bœuf au citron vert**
10 mn · 1 h · 20 mn

Samedi **12** — **Poulet à la moutarde**
10 mn · 55 mn

Dimanche **13** — **Parmentier de poisson**
20 mn · 1 h 05

Recettes
Pour 4 personnes

Faire suer 1 oignon émincé dans 1 c. à s. d'huile d'olive. Ajouter 1 poireau émincé et cuire 10 mn. Mélanger avec 400 g de pâtes *al dente* + 1 jaune d'œuf + 10 cl de crème fraîche. Servir chaud.

Blondir 2 échalotes et 1 gousse d'ail hachées dans 40 g de beurre. Ajouter 1 potimarron d'1 kg en dés + 20 g de gingembre émincé. Verser 60 cl de lait. Couvrir à moitié. Cuire à feu doux 45 mn en remuant. Mixer avec 1 c. à c. de muscade. Servir avec 300 g de noix de Saint-Jacques (poêlées 1 mn dans 1 c. à s. d'huile d'olive) parsemées d'1 c. à s. de ciboulette.

Dans 1 casserole, délayer 2 c. à s. de Maïzena avec 25 cl de lait froid. Porter à feu doux et remuer jusqu'à ébullition. Ajouter 150 g de fromage au choix (bleu, chèvre, comté…), remuer et attendre qu'il fonde. Laisser le mélange refroidir, puis ajouter 3 œufs cassés 1 à 1. Étaler sur 1 pâte brisée. Enfourner 30 mn à 200 °C. Servir avec 1 salade.

Faire dorer 4 boudins blancs en rondelles dans 1 c. à s. d'huile d'olive. Réserver. Faire suer 2 oignons émincés dans 2 c. à s. d'huile d'olive. Ajouter 6 pommes en quartiers et cuire 5 mn. Ajouter 15 cl de vin blanc + les boudins et mijoter 20 mn. Servir avec 600 g de purée de céleri.

Faire mariner 600 g de filet de bœuf émincé pendant 1 h dans 1 c. à s. d'huile de sésame + 1 c. à c. de gingembre + le jus et le zeste d'1 citron vert + 4 c. à s. de sauce soja. Poêler 2 oignons émincés dans 2 c. à s. d'huile. Réserver. Saisir 3 mn à feu vif le bœuf sans la marinade, puis ajouter les oignons et la marinade. Servir chaud avec 600 g de purée de carottes.

Faire blondir 2 oignons émincés dans 2 c. à s. d'huile d'olive. Ajouter 4 cuisses de poulet et les faire dorer. Ajouter 1 bouillon cube de volaille + 20 cl d'eau + 1 bouquet garni. Mijoter 35 mn. Ajouter 20 cl de crème semi-épaisse + 2 c. à s. de moutarde. Mijoter encore 5 mn. Servir avec 500 g d'épinards hachés surgelés cuits au micro-ondes.

Mélanger 800 g de pommes de terre (cuites 30 mn à l'eau) écrasées avec 20 cl de lait chaud. Dans 1 plat à gratin, verser 1 kg de filets de cabillaud (cuits 15 mn à la vapeur), émiettés et mélangés à 2 c. à s. d'huile d'olive + 1 bouquet de persil mixé avec 2 gousses d'ail. Recouvrir de purée. Parsemer de 40 g de beurre en dés + 4 c. à s. de chapelure. Enfourner 20 mn à 180 °C.

Courses
Pour 4 personnes

- [ ] **Pâtes carbonara aux poireaux**

400 g de pâtes, 1 poireau, 1 oignon, 1 jaune d'œuf, 10 cl de crème fraîche, 1 c. à s. d'huile d'olive.

- [ ] **Velouté de potimarron**

1 potimarron d'1 kg, 2 échalotes, 1 gousse d'ail, 20 g de gingembre, 300 g de noix de Saint-Jacques, 40 g de beurre, 60 cl de lait, 1 c. à s. de ciboulette, 1 c. à c. de muscade, 1 c. à s. d'huile d'olive.

- [ ] **Tarte au fromage**

1 pâte brisée, 150 g de fromage au choix (bleu, chèvre, comté…), 1 salade, 2 c. à s. de Maïzena, 3 œufs, 25 cl de lait.

- [ ] **Boudins blancs aux pommes**

4 boudins blancs, 6 pommes, 2 oignons, 600 g de purée de céleri, 15 cl de vin blanc, 3 c. à s. d'huile d'olive.

- [ ] **Bœuf au citron vert**

600 g de filet de bœuf, 600 g de purée de carottes, 1 citron vert, 2 oignons, 1 c. à c. de gingembre, 4 c. à s. de sauce soja, 2 c. à s. d'huile, 1 c. à s. d'huile de sésame.

- [ ] **Poulet à la moutarde**

4 cuisses de poulet, 500 g d'épinards hachés surgelés, 2 oignons, 20 cl de crème semi-épaisse, 1 bouillon cube de volaille, 1 bouquet garni, 2 c. à s. de moutarde, 2 c. à s. d'huile d'olive.

- [ ] **Parmentier de poisson**

1 kg de filets de cabillaud, 800 g de pommes de terre, 2 gousses d'ail, 40 g de beurre, 4 c. à s. de chapelure, 20 cl de lait, 1 bouquet de persil, 2 c. à s. d'huile d'olive.

Et aussi

NOVEMBRE

Lundi **14**

Pizza aux légumes grillés

10 mn 15 mn

Mardi **15**

Soupe de choux-fleurs au lait de coco

15 mn 30 mn

Mercredi **16**

Tartines au saumon fumé et au Leerdammer

5 mn 15 mn

Jeudi **17**

Saucisses et poêlée de légumes

5 mn 20 mn

Vendredi **18**

Salade de haricots rouges

10 mn

Samedi **19**

Tartare de saumon à la mangue

15 mn 1 h 30

Dimanche **20**

Foies de veau au poivre

10 mn 20 mn

Recettes
Pour 4 personnes

Sur 1 pâte à pizza, répartir 25 cl de coulis de tomates + 125 g de lardons allumettes + 300 g de légumes grillés décongelés et émincés + 8 olives noires + 200 g de mozzarella en rondelles. Parsemer d'1 c. à s. de basilic + d'1 filet d'huile d'olive. Enfourner env. 15 mn à 220 °C.

Faire suer 1 oignon émincé dans 1 c. à s. d'huile d'olive. Ajouter 800 g de choux-fleurs + 1 bouillon cube de volaille. Couvrir d'eau. Cuire 15 mn. Mixer avec 1 partie du jus de cuisson. Ajouter 20 cl de lait de coco + 1 c. à c. de curry et de cumin. Réchauffer 5 mn. Servir avec 8 œufs à la coque (cuits 3 mn 30 après ébullition) + ½ baguette tartinée de 40 g de beurre.

Sur 8 tranches de pain de campagne, répartir 8 c. à s. de crème fraîche mélangées à 8 c. à c. de moutarde + 4 c. à s. d'aneth. Poser dessus 8 tranches de saumon fumé + 8 tranches de Leerdammer. Enfourner 10-15 mn à 180 °C. Servir avec 1 salade + ¼ de bocal de cornichons.

Poêler 8 saucisses dans 1 c. à s. d'huile d'olive. Réserver. Faire revenir 600 g de poêlée de légumes surgelée dans 1 c. à s. d'huile d'olive. En fin de cuisson, ajouter 1 c. à s. d'herbes au choix. Réchauffer les saucisses et servir avec 4 c. à c. de moutarde.

Mélanger 1 petite boîte de haricots rouges + 1 petite boîte de maïs + 1 barquette de dés de jambon + 200 g de gruyère en dés + 1 c. à s. de ciboulette + 4 tomates en dés. Assaisonner avec 1 c. à s. de mayonnaise. Servir frais.

Mélanger délicatement 400 g de saumon frais, 1 mangue et 2 tomates en dés + 1 échalote émincée + 1 c. à c. de gingembre + 30 g de noisettes concassées. Assaisonner avec le jus d'1 citron vert + 3 c. à s. d'huile de noix. Parsemer d'1 c. à s. de coriandre. Mariner 1 h 30 minimum au frais. Servir avec 4 tranches de pain aux noix + 100 g de fromage frais.

Poêler 2 mn/côté 4 tranches de foie de veau dans 25 g de beurre. Réserver. Déglacer la poêle avec 2 c. à s. de vin blanc. Ajouter 1 c. à s. de poivre concassé, puis de miel et caraméliser. Ajouter 1 c. à s. de vinaigre balsamique. Faire réduire de moitié. Ajouter 3 c. à s. de jus de citron. Remettre la viande 10 sec. Servir avec 600 g de purée de pommes de terre.

Courses
Pour 4 personnes

☐ **Pizza aux légumes grillés**

1 pâte à pizza, 300 g de légumes grillés surgelés, 8 olives noires, 200 g de mozzarella, 125 g de lardons allumettes, 25 cl de coulis de tomates, 1 c. à s. de basilic, 1 filet d'huile d'olive.

☐ **Soupe de choux-fleurs au lait de coco**

800 g de choux-fleurs, 1 oignon, ½ baguette, 8 œufs, 20 cl de lait de coco, 40 g de beurre, 1 bouillon cube de volaille, 1 c. à c. de curry et de cumin, 1 c. à s. d'huile d'olive.

☐ **Tartines au saumon fumé et au Leerdammer**

8 tranches de pain de campagne, de saumon fumé et de Leerdammer, 1 salade, ¼ de bocal de cornichons, 8 c. à s. de crème fraîche et de moutarde, 4 c. à s. d'aneth.

☐ **Saucisses et poêlée de légumes**

8 saucisses, 600 g de poêlée de légumes surgelée, 1 c. à s. d'herbes au choix, 4 c. à c. de moutarde, 2 c. à s. d'huile d'olive.

☐ **Salade de haricots rouges**

1 petite boîte de haricots rouges, 1 petite boîte de maïs, 4 tomates, 1 barquette de dés de jambon, 200 g de gruyère, 1 c. à s. de ciboulette, 1 c. à s. de mayonnaise.

☐ **Tartare de saumon à la mangue**

400 g de saumon frais, 1 mangue, 2 tomates, 1 citron vert, 1 échalote, 4 tranches de pain aux noix, 100 g de fromage frais, 30 g de noisettes, 1 c. à c. de gingembre, 1 c. à s. de coriandre, 3 c. à s. d'huile de noix.

☐ **Foies de veau au poivre**

4 tranches de foie de veau, 600 g de purée de pommes de terre, 25 g de beurre, 3 c. à s. de jus de citron, 2 c. à s. de vin blanc, 1 c. à s. de miel, de vinaigre balsamique et de poivre concassé.

Et aussi

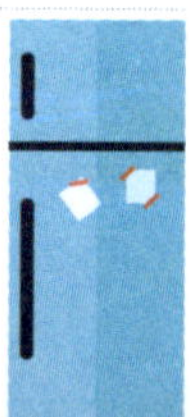

NOVEMBRE

Lundi **21** — Pâtes à la bolognaise express
10 mn — 20 mn

Mardi **22** — Salade d'endives surprise
15 mn

Mercredi **23** — Saumon à l'oseille
15 mn — 35 mn

Jeudi **24** — Côtes de porc et fenouil braisés
15 mn — 55 mn

Vendredi **25** — Dahl de lentilles
15 mn — 45 mn

Samedi **26** — Quiche sans pâte aux poireaux
10 mn — 1 h

Dimanche **27** — Chili con carne à la cocotte
15 mn — 45 mn

136

Recettes
Pour 4 personnes

Poêler 2 oignons émincés + 2 gousses d'ail hachées dans 2 c. à s. d'huile d'olive. Ajouter 50 g de jambon cru haché, puis 500 g de steak haché émietté + 3 pincées de muscade, de cannelle, de cumin + 35 cl de coulis de tomates + 1 sucre + 3 c. à s. de vin rouge et mijoter 5 mn. Mélanger avec 350 g de tagliatelles *al dente* + 20 g de beurre.

Mélanger 6 endives en fines lamelles + 2 pommes épluchées et en dés + 100 g de comté et 2 kiwis en dés + 20 cerneaux de noix concassés + 100 g de dés de jambon. Ajouter 1 sauce : 1 c. à s. de vinaigre balsamique et de miel + 1 c. à c. de moutarde + 6 c. à s. d'huile de noix. Parsemer d'1 c. à s. de ciboulette.

Faire suer 2 échalotes émincées dans 1 noix de beurre. Ajouter 25 cl de vin blanc + 1 bouquet d'oseille + 1 tablette de court-bouillon. Faire réduire de moitié. Ajouter 4 c. à s. d'eau et réduire encore. Ajouter 20 cl de crème fraîche et faire épaissir. Mixer et servir sur 4 pavés de saumon cuits 8-10 mn à la vapeur. Accompagner de 600 g de haricots verts cuits 15 mn à la vapeur.

Poêler 4 bulbes de fenouil émincés dans 3 c. à s. d'huile d'olive pendant 5 mn. Ajouter 2 gousses d'ail hachées. Cuire encore 5 mn et ajouter le jus d'1 citron + 15 cl de vin blanc + 1 c. à s. de thym + 15 g de sucre. Cuire à couvert env. 30 mn en remuant souvent. Servir avec 4 côtes de porc poêlées 2 mn/côté à feu vif dans 1 c. à s. d'huile d'olive, puis 5 mn/côté à feu moyen.

Cuire env. 20 mn à l'eau 250 g de lentilles corail + 2 carottes en rondelles + ½ chou-fleur en fleurettes. Faire suer 1 oignon émincé dans 1 c. à s. d'huile d'olive pendant 5 mn. Ajouter 1 tomate en dés + 2 gousses d'ail hachées + 2 c. à c. de curry + 1 c. à c. de gingembre + 2 pincées de graines de cumin. Mélanger et verser 20 cl de lait de coco. Mijoter 10 mn et servir avec 200 g de riz.

Cuire 10 mn au micro-ondes 4 blancs de poireaux émincés. Les poêler env. 15 mn dans 20 g de beurre. Ajouter 1 c. à c. de muscade. Réserver. Mélanger 3 œufs + 60 g de farine + 20 cl de crème fraîche + 30 cl de lait. Ajouter les poireaux + 100 g de lardons allumettes (poêlés 2 mn à sec). Mettre dans 1 plat et enfourner 35 mn à 200 °C.

Dans 1 cocotte en fonte, faire suer 3 oignons émincés + 2 gousses d'ail hachées dans 40 g de beurre. Ajouter 500 g de bœuf haché. Cuire 10 mn à feu doux. Ajouter 2 c. à c. de cumin + 1 c. à c. de chili + 70 g de concentré de tomates. Mélanger. Ajouter 500 g de haricots rouges en boîte + 1 bouillon cube de bœuf + 35 cl d'eau. Enfourner la cocotte pour 25 mn à 180 °C.

Courses
Pour 4 personnes

☐ **Pâtes à la bolognaise express**

350 g de tagliatelles, 500 g de steak haché, 50 g de jambon cru, 2 oignons, 2 gousses d'ail, 35 cl de coulis de tomates, 20 g de beurre, 3 pincées de muscade, de cannelle, de cumin, 1 sucre, 3 c. à s. de vin rouge, 2 c. à s. d'huile d'olive.

☐ **Salade d'endives surprise**

6 endives, 2 pommes, 2 kiwis, 100 g de dés de jambon, 100 g de comté, 20 cerneaux de noix, 1 c. à s. de ciboulette, 1 c. à s. de vinaigre balsamique et de miel, 1 c. à c. de moutarde, 6 c. à s. d'huile de noix.

☐ **Saumon à l'oseille**

4 pavés de saumon, 600 g de haricots verts, 2 échalotes, 1 bouquet d'oseille, 20 cl de crème fraîche, 25 cl de vin blanc, 1 tablette de court-bouillon, 1 noix de beurre.

☐ **Côtes de porc et fenouil braisés**

4 côtes de porc, 4 bulbes de fenouil, 1 citron, 2 gousses d'ail, 15 g de sucre, 15 cl de vin blanc, 1 c. à s. de thym, 4 c. à s. d'huile d'olive.

☐ **Dahl de lentilles**

250 g de lentilles corail, 2 carottes, ½ chou-fleur, 1 tomate, 1 oignon, 2 gousses d'ail, 200 g de riz, 20 cl de lait de coco, 2 c. à c. de curry, 1 c. à c. de gingembre, 2 pincées de graines de cumin, 1 c. à s. d'huile d'olive.

☐ **Quiche sans pâte aux poireaux**

4 blancs de poireaux, 100 g de lardons allumettes, 60 g de farine, 20 g de beurre, 3 œufs, 30 cl de lait, 20 cl de crème fraîche, 1 c. à c. de muscade.

☐ **Chili con carne à la cocotte**

500 g de bœuf haché, 500 g de haricots rouges en boîte, 3 oignons, 2 gousses d'ail, 70 g de concentré de tomates, 40 g de beurre, 1 bouillon cube de bœuf, 2 c. à c. de cumin, 1 c. à c. de chili.

Et aussi

NOV./DÉC. 2022

Lundi **28**

Pâtes aux champignons et au saumon fumé

10 mn — 20 mn

Mardi **29**

Purée de carottes au poulet

15 mn — 25 mn

Mercredi **30**

Galettes de l'Ouest

10 mn — 20 mn

Jeudi **1**

Papillotes de rouget aux agrumes

10 mn — 25 mn

Vendredi **2**

Gratin de courgettes au reblochon

15 mn — 45 mn

Samedi **3**

Filet mignon exotique

10 mn — 35 mn

Dimanche **4**

Pintade au chou

20 mn — 1 h 10

Recettes
Pour 4 personnes

Mélanger 250 g de penne *al dente* avec 1 noix de beurre + 200 g de saumon fumé en dés + 300 g de mélange de champignons surgelés (poêlés 3 mn dans 1 c. à s. d'huile) + 1 sauce (cuire env. 2 mn à feu doux 2 échalotes hachées + 2 c. à s. de vin blanc. Ajouter 15 cl de crème liquide + 2 pincées de muscade et faire bouillir 1 mn).

Mélanger 600 g de purée de carottes surgelée chauffée au micro-ondes avec 2 c. à s. de St Môret. Ajouter 4 escalopes de poulet en dés poêlées 10-15 mn dans 2 c. à s. d'huile d'olive et mélanger. Parsemer de 4 c. à s. de parmesan râpé et servir chaud.

Faire fondre 1 noix de beurre à la poêle et réchauffer 1 galette de sarrasin. Ajouter 1 tranche de bacon + ¼ de bocal de ratatouille + 20 g de gruyère râpé. Recommencer l'opération pour les 3 autres galettes. Servir au fur et à mesure.

Dans 1 feuille de papier sulfurisé, déposer 2 filets de rouget + 1 rondelle d'1 orange, d'1 citron jaune et d'1 vert + 1 pincée de gingembre + 1 c. à c. d'huile d'olive + 1 c. à c. de coriandre. Recommencer dans 3 autres feuilles. Recueillir les zestes + les jus des agrumes et les répartir. Fermer et enfourner 15 mn à 180 °C. Servir avec 800 g de fondue de poireaux.

Faire suer 2 oignons émincés dans 1 c. à s. d'huile d'olive. Ajouter 200 g de lardons. Mélanger avec 6 courgettes en dés cuites 9 mn à la vapeur. Répartir dans 1 plat à gratin avec 2 tranches de jambon blanc en lanières, puis ½ reblochon en tranches. Enfourner 30 mn à 180 °C. Servir avec 1 salade.

Faire suer 1 oignon émincé + 1 gousse d'ail hachée dans 2 c. à s. d'huile. Y faire dorer 600 g de filet mignon en morceaux. Ajouter 1 poivron épépiné et en lanières + 1 petite boîte de tomates pelées + ½ petite boîte d'ananas en dés + 4 c. à s. de sauce soja + 1 c. à c. de gingembre et de cannelle + 2 gouttes de Tabasco. Mijoter 15 mn. Servir avec 200 g de riz.

Dans 1 cocotte, faire suer 1 oignon émincé dans 1 c. à s. d'huile + 40 g de beurre. Y faire dorer 1 pintade. Ajouter 175 g de lardons fumés + 1 bouillon cube de volaille + 15 cl de vin blanc + 6 carottes et 6 pommes de terre en rondelles + 1 chou vert frisé en morceaux. Fermer la cocotte et cuire 1 h à l'étouffée.
Conserver les restes pour mardi.

Courses
Pour 4 personnes

☐ **Pâtes aux champignons et au saumon fumé**

250 g de penne, 200 g de saumon fumé, 300 g de mélange de champignons surgelés, 2 échalotes, 15 cl de crème liquide, 1 noix de beurre, 2 pincées de muscade, 2 c. à s. de vin blanc, 1 c. à s. d'huile.

☐ **Purée de carottes au poulet**

600 g de purée de carottes surgelée, 4 escalopes de poulet, 2 c. à s. de St Môret, 4 c. à s. de parmesan râpé, 2 c. à s. d'huile d'olive.

☐ **Galettes de l'Ouest**

4 galettes de sarrasin, 4 tranches de bacon, 1 bocal de ratatouille, 80 g de gruyère râpé, 4 noix de beurre.

☐ **Papillotes de rouget aux agrumes**

8 filets de rouget, 1 orange, 1 citron jaune, 1 citron vert, 800 g de fondue de poireaux, 4 c. à c. de coriandre, 4 pincées de gingembre, 4 c. à c. d'huile d'olive.

☐ **Gratin de courgettes au reblochon**

6 courgettes, 2 oignons, 1 salade, ½ reblochon, 200 g de lardons, 2 tranches de jambon blanc, 1 c. à s. d'huile d'olive.

☐ **Filet mignon exotique**

600 g de filet mignon, 200 g de riz, 1 poivron, 1 oignon, 1 gousse d'ail, 1 petite boîte de tomates pelées, ½ petite boîte d'ananas, 1 c. à c. de gingembre et de cannelle, 4 c. à s. de sauce soja, 2 gouttes de Tabasco, 2 c. à s. d'huile.

☐ **Pintade au chou**

1 pintade, 1 chou vert frisé, 6 carottes, 6 pommes de terre, 1 oignon, 175 g de lardons fumés, 40 g de beurre, 15 cl de vin blanc, 1 bouillon cube de volaille, 1 c. à s. d'huile.

139

Et aussi

DÉCEMBRE
2022

Lundi
5
Tagliatelles aux poires et au gorgonzola
10 mn | 10 mn

Mardi
6
Soupe de topinambours
15 mn | 45 mn

Mercredi
7
Œufs au plat et duo de carottes
15 mn | 45 mn

Jeudi
8
Boudins en feuilles de brik
15 mn | 25 mn

Vendredi
9
Gratin d'endives de mamie Suzanne
15 mn | 45 mn

Samedi
10
Poêlée de brocolis aux noisettes
15 mn | 25 mn

Dimanche
11
Poulet rôti et purée de panais
20 mn | 1 h 40

Recettes
Pour 4 personnes

Chauffer 5 mn à feu doux 2 poires (épépinées, sans la peau et en fins quartiers) avec 200 g de gorgonzola en dés + 10 cl de crème liquide. Mélanger avec 450 g de tagliatelles fraîches *al dente*. Ajouter 1 c. à s. de basilic. Servir chaud.

Dans 1 faitout, faire suer 1 oignon émincé dans 2 c. à s. d'huile. Ajouter 700 g de topinambours lavés et coupés en dés avec la peau. Verser 1 l d'eau + 1 cube de bouillon de volaille + 1 c. à c. de bicarbonate de soude. Faire bouillir, puis cuire ½ h à feu moyen. Mixer avec 1 partie de l'eau de cuisson + 15 cl de crème liquide. Servir avec les restes de pintade au chou.

Dans 1 sauteuse, faire dorer 2 c. à c. de graines de cumin dans 2 c. à s. d'huile d'olive. Ajouter 400 g de carottes en dés et cuire 5 mn. Ajouter 400 g de panais en dés et cuire encore 5 mn. Ajouter 1 c. à c. de curcuma, 1 c. à c. de coriandre et mouiller avec de l'eau. Mijoter à couvert et à feu doux 20 à 25 mn. Servir avec 6 œufs poêlés dans 1 noix de beurre.

Poêler 3 pommes en dés dans 1 noix de beurre. Réserver une fois dorées. Poêler 2 boudins noirs en rondelles. Garnir 4 feuilles de brik des pommes + du boudin et refermer. Enfourner 10-15 mn à 180 °C. Servir avec 1 sachet de salade mélangée + 1 sauce (1 c. à s. de vinaigre balsamique + 1 c. à s. de miel + 3 c. à s. d'huile de noix) + 2 c. à s. de pignons.

Faire dorer 8 endives entières sans leur base dans 15 g de beurre. Ajouter 10 g de sucre + un peu d'eau lorsqu'elles sont dorées. Couvrir et mijoter 20 mn. Bien les égoutter, les enrouler dans ½ tranche de jambon. Les placer dans 1 plat à gratin et recouvrir d'1 béchamel + 2 c. à s. de chapelure + 80 g d'emmental râpé. Enfourner 20 mn à 200 °C.

Cuire 8 mn au micro-ondes avec un peu d'eau 600 g de brocolis. Poêler 1 oignon émincé + 1 gousse d'ail hachée dans 2 c. à s. d'huile d'olive. Ajouter 200 g de champignons de Paris. Cuire 2-3 mn. Ajouter 1 boîte de tomates pelées. Cuire 5 mn. Ajouter les brocolis égouttés + 12 tranches de bacon émincées. Mijoter 2 mn. Saupoudrer de 30 g de noisettes concassées.

Cuire env. 1 h 20 à 200 °C 1 poulet d'1,2 kg dans 4 c. à s. d'huile d'olive + 4 gousses d'ail pilées + 4 brins de thym et de romarin. Servir avec 1 purée de panais (600 g de panais et 2 pommes de terre, épluchés et cuits 20 mn à l'eau, puis mixés avec 20 cl de lait + 1 c. à c. de muscade + 1 noix de beurre).

Courses
Pour 4 personnes

☐ **Tagliatelles aux poires et au gorgonzola**

450 g de tagliatelles fraîches, 2 poires, 200 g de gorgonzola, 10 cl de crème liquide, 1 c. à s. de basilic.

☐ **Soupe de topinambours**

700 g de topinambours, 1 oignon, les restes de pintade au chou, 15 cl de crème liquide, 1 cube de bouillon de volaille, 1 c. à c. de bicarbonate de soude, 2 c. à s. d'huile.

☐ **Œufs au plat et duo de carottes**

400 g de carottes, 400 g de panais, 6 œufs, 1 noix de beurre, 2 c. à c. de graines de cumin, 1 c. à c. de curcuma, 1 c. à c. de coriandre, 2 c. à s. d'huile d'olive.

☐ **Boudins en feuilles de brik**

2 boudins noirs, 4 feuilles de brik, 3 pommes, 1 sachet de salade mélangée, 1 noix de beurre, 2 c. à s. de pignons, 1 c. à s. de miel, 1 c. à s. de vinaigre balsamique, 3 c. à s. d'huile de noix.

☐ **Gratin d'endives de mamie Suzanne**

8 endives, 4 tranches de jambon, 80 g d'emmental râpé, 10 g de sucre, 15 g de beurre, 1 béchamel, 2 c. à s. de chapelure.

☐ **Poêlée de brocolis aux noisettes**

600 g de brocolis, 30 g de noisettes, 200 g de champignons de Paris, 1 oignon, 1 gousse d'ail, 12 tranches de bacon, 1 boîte de tomates pelées, 2 c. à s. d'huile d'olive.

☐ **Poulet rôti et purée de panais**

1 poulet d'1,2 kg, 600 g de panais, 2 pommes de terre, 4 gousses d'ail, 20 cl de lait, 1 noix de beurre, 4 brins de thym et de romarin, 1 c. à c. de muscade, 4 c. à s. d'huile d'olive.

Et aussi

DÉCEMBRE 2022

Lundi **12**

Risotto de coquillettes au chorizo

10 mn — 30 mn

Mardi **13**

Salade Tamara

15 mn

Mercredi **14**

Quiche au potiron

15 mn — 55 mn

Jeudi **15**

Aumônières aux Saint-Jacques

15 mn — 30 mn

Vendredi **16**

Gratin de choux-fleurs au bleu

15 mn — 35 mn

Samedi **17**

Veau à la mangue

15 mn — 1 h 20

Dimanche **18**

Bœuf bourguignon

20 mn — 1 h 45

142

Recettes

Pour 4 personnes

Dans 1 faitout, faire suer 1 oignon émincé dans 40 g de beurre. Ajouter 400 g de coquillettes, mélanger 1 mn et ajouter progressivement 80 cl de bouillon de volaille + 10 cl de vin blanc. Cuire 8-10 mn à feu doux. Verser 150 g de chorizo en rondelles. Cuire 2 mn. Mélanger avec 80 g de parmesan râpé.

Mélanger 2 pommes en dés avec la chair d'1 pamplemousse rose + 1 boîte de maïs + 100 g de gruyère en dés + 1 sachet de chou rouge + 12 grosses crevettes roses décortiquées. Assaisonner de 2 c. à s. de mayonnaise + 1 c. à s. de vinaigre de framboise. Servir avec 4 tranches de pain de campagne tartinées de 80 g de fromage frais.

Cuire 1 pâte brisée à blanc 10 mn à 200 °C. Mélanger 500 g de chair de potiron en dés (cuite 20 mn à la vapeur et réduite en purée) + 3 œufs battus + 2 c. à s. de crème fraîche + 1 c. à c. de muscade + 150 g de dés de jambon. Verser sur la pâte, ajouter 100 g de gruyère râpé. Enfourner 25 mn. Servir avec 1 salade.

Dans 8 feuilles de brik, répartir 400 g de fondue de poireaux décongelée + 16 grosses noix de Saint-Jacques ou 32 petites (poêlées 1 mn dans 1 noix de beurre + 1 c. à s. d'aneth) + 200 g de petites crevettes roses décortiquées. Fermer et enfourner 15-20 mn à 200 °C. Servir avec 200 g de riz + 2 c. à s. de crème fraîche + 1 citron en quartiers.

Dans 1 plat à gratin, disposer 800 g de choux-fleurs en fleurettes cuits 15 mn à la vapeur. Recouvrir d'1 béchamel. Répartir dessus 1 mélange fait de 60 g de chapelure + 100 g de bleu de Bresse émietté + 6 cerneaux de noix en poudre. Enfourner 20 mn à 200 °C.

Faire suer 2 oignons émincés dans 2 c. à s. d'huile. Ajouter 800 g d'épaule de veau désossée en morceaux et faire dorer. Ajouter 25 cl d'eau + 1 c. à s. de concentré de tomates + 3 c. à s. de fond de veau. Couvrir et mijoter 45 mn. Ajouter 2 mangues épluchées et en dés. Cuire encore 10 mn. Parsemer de 1 c. à s. de ciboulette. Servir avec 600 g de haricots verts.

Dans 1 cocotte en fonte, faire suer 2 oignons émincés dans 50 g de beurre. Ajouter 1,2 kg de bœuf pour bourguignon. Faire dorer 5 mn. Ajouter 6 pommes de terre et 6 carottes en rondelles. Verser 30 g de farine. Cuire 3 mn. Verser 75 cl de vin rouge + 1 bouillon cube + 1 bouquet garni + 1 boîte de champignons de Paris. Mijoter 1 h 30. **Conserver les restes pour mardi.**

Courses

Pour 4 personnes

☐ Risotto de coquillettes au chorizo

400 g de coquillettes, 150 g de chorizo, 80 g de parmesan râpé, 1 oignon, 40 g de beurre, 80 cl de bouillon de volaille, 10 cl de vin blanc.

☐ Salade Tamara

12 grosses crevettes roses, 2 pommes, 1 pamplemousse rose, 1 sachet de chou rouge, 1 boîte de maïs, 4 tranches de pain de campagne, 100 g de gruyère, 80 g de fromage frais, 2 c. à s. de mayonnaise, 1 c. à s. de vinaigre de framboise.

☐ Quiche au potiron

1 pâte brisée, 500 g de chair de potiron, 1 salade, 150 g de dés de jambon, 100 g de gruyère râpé, 3 œufs, 2 c. à s. de crème fraîche, 1 c. à c. de muscade.

☐ Aumônières aux Saint-Jacques

8 feuilles de brik, 16 grosses noix de Saint-Jacques ou 32 petites, 200 g de petites crevettes roses, 400 g de fondue de poireaux surgelée, 1 citron, 200 g de riz, 1 c. à s. d'aneth, 1 noix de beurre, 2 c. à s. de crème fraîche.

☐ Gratin de choux-fleurs au bleu

800 g de choux-fleurs, 100 g de bleu de Bresse, 6 cerneaux de noix, 60 g de chapelure, 1 béchamel.

☐ Veau à la mangue

800 g d'épaule de veau désossée, 2 mangues, 600 g de haricots verts, 2 oignons, 1 c. à s. de concentré de tomates, 3 c. à s. de fond de veau, 1 c. à s. de ciboulette, 2 c. à s. d'huile.

☐ Bœuf bourguignon

1,2 kg de bœuf pour bourguignon, 6 pommes de terre, 6 carottes, 2 oignons, 1 boîte de champignons de Paris, 30 g de farine, 50 g de beurre, 75 cl de vin rouge, 1 bouquet garni, 1 bouillon cube.

143

Et aussi

DÉCEMBRE

Lundi
19
Mugs cakes surprise
15 mn — 5 mn

Mardi
20
Soupe de brocolis
10 mn — 45 mn

Mercredi
21
Cake aux noix et au roquefort
10 mn — 40 mn

Jeudi
22
Poulet à l'ananas
15 mn — 25 mn

Vendredi
23
Wok de légumes
15 mn — 15 mn

Samedi
24
Tagliatelles aux cèpes et au foie gras
15 mn — 15 mn

Dimanche
25
Noël
Dorade sauce passion
20 mn — 35 mn

144

Recettes
Pour 4 personnes

Dans 1 mug, fouetter 1 c. à s. de mascarpone + 1 c. à s. de crème liquide + 1 pincée de muscade. Ajouter 1 œuf. Fouetter encore. Verser 20 g de farine en mélangeant + 50 g de coquillettes cuites + ½ tranche de jambon en dés. Parsemer de 15 g de comté râpé. Cuire 1 mn 20 au micro-ondes. Recommencer 3 fois et servir avec 500 g de betteraves sous vide + 1 vinaigrette.

Dans 1 sauteuse, faire suer 2 oignons émincés dans 10 g de beurre. Ajouter 800 g de brocolis surgelés en morceaux + 1 bouillon cube + 1 l d'eau. Porter à ébullition. Ajouter 1 bouquet garni et cuire ½ h à feu moyen. Mixer avec 1 partie de l'eau de cuisson + 3 c. à s. de St Môret. Servir avec les restes de bœuf bourguignon.

Mélanger 3 œufs battus + 150 g de farine + 1 sachet de levure + 3 c. à s. d'huile de noix + 12 cl de lait. Ajouter 100 g de gruyère râpé + 150 g de roquefort émietté + 50 g de noix concassées + 80 g de lardons. Verser dans 1 moule à cake et enfourner 40 mn à 180 °C. Servir tiède avec 1 salade.

Dorer 800 g de blancs de poulet en dés dans 6 c. à s. d'huile. Ajouter 1 gousse d'ail hachée + 1 poivron et 2 cm de gingembre en dés. Cuire 2 mn. Verser 2 c. à s. de Maïzena et de vinaigre de vin + 4 c. à s. de concentré de tomates et de sauce soja + le jus de 600 g d'ananas au sirop. Mijoter 3 mn. Ajouter les ananas en dés. Cuire 5 mn. Servir avec 400 g de riz. **Conserver les restes pour demain.**

Faire suer 1 oignon émincé dans 2 c. à s. d'huile d'arachide. Ajouter 4 carottes et 3 panais en rondelles + 1 petit bocal de mini épis de maïs en morceaux + 200 g de brocolis en fleurettes. Cuire 5 mn. Ajouter 1 c. à s. de sauce soja + 2 cm de gingembre en dés + 1 c. à s. de persil et de coriandre. Servir avec les restes de riz et de poulet à l'ananas.

Poêler env. 2 mn dans 1 c. à s. d'huile neutre 300 g de cèpes brossés. Égoutter et jeter l'huile. Poêler à nouveau 7 mn dans 40 g de beurre moussant. Ajouter 15 cl de crème liquide et faire bouillir. Frémir 2 mn, retirer du feu et ajouter 50 g de foie gras en dés. Mélanger avec 250 g de tagliatelles fraîches *al dente* + encore 50 g de foie gras en dés.

Dans 1 plat, mettre 4 filets de dorade. Y poser 1 citron vert en fines tranches et arroser d'1 filet d'huile d'olive. Enfourner 12-15 mn à 180 °C. Poêler 2 échalotes émincées dans 10 g de beurre. Ajouter 15 cl de crème liquide + le jus de 4 fruits de la passion. Réduire le feu, mijoter 5 mn. Servir sur le poisson avec 600 g de purée de patates douces.

Courses
Pour 4 personnes

- [ ] **Mugs cakes surprise**

200 g de coquillettes cuites, 500 g de betteraves sous vide, 80 g de farine, 2 tranches de jambon, 4 œufs, 60 g de comté râpé, 4 c. à s. de mascarpone, 4 c. à s. de crème liquide, 4 pincées de muscade, 1 vinaigrette.

- [ ] **Soupe de brocolis**

800 g de brocolis surgelés, 2 oignons, les restes de bœuf bourguignon, 10 g de beurre, 3 c. à s. de St Môret, 1 bouillon cube, 1 bouquet garni.

- [ ] **Cake aux noix et au roquefort**

50 g de noix, 150 g de roquefort, 100 g de gruyère râpé, 80 g de lardons, 150 g de farine, 3 œufs, 12 cl de lait, 1 salade, 1 sachet de levure, 3 c. à s. d'huile de noix.

- [ ] **Poulet à l'ananas**

800 g de blancs de poulet, 600 g d'ananas au sirop, 1 poivron, 2 cm de gingembre, 1 gousse d'ail, 400 g de riz, 4 c. à s. de concentré de tomates et de sauce soja, 2 c. à s. de Maïzena et de vinaigre de vin, 6 c. à s. d'huile.

- [ ] **Wok de légumes**

4 carottes, 3 panais, 200 g de brocolis, 1 oignon, 2 cm de gingembre, 1 petit bocal de mini épis de maïs, les restes de riz et de poulet à l'ananas, 1 c. à s. de sauce soja, de persil et de coriandre, 2 c. à s. d'huile d'arachide.

- [ ] **Tagliatelles aux cèpes et au foie gras**

250 g de tagliatelles fraîches, 300 g de cèpes, 100 g de foie gras, 15 cl de crème liquide, 40 g de beurre, 1 c. à s. d'huile neutre.

- [ ] **Dorade sauce passion**

4 filets de dorade, 4 fruits de la passion, 1 citron vert, 2 échalotes, 600 g de purée de patates douces, 15 cl de crème liquide, 10 g de beurre, 1 filet d'huile d'olive.

145

Et aussi

DÉC./JANV.

Lundi **26**

Pizza feuilletée au chorizo

5 mn · 15 mn

Mardi **27**

Mousseline de céleri

10 mn · 30 mn

Mercredi **28**

Galettes complètes aux oignons fondants

15 mn · 25 mn

Jeudi **29**

Soupe aux lentilles corail

10 mn · 25 mn

Vendredi **30**

Spaghettis au citron

5 mn · 15 mn

Samedi **31**

Magrets de canard aux figues et à l'orange

15 mn · 30 mn

Dimanche **1**

Jour de l'An

Œufs cocotte et salade de champignons

10 mn · 15 mn

Recettes
Pour 4 personnes

Sur 1 pâte feuilletée, étaler 1 boîte de concentré de tomates + 1 chorizo en fines rondelles + 1 boîte de cœurs d'artichauts coupés en 2. Recouvrir de 125 g de mozzarella en rondelles et parsemer d'1 filet d'huile d'olive. Enfourner 15 mn à 180 °C. Servir avec 1 salade de mâche.

Cuire à l'eau env. 30 mn avec 1 bouillon cube 450 g de céleri-rave émincé + 200 g de pommes de terre épluchées et en morceaux. Égoutter et mixer avec 20 cl de crème fraîche + 2 brins de cerfeuil. Servir avec 6 tranches de jambon roulées.

Faire suer 2 oignons émincés dans 2 noix de beurre. Réserver. Faire fondre 1 noix de beurre et poêler 1 galette de sarrasin. Ajouter 1 tranche de jambon + ¼ des oignons + 1 œuf cassé délicatement dessus + 25 g de gruyère râpé. Recommencer l'opération pour les 3 autres galettes. Servir au fur et à mesure.

Dans 1 faitout, faire suer 1 oignon émincé dans 1 c. à s. d'huile d'olive. Ajouter 250 g de lentilles corail (lavées) + 1 carotte en rondelles + 1 l d'eau. Cuire 15-20 mn après ébullition. Mixer avec 1 partie de l'eau + 10 cl de lait de coco + 1 pincée de cannelle. Saupoudrer de 1 c. à s. de coriandre et de persil. Servir avec 6 tranches de pain de campagne + 1 bûche de chèvre.

Dans 1 casserole, faire bouillir 25 cl de crème fraîche + le jus et le zeste de 2 citrons bio. Mélanger avec 500 g de spaghettis *al dente*. Servir chaud avec 100 g de parmesan râpé.

Inciser la peau de 2 magrets de canard de 300 g, les poêler 8 mn côté peau + 3 mn côté chair. Réserver. Déglacer la poêle avec 4 c. à s. de miel et d'eau + 1 c. à s. de fond de veau + 2 c. à c. de vinaigre balsamique + le jus d'1 orange + 20 g de beurre + 8 figues en morceaux. Mijoter 5 mn. Ôter les figues et faire réduire 5 mn. Servir sur les magrets tranchés avec 600 g de pommes duchesse.

Beurrer 8 ramequins. Dans chacun d'entre eux, mettre 1 c. à s. de crème fraîche et ajouter délicatement 1 œuf extra-frais + 10 g de gruyère râpé + 1 pincée de persil. Cuire 10 à 15 mn au bain-marie dans 1 four préchauffé à 180 °C. Servir avec 500 g de champignons de Paris nettoyés et émincés + 1 vinaigrette.

Courses
Pour 4 personnes

☐ Pizza feuilletée au chorizo

1 pâte feuilletée, 1 chorizo, 125 g de mozzarella, 1 boîte de cœurs d'artichauts, 1 salade de mâche, 1 boîte de concentré de tomates, 1 filet d'huile d'olive.

☐ Mousseline de céleri

450 g de céleri-rave, 200 g de pommes de terre, 6 tranches de jambon, 20 cl de crème fraîche, 1 bouillon cube, 2 brins de cerfeuil.

☐ Galettes complètes aux oignons fondants

4 galettes de sarrasin, 2 oignons, 4 tranches de jambon, 100 g de gruyère râpé, 4 œufs, 6 noix de beurre.

☐ Soupe aux lentilles corail

250 g de lentilles corail, 1 carotte, 1 oignon, 6 tranches de pain de campagne, 1 bûche de chèvre, 10 cl de lait de coco, 1 pincée de cannelle, 1 c. à s. de coriandre et de persil, 1 c. à s. d'huile d'olive.

☐ Spaghettis au citron

500 g de spaghettis, 2 citrons bio, 100 g de parmesan râpé, 25 cl de crème fraîche.

☐ Magrets de canard aux figues et à l'orange

2 magrets de canard de 300 g, 8 figues, 1 orange, 600 g de pommes duchesse, 20 g de beurre, 4 c. à s. de miel, 2 c. à c. de vinaigre balsamique, 1 c. à s. de fond de veau.

☐ Œufs cocotte et salade de champignons

500 g de champignons de Paris, 8 œufs extra-frais, 80 g de gruyère râpé, 8 c. à s. de crème fraîche, 8 pincées de persil, 1 vinaigrette, 1 noix de beurre.

BONUS

RECETTES DE BASE

Pâte à crêpes

Ingrédients (pour 15 crêpes) :

- 250 g de farine de blé
- 3 œufs
- ½ l de lait
- 2 sachets de sucre vanillé
- 2 cuillères à soupe de rhum
- 1 pincée de sel

Préparation :

Battre au fouet le lait avec les œufs.
Incorporer la farine en la versant en pluie.
Ajouter le sucre vanillé et une pincée de sel.
Ajouter un peu de rhum si vous le souhaitez.
Battre le mélange au batteur 3 minutes.
La pâte en sera d'autant plus légère et sans grumeaux.
Laisser reposer 1 heure à température ambiante avant de faire vos crêpes.

Pâte sucrée

Ingrédients (pour 1 pâte) :

- 250 g de farine
- 125 g de beurre
- 2 œufs
- 100 g de sucre
- 1 pincée de sel

Préparation :

Sur un plan de travail, verser la farine. Faire un cratère au centre et ajouter les œufs, le beurre ramolli, le sucre et une pincée de sel.
Pétrir la pâte avec les mains jusqu'à ce qu'elle soit souple et lisse (parfois, il est nécessaire d'ajouter de la farine).
Former une boule avec la pâte et la laisser reposer 1 heure minimum.

Pâte salée

Ingrédients (pour 1 pâte) :

- 200 g de farine
- 1 œuf
- 3 cuillères à soupe d'huile de tournesol
- 1 pincée de sel

Préparation :

Dans un saladier, battre au fouet l'huile, 3 cuillères à soupe d'eau, l'œuf et le sel. Ajouter toute la farine et mélanger avec une cuillère en bois. Lorsque le mélange est homogène, le rassembler en une boule.
Laisser reposer 1 demi-heure à 1 heure au réfrigérateur.

RECETTES DE BASE

Béchamel

Ingrédients (4 personnes) :

- 40 g de farine
- 30 g de beurre
- ½ litre de lait
- Muscade (râpée ou en poudre)
- 1 pincée de sel et de poivre

Préparation :

Mettre le beurre dans la casserole sur feu doux.
Dès que le beurre est fondu, y verser la farine, et remuer avec une spatule en bois pour obtenir un mélange homogène, puis laisser cuire 5 minutes (sans coloration).
Verser graduellement le lait froid en fouettant vivement pour éviter la formation de grumeaux.
Ajouter la muscade, le sel et le poivre.
Cuire encore 5 minutes ou jusqu'à ce que la sauce béchamel nappe votre cuillère.

Sauce au fromage blanc

Ingrédients (4 personnes) :

- 200 g de fromage blanc
- 1 échalote
- 1 cuillère à soupe de jus de citron
- 4 cuillères à soupe de ciboulette ciselée
- 1 pincée de sel et de poivre

Préparation :

Battre au fouet le fromage blanc. Incorporer le jus de citron et bien mélanger.
Ajouter la ciboulette, l'échalote finement émincée, le sel et le poivre et mélanger à nouveau.
Servir frais en accompagnement de salades de crudités ou de saumon fumé.

Crème anglaise

Ingrédients (4 personnes) :

- 4 jaunes d'œufs
- 60 g de sucre
- 50 cl de lait
- 1 gousse de vanille

Préparation :

Mettre le lait dans une casserole et y ajouter les graines de vanille et la gousse. Faire chauffer jusqu'à ébullition.
Battre au fouet les jaunes d'œufs et le sucre jusqu'à ce que le mélange blanchisse.
Retirer la gousse de vanille du lait. Ajouter le lait aux œufs et mélanger vivement.
Mettre la préparation dans une casserole et faire chauffer sur feu moyen sans cesser de remuer. Attention à ne pas faire bouillir la crème. Retirer du feu lorsque le mélange nappe la cuillère. Servir froid.

RECETTES DE BASE

Crème chantilly

Ingrédients (pour 1 l) :

- 1 l de crème fleurette non allégée
- 200 g de sucre glace
- 1 gousse de vanille

Préparation :

Verser la crème fleurette froide dans un saladier très froid.
À l'aide d'un batteur électrique, fouetter à grande vitesse pour y incorporer de l'air.
Ajouter le sucre glace et les graines de la gousse de vanille et fouetter à nouveau jusqu'à ce que la crème épaississe.
La réserver au frais.

Mayonnaise

Ingrédients (4 personnes) :

La recette basique inratable !
Pour un beau bol de mayonnaise :

- 1 jaune d'œuf
- 25 cl d'huile (de tournesol, de colza ou de maïs)
- 1 cuillère à café de moutarde
- 1 filet de vinaigre ou de jus de citron
- 1 pincée de sel et de poivre

Préparation :

Mélanger le jaune d'œuf, la moutarde, le sel et le poivre.
Incorporer l'huile peu à peu, en un mince filet, en fouettant (au fouet à main ou au batteur vitesse moyenne) pour démarrer l'émulsion.
Ajouter le reste d'huile progressivement, toujours en filet, sans cesser de fouetter.
Enfin, incorporer le vinaigre ou le jus de citron et ajuster l'assaisonnement.

Vinaigrette

Ingrédients (3 personnes) :

- 4 cuillères à soupe d'huile (olive ou tournesol)
- 2 cuillères à soupe de vinaigre de vin ou balsamique
- 1 cuillère à café de moutarde
- 1 pincée de sel et de poivre

Préparation :

Dans un bol, verser le vinaigre de vin ou balsamique et ajouter 1 cuillère à café de moutarde.
Assaisonner avec 1 pincée de sel et de poivre, selon votre convenance, et mélanger énergiquement.
Verser 4 cuillères à soupe d'huile (olive ou tournesol).
Mélanger vigoureusement le tout avec une fourchette pour obtenir une belle émulsion.

Salade folle

Ingrédients (4 à 6 personnes) :

- 3 carottes
- 2 petites betteraves (cuites sous vide)
- 1 pomme
- 1 poignée de raisins secs
- 100 g de fromage (comté ou gruyère)
- Ciboulette ou persil

Pour la sauce vinaigrette :

- 3 cuillères à soupe d'huile d'olive
- 2 cuillères à soupe de vinaigre de Xérès
- Le jus d'1 orange
- Sel, poivre

Préparation :

Laver, peler et râper les carottes. Peler la pomme et la couper en petits dés. Mélanger les carottes, les betteraves coupées en dés et la pomme. Ajouter les raisins secs et le fromage coupé en morceaux. Assaisonner avec la sauce vinaigrette, saler, poivrer et parsemer d'herbes.

Salade grecque

Ingrédients (4 personnes) :

- 250 g de tomates cerises
- 1 petit concombre
- 10 olives noires dénoyautées
- 100 g de feta ou de mozzarella
- Menthe
- Basilic
- 1 filet d'huile d'olive
- 1 filet de vinaigre balsamique
- Poivre

Préparation :

Peler et épépiner le concombre, le couper en petits dés de 1 cm. Laver les tomates et les couper en deux. Émincer finement les olives. Mélanger le tout dans un saladier. Ajouter la feta ou la mozzarella coupée en cubes, les herbes et du poivre.

Assaisonner avec un filet d'huile d'olive et de vinaigre balsamique. Servir frais.

Flan aux asperges

Ingrédients (4 personnes) :

- 2 bocaux d'asperges
- 250 g de crème fraîche
- 4 œufs
- Quelques baies roses
- Sel, poivre

Préparation :

Préchauffer le four à 180 °C. Égoutter les asperges et les presser pour en extraire l'eau. Mixer les asperges avec les œufs, la crème fraîche, le sel et le poivre, jusqu'à obtenir une crème onctueuse. Verser la préparation dans un moule beurré et fariné. Enfourner au bain-marie pendant 40 minutes. Servir froid avec des baies roses.

RECETTES D'ENTRÉES

Tartelettes aux tomates

Ingrédients (4 personnes) :

- 1 pâte feuilletée
- 6 tomates rouges
- 1 gousse d'ail
- 20 g de roquette
- 20 g de parmesan
- 1 cuillère à soupe de pignons de pin
- 10 cl d'huile d'olive
- Sel, poivre

Préparation :

Préchauffer le four à 210 °C.
Couper les tomates en fines tranches et les disposer sur la pâte feuilletée.
Éplucher l'ail et retirer le germe. Mixer la roquette, les pignons de pin, le parmesan râpé, l'ail, l'huile d'olive, du sel et du poivre.
Enfourner 20 minutes jusqu'à ce que la pâte soit dorée.

Crudités au thon

Ingrédients (4 à 6 personnes) :

- Légumes crus au choix (bâtons de carottes, de concombres, champignons de Paris, choux-fleurs...)
- 2 boîtes de thon au naturel (140 g)
- 150 g de St Môret
- ½ citron
- Persil, aneth ou ciboulette
- 1 cuillère à café d'huile d'olive
- 1 échalote (facultatif)
- 1 cuillère à soupe de câpres (facultatif)
- Sel, poivre

Préparation :

Égoutter et émietter le thon avec une fourchette.
Ajouter le fromage et le jus de citron, et mélanger le tout.
Saler, poivrer et ajouter l'huile d'olive, l'échalote émincée, les câpres et les herbes. Mélanger à nouveau. Disposer la préparation dans un bol et y tremper les crudités.

Timbales provençales

Ingrédients (4 personnes) :

- 1 petit bocal de ratatouille
- 120 g de chèvre frais
- 10 cl de crème liquide
- 2 cuillères à soupe d'huile d'olive
- 1 cuillère à café de moutarde
- 4 à 6 biscuits apéritif (Tuc ou gressins)
- Sel, poivre

Préparation :

Travailler le fromage à la fourchette dans un saladier. Ajouter progressivement la crème tiède et mélanger. Ajouter la moutarde et l'huile d'olive. Saler et poivrer à votre convenance. Déposer 1 à 2 cuillères à soupe de ratatouille au fond d'un verre, puis un peu de crème de chèvre et 1 à 1 biscuit et demi grossièrement émietté. Faire de même dans 3 autres verres.

Rillettes aux deux saumons

Ingrédients (4 personnes) :

- 200 g de saumon frais
- 200 g de saumon fumé
- 150 g de St Môret
- 1 pain tranché
- 1 citron
- 2 cuillères à soupe de ciboulette
- 2 cuillères à soupe d'huile d'olive
- Poivre

Préparation :

Faire cuire le saumon frais 5 minutes au micro-ondes.
Le laisser refroidir.
Couper le saumon fumé en morceaux.
Mettre les deux saumons, le St Môret, le jus du citron, l'huile d'olive et la ciboulette dans le bol d'un mixeur, et mixer. Ajouter ensuite un peu de poivre.
Servir sur des tranches de pain toastées.

Velouté de poireaux

Ingrédients (4 personnes) :

- 3 poireaux
- 1 échalote
- 25 g de beurre
- Sel, poivre

Préparation :

Peler et hacher l'échalote. Nettoyer et couper les poireaux en tronçons. Faire fondre du beurre dans une casserole à feu doux. Ajouter l'échalote et les poireaux. Faire revenir pendant 3 minutes et mélanger. Saler et poivrer. Ajouter 1 l d'eau et laisser cuire à couvert pendant encore 20 minutes. Mixer la préparation.

Velouté de lentilles

Ingrédients (4 personnes) :

- 850 g de lentilles en conserve
- 4 tranches de lard grillées (facultatif)
- 20 cl de crème liquide entière
- 1 bouillon cube de volaille
- 1 bouquet de ciboulette
- Sel, poivre

Préparation :

Égoutter et rincer les lentilles. Porter à ébullition 40 cl d'eau et le bouillon cube de volaille. Y verser les lentilles et faire chauffer à feu doux. Ajouter la crème, le sel et le poivre, et mélanger.
Hors du feu, mixer le velouté.
Servir chaud, parsemé de ciboulette ciselée.
Accompagner éventuellement de tranches de lard grillées.

RECETTES DE DESSERTS

Fondue de fruits au chocolat

Ingrédients (4 personnes) :

- 100 g de chocolat noir
- 10 cl de crème liquide ou 10 cl de lait
- 1 noix de beurre
- Épices au choix : cannelle, muscade
- Fruits frais : fraises, mandarines, ananas, bananes, poires, etc.

Préparation :

Faire fondre le chocolat (5 minutes au micro-ondes ou 10 minutes au bain-marie). Incorporer doucement la crème liquide ou le lait et ajouter le beurre et les épices.
Laver, éplucher et couper les fruits en morceaux.
Planter les fruits sur des piques et les tremper dans le chocolat chaud. Servir immédiatement.

Bananes antillaises

Ingrédients (4 personnes) :

- 4 bananes
- 30 g de sucre roux
- 2 sachets de sucre vanillé
- 1 noix de beurre
- Quelques gouttes de jus de citron
- 100 ml de jus d'orange
- 4 boules de glace à la vanille

Préparation :

Déposer les sucres dans une poêle, ajouter le beurre et le jus de citron. Faire chauffer jusqu'à ce que le sucre fonde et colore légèrement.
Ajouter les bananes coupées en deux.
Laisser cuire 1 à 2 minutes, puis les retourner. Ajouter le jus d'orange. Laisser encore 1 minute sur le feu.
Servir chaud avec une boule de glace à la vanille.

Fromage blanc aux marrons

Ingrédients (4 personnes) :

- 500 g de fromage blanc
- 100 g de crème de marrons
- 1 poignée de noix, noisettes ou amandes effilées
- Crème chantilly
- 4 cuillères à café de cacao en poudre

Préparation :

Mélanger le fromage blanc avec la crème de marrons et ajouter les noix. Déposer le mélange dans 4 verrines, ajouter la crème chantilly et parsemer de cacao en poudre.

RECETTES DE DESSERTS

Compote de pommes, bananes et kiwis

Ingrédients (4 personnes) :

- 3 pommes
- 3 bananes
- 4 kiwis
- 1 sachet de sucre vanillé

Préparation :

Peler les fruits et les couper en morceaux. Les mettre dans une casserole, ajouter le sachet de sucre vanillé et mélanger. Faire cuire à feu doux pendant environ 30 minutes. Laisser refroidir. Il est possible de mixer le tout pour éviter les morceaux.

Financiers aux amandes et coulis d'abricots

Ingrédients (4 personnes) :

- 125 g d'amandes en poudre
- 125 g de sucre glace
- 20 g de farine
- 3 œufs
- 70 g de beurre fondu
- Coulis d'abricots

Préparation :

Préchauffer le four à 180 °C. Dans un saladier, mélanger la poudre d'amandes avec le sucre glace, puis ajouter les œufs un à un en mélangeant toujours. Verser le beurre fondu et la farine tamisée, et mélanger à nouveau.

Répartir la pâte dans des moules à financiers.

Faire cuire 10 à 12 minutes en surveillant la cuisson.

Démouler les financiers, les laisser refroidir 1 heure à température ambiante et les servir avec un coulis d'abricots.

Crème de citrons, framboises & meringues

Ingrédients (4 personnes) :

- 3 citrons non traités
- 150 g de framboises
- 4 à 6 petites meringues
- 100 g de sucre semoule
- 2 œufs
- 1 cuillère à soupe de Maïzena
- 2 cuillères à soupe de confiture de framboises

Préparation :

Laver et presser les citrons. Mettre le jus dans une casserole, verser le sucre et la Maïzena, remuer et chauffer à feu doux. Dans un saladier, battre vigoureusement les œufs, puis les verser dans la casserole et continuer à battre avec un fouet. Augmenter le feu, toujours en remuant. Le mélange va commencer à épaissir.

Ôter le mélange du feu et laisser refroidir. Verser dans des verrines, ajouter une couche de confiture, une couche de framboises et saupoudrer de morceaux de meringues.

RECETTES DE DESSERTS

Gâteau à la noix de coco et au caramel

Ingrédients (4 à 6 personnes) :

- 125 g de noix de coco
- 3 œufs
- 1 boîte de lait concentré sucré
- La même quantité de lait
- 15 morceaux de sucre

Préparation :

Préchauffer le four à 200 °C.
Mélanger le lait concentré, le lait, la noix de coco et les jaunes d'œufs.
Monter les blancs d'œufs en neige et les incorporer à la préparation précédente.
Dans une casserole, faire fondre les morceaux de sucre avec 3 cuillères à soupe d'eau pour obtenir un caramel.
Verser ce caramel dans le fond d'un moule à manqué.
Y verser également la préparation à la noix de coco.
Enfourner pour 40 minutes au bain-marie.
Servir froid.

Coupes croquantes aux fruits rouges

Ingrédients (4 personnes) :

- 2 meringues
- 100 g de fruits rouges
- 250 g de coulis de fruits rouges
- 1 pot de glace à la vanille

Préparation :

Dans une coupelle, mettre 2 boules de glace.
Les parsemer d'½ meringue écrasée. Ajouter par-dessus 25 g de fruits rouges et napper de coulis de fruits rouges.
Faire de même dans 3 autres coupelles.

Mi-cuits au chocolat

Ingrédients (4 personnes) :

- 100 g de chocolat noir + 4 carrés
- 60 g de beurre
- 60 g de sucre
- 3 œufs
- 2 cuillères à soupe de farine

Préparation :

Préchauffer le four à 200 °C. Faire fondre le chocolat et le beurre au bain-marie. Mélanger les œufs et le sucre jusqu'à blanchissement, puis ajouter le chocolat et le beurre fondus. Mélanger. Incorporer la farine avec un fouet jusqu'à ce que la pâte soit homogène.
Verser la préparation dans des moules beurrés et ajouter 1 carré de chocolat au centre de chaque moule.
Enfourner pour 10 minutes. Démouler et servir chaud.

RECETTES DE DESSERTS

Crumble aux pommes et aux abricots

Ingrédients (4 personnes) :

- 2 pommes
- 10 petits abricots
- 160 g de farine
- 160 g de sucre
- 80 g de beurre
- 1 cuillère à café de cannelle

Préparation :

Préchauffer le four à 200 °C. Éplucher les pommes et les couper en morceaux. Laver les abricots et les couper en morceaux. Mélanger les fruits avec 40 g de sucre et la cannelle. Mélanger la farine, le reste de sucre, le beurre et malaxer pour obtenir une pâte à crumble. Déposer les fruits dans un plat rectangulaire beurré, puis les parsemer de crumble. Enfourner pour 50 minutes. Le crumble doit être doré et les fruits bien cuits.

Gâteau au chocolat et aux framboises

Ingrédients (4 à 6 personnes) :

- 200 g de chocolat blanc
- 100 g de framboises
- 100 g de farine
- 100 g de sucre
- 80 g de beurre
- 3 œufs
- ¼ de sachet de levure

Préparation :

Préchauffer le four à 200 °C. Dans une casserole, faire fondre le chocolat et le beurre.
Battre au fouet le sucre, les jaunes d'œufs, la farine et la levure. Ajouter le mélange chocolat/beurre.
Monter les blancs d'œufs en neige et les ajouter délicatement à la préparation précédente.
Y ajouter également délicatement les framboises.
Enfourner pour 30 minutes.

Tiramisu aux fraises et aux spéculoos

Ingrédients (4 personnes) :

- 500 g de fraises
- 250 g de mascarpone
- 100 g de sucre
- 4 œufs
- 12 spéculoos

Préparation :

Laver et équeuter les fraises. En réserver 4 et couper les autres en morceaux. Émietter grossièrement les spéculoos. Réserver. Fouetter les jaunes d'œufs avec le sucre jusqu'à blanchissement du mélange. Ajouter le mascarpone et mélanger avec un fouet. Battre les blancs en neige, puis les incorporer délicatement à la préparation. Pour le dressage, déposer dans des récipients individuels : une couche de spéculoos au fond, puis une couche de fraises, puis la préparation. Recommencer si le récipient le permet et terminer par la couche de préparation. Laisser reposer 2 heures au frais. Au moment de servir, déposer une fraise coupée en deux par-dessus et parsemer de spéculoos émiettés.

RECETTES DE DESSERTS

Pain perdu

Ingrédients (6 personnes) :

- 12 tranches de pain de mie rassis
- 3 œufs
- 60 cl de lait
- 150 g de beurre
- 1 cuillère à soupe de sucre
- 3 cuillères à soupe de sucre glace

Préparation :

Battre le lait et les œufs, ajouter le sucre en poudre.
Faire imbiber les tranches de pain dans le mélange quelques secondes chacune.
Après avoir fait fondre le beurre à la poêle, y faire dorer les tranches de pain.
Les retirer et les déposer sur une feuille de papier absorbant. Servir avec du sucre glace.

Crème aux œufs

Ingrédients (4 à 6 personnes) :

- 3 œufs
- 50 cl de lait
- 75 g de sucre en poudre
- 15 morceaux de sucre
- 2 sachets de sucre vanillé

Préparation :

Faire un caramel avec les 15 morceaux de sucre et 4 cuillères à soupe d'eau, et le verser dans un moule à manqué. Mélanger le lait, le sucre en poudre et le sucre vanillé et faire bouillir. Fouetter les œufs, y ajouter le lait et verser le mélange dans le moule à manqué.
Cuire au four au bain-marie pendant 40 minutes à 150 °C.
Servir froid.

Riz au lait vanillé

Ingrédients (4 personnes) :

- 120 g de riz blanc rond
- 1 l de lait
- 70 g de sucre
- 1 gousse de vanille

Préparation :

Fendre la gousse de vanille et l'ajouter dans une casserole avec le lait et le sucre.
Faire bouillir le lait, puis ajouter le riz rond une fois qu'il est à ébullition.
Baisser à feu doux et laisser cuire environ 20 minutes.
Retirer la gousse de vanille.
Verser le riz au lait dans des ramequins et laisser refroidir.

Pâtes à la carbonara

Ingrédients (4 personnes) :

- 500 g de tagliatelles
- 250 g de lardons
- 4 cuillères à soupe de crème fraîche
- 3 jaunes d'œufs
- 4 cuillères à soupe de parmesan ou d'emmental râpé

Préparation :

Faire cuire les pâtes selon les instructions du paquet. Faire revenir les lardons à la poêle, sans matière grasse, pendant 10 minutes environ. Une fois qu'ils sont cuits, évacuer la graisse et ajouter la crème fraîche. Laisser cuire en mélangeant pendant 1 à 2 minutes. Dans un saladier, battre les jaunes d'œufs, puis ajouter le fromage au fur et à mesure tout en continuant de battre. Ajouter les pâtes égouttées et mélanger, puis ajouter les lardons à la crème fraîche.

Mini-pizzas au chorizo

Ingrédients (4 personnes) :

- 1 pâte feuilletée
- 190 g de sauce tomate pizza à l'origan
- 8 tranches de chorizo
- 70 g d'emmental râpé

Préparation :

Préchauffer le four à 200 °C.
Étaler la pâte feuilletée sur le plan de travail. Prendre un verre ou une tasse pour former des ronds dans la pâte. Décoller les ronds et les placer dans un moule à tartelettes. Ajouter la sauce tomate pizza à l'origan dans les alvéoles. Couper les tranches de chorizo en quatre et en ajouter une par mini-pizza. Parsemer l'emmental sur chacune d'elles. Enfourner 10 à 15 minutes à chaleur tournante.

Croquettes de légumes

Ingrédients (pour 12 portions) :

- 1 petit brocoli
- 1 petite courgette
- 2 œufs
- 1 cuillère à soupe de farine
- 1 cuillère à soupe de parmesan râpé
- 1 cuillère à soupe d'huile d'olive

Préparation :

Éplucher et découper la courgette en petits cubes. Découper le brocoli en morceaux. Les faire cuire dans une casserole d'eau bouillante pendant 8 minutes. Dans un saladier, battre les œufs avec la farine et le parmesan. Ajouter les légumes cuits et mélanger. Écraser à la fourchette pour obtenir une sorte de pâte. Faire chauffer l'huile dans une poêle et y déposer des petits palets de pâte, formés à la main ou à l'aide d'une grosse cuillère à soupe. Les faire cuire environ 3 minutes de chaque côté. Une fois qu'ils sont cuits, les égoutter sur du papier absorbant.

RECETTES À FAIRE AVEC LES ENFANTS

Croissants aux Knacki

Ingrédients (4 personnes) :

- 1 pâte feuilletée
- 6 Knacki
- 1 œuf
- 70 g d'emmental râpé

Préparation :

Préchauffer le four à 200 °C.

Étaler la pâte feuilletée sur le plan de travail et la découper en triangles. Découper les Knacki en morceaux et les déposer sur chaque rectangle. Enrouler le triangle autour du morceau de Knacki en commençant par le côté le plus large, pour former un croissant. Battre un œuf et en badigeonner les croissants. Parsemer les croissants d'emmental râpé. Enfourner pour 10 à 15 minutes à chaleur tournante.

Cookies aux Smarties

Ingrédients (pour 12 cookies) :

- 250 g de farine
- 250 g de sucre
- 150 g de beurre
- 2 œufs
- 1 sachet de levure chimique
- 1 pincée de sel
- 4 cuillères à soupe de Smarties

Préparation :

Préchauffer le four à 180 °C. Dans un saladier, mélanger la farine, le sucre, la levure et le sel. Faire fondre le beurre et l'ajouter à la préparation. Ajouter les œufs et mélanger jusqu'à obtenir une pâte homogène. Ajouter les Smarties et remuer. À la main, former des petites boules de pâte et les déposer sur une plaque recouverte de papier sulfurisé, en les espaçant bien et en les aplatissant légèrement. Enfourner pour 10 minutes.

Mug cake à la banane

Ingrédients (pour 1 portion) :

- 1 petite banane
- 2 cuillères à soupe de farine
- 1 grosse noix de beurre
- 1 œuf
- 1 cuillère à café de cassonade
- ¼ de sachet de levure chimique

Préparation :

Découper la banane en morceaux et la mettre dans un bol. Ajouter le beurre mou et écraser le mélange à la fourchette. Faire ramollir au four à micro-ondes pendant 30 secondes. Dans un mug, mettre la banane et le beurre et ajouter la farine, la cassonade et la levure chimique progressivement tout en mélangeant énergiquement. Battre l'œuf séparément et l'ajouter. Bien mélanger. Faire cuire le mug au four à micro-ondes pendant 1 à 2 minutes.

ASSIETTES RIGOLOTES POUR LES ENFANTS

Des assiettes amusantes pour donner à vos enfants
envie de manger de tout.

Sous l'océan

Crèpes et fruits

L'attaque des yeux géants

Pommes garnies de pâte d'amandes

Jacuzzi pour bonhomme de neige

Chocolat chaud & marshmallows

La baleine blanche

Tartine de fromage & myrtilles

Le lapin magique

Œuf, bacon et fruits

Le renne Rudolph

Sandwiches au fromage

ASSIETTES RIGOLOTES POUR LES ENFANTS

Des assiettes amusantes pour donner à vos enfants envie de manger de tout.

Le koala endormi
Sandwiche avec salade & raisins

Le renard rusé
Porridge aux fruits

Les poissons amoureux
Tartines de fromage & fraises

Les sœurs escargots
Poulet, riz & petits pois

Un éléphant, ça trompe énormément
Pancake avec mangue & kiwi

La famille tortue
Fraises arrangées

ASSIETTES RIGOLOTES POUR LES ENFANTS

Des assiettes amusantes pour donner à vos enfants
envie de manger de tout.

Une petite glace ?

Gaufres avec bananes & vermicelles

En avant pour l'aventure !

Mini-gaufre & fruits

Citrouille surprise

Pain surprise avec sandwiches garnis

Monsieur et Madame

Pâtes aux légumes

Le chant du coq

Salade de légumes

Les dix petits cochons

Brioches à la saucisse

LE FONDS DE MAISON

Voici ce que nous vous conseillons d'avoir toujours dans vos placards ou votre congélateur pour improviser des recettes rapides en toutes circonstances :

- De l'huile (olive et colza)
- Du vinaigre
- Des bouillons cubes (volaille, bœuf, court-bouillon de poisson, fond de veau...)
- De la Maïzena (fécule de maïs)
- Des conserves de poisson : sardines et thon
- Des conserves de légumes (haricots verts, petits pois, lentilles, épinards, carottes, tomates, maïs, olives...)
- Des conserves de fruits au sirop (poires, ananas, pêches...)
- Des fruits congelés
- Du riz et des pâtes
- De la levure chimique
- Du chocolat pâtissier en tablette
- De la farine
- Du sucre
- Du lait UHT longue conservation
- Des épices et herbes séchées ou surgelées : herbes de Provence, persil, basilic, curry, noix de muscade, paprika, cumin, oignon, ail...
- De la moutarde
- Du sel
- Du poivre
- De la sauce bolognaise

QUELQUES MOTS UTILES

Ciseler : couper finement à l'aide d'un ciseau ou d'un couteau.
Compoter : cuire doucement et longuement jusqu'à obtention d'une compote.
Couper en dés : couper en cubes.
Déglacer : faire chauffer une poêle à feu vif, puis y verser un liquide.
Émincer : découper très finement.
Émulsionner : mélanger deux éléments qui, en principe, ne se mélangent pas.
Épépiner : enlever les pépins.
Étager : disposer les aliments en couches.
Faire nacrer : faire prendre une apparence translucide.
Faire rissoler : faire colorer un aliment dans de la matière grasse très chaude.
Faire suer : cuire jusqu'à faire sortir le jus d'un aliment.
Mariner : laisser reposer un aliment dans un mélange liquide, la marinade.
Mouiller : ajouter un liquide.
Napper : recouvrir d'une substance liquide.
Pocher : cuire dans une eau frémissante, mais non bouillante.
Réduire : laisser bouillir une préparation afin qu'elle devienne moins liquide.
Réserver : mettre de côté une préparation pour l'utiliser plus tard.
Saisir : démarrer la cuisson d'un aliment à feu vif.

MESURES UTILES

Litre	Décilitre	Centilitre	Millilitre	Tasse
1	10	100	1 000	4
¾	7,5	75	750	3
½	5	50	500	2
¼	2,5	25	250	1
⅛	1,25	12,5	125	½

Thermostat	Degrés Celsius	Degrés Fahrenheit
1	30	86
2	60	140
3	90	195
4	120	250
5	150	300
6	180	350
7	210	410
8	240	460
9	270	520

Contenance	Mesures anglo-saxonnes	Millilitres	Grammes
1 cuillère à café	1 cuillère à thé	5	5 (sel, sucre, café) 4 (farine, semoule) 3 (cacao, fécule)
1 cuillère à soupe	1 cuillère à table	15	15 (sucre, beurre) 12 (farine, crème fraîche)
1 verre à liqueur	⅛ de tasse ou 1 oz	30	/
1 tasse à café	⅜ de tasse ou 3 oz	100	/
1 verre à moutarde	⅝ de tasse ou 5 oz	150	100
1 grand verre	1 + ⅛ tasse ou 9 oz	250	150 (farine, semoule) 200 (riz) – 220 (sucre)
1 bol	/	350	300 (riz) 220 (farine)

MESURES UTILES

Ingrédients

1 tasse de farine	100 g
1 tasse de fécule	100 g
½ tasse de sucre en poudre	100 g
½ tasse de sucre glace	100 g
1 cuillère à soupe de beurre	15 g
½ tasse de beurre	100 g
¾ de tasse de noix, noisettes, amandes concassées	100 g
1 tasse de fromage râpé	100 g
¾ de tasse de miel	250 g
1 tasse de crème fraîche	175 g
½ tasse de fruits secs	75 g
2 tasses de fruits frais	100 g
1 tasse de céréales	175 g

Liquides

¼ de tasse	60 ml
½ tasse	120 ml
¾ de tasse	180 ml
1 tasse	240 ml
1 tasse ¼	300 ml
2 tasses ½	600 ml

Contenants

1 grand bol	350 g
1 tasse à thé	120 à 150 g
1 tasse à café	100 g
1 verre à eau	200 à 225 g
1 verre à vin	90 à 100 g
1 cuillère à soupe	15 g
1 cuillère à café	5 g

PROPORTIONS PAR PERSONNE ADULTE

Plats	Grammes	Livres (Canada)
Viande	150 à 200 (sans os) 125 à 150 (hachée)	⅓ lb à 2/5 lb (sans os) ¼ lb à ⅓ lb (hachée)
Poisson	250 (entier) 200 (filet)	½ lb (entier) 2/5 lb (filet)
Salade (légumes, riz, pâtes...)	300 (plat principal) 200 (entrée)	3/5 lb (plat principal) 2/5 lb (entrée)
Garniture de légumes	175 à 200	⅓ lb à 2/5 lb
Pâtes (poids cuites)	125 (plat principal) 100 (garniture)	¼ lb (plat principal) ⅕ lb (garniture)
Riz (poids cuit)	120 (plat principal) 75 (garniture)	¼ lb (plat principal) ⅕ lb (garniture)
Fruits (salade, compote...)	125 à 150	¼ lb à ⅓ lb

TEMPS DE CUISSON

Légumes	Eau	Vapeur
Asperges	15-20 mn	12-18 mn
Brocolis	10-15 mn	5 mn
Carottes	15-20 mn	8-12 mn
Choux blancs	20 mn	15 mn
Choux-fleurs	15-20 mn	5-10 mn
Courgettes	10-15 mn	9 mn
Épinards	12-15 mn	6-8 mn
Haricots verts	10-15 mn	10-15 mn
Navets	15-20 mn	6 mn
Petits pois	20 mn	15 mn
Poireaux	15-25 mn	15 mn
Pommes de terre	Env. 20 mn	20 mn
Potirons	15-20 mn	6-8 mn

Viande	Durée	Température four
Canard	50 mn	220 °C / 430 °F
Carré d'agneau	15-20 mn	230 °C / 450 °F
Filet mignon de porc	20-30 mn	250 °C / 480 °F
Gigot d'agneau	15 mn par 500 g	220 °C / 430 °F
Lapin	30 mn	200 °C / 390 °F
Poulet	30 mn par 500 g	180 °C / 350 °F
Rôti de bœuf	10 mn par 500 g (saignant) 15 mn par 500 g (à point) 20 mn par 500 g (bien cuit)	200 °C / 390 °F
Rôti de porc	30 mn par 500 g	110 °C / 230 °F
Rôti de veau	20-25 mn par 500 g	200 °C / 390 °F

Poisson	Four	Eau
Bar	25 mn sur gril	25 mn
Cabillaud	15-20 mn à 200 °C / 390 °F	10 mn
Colin	10-15 mn à 180 °C / 350 °F	15 mn
Crabe	/	15-20 mn
Dorade	30 mn à 180 °C / 350 °F	10-15 mn
Homard	15 mn à 200 °C / 390 °F	12 mn pour 450 g
Lieu	20 mn à 180 °C / 350 °F	15 mn
Moules	/	5-10 mn
Saumon	25 mn à 180 °C / 350 °F	10 mn
Thon	15 mn à 200 °C / 390 °F	25 mn

Quelle variété de pommes de terre ?

- **Pommes de terre à chair ferme :** bonne tenue à la cuisson.
Idéales pour les gratins, les soufflés, les salades, les ragoûts, les pommes de terre rissolées.
L'amandine, l'annabelle, la belle de Fontenay, la charlotte, la chérie, la franceline, la nicola, la pompadour, la ratte et la roseval.
- **Pommes de terre à chair fondante :** bonne tenue à la cuisson, mais chair fondante ; elles s'imprègnent parfaitement du goût des ingrédients avec lesquels on les marie.
Idéales pour les mijotés, les ragoûts, les gratins et les pommes de terre en robe des champs.
L'agata, la monalisa et la samba.
- **Pommes de terre à chair farineuse :** elles se délitent à la cuisson, mais absorbent moins l'huile.
Idéales pour les potages, les purées, les chips et les frites.
L'agria, la bintje, la caesar, la manon, la marabel et la vitelotte.
- **Astuce :** conservez vos pommes de terre au frais et à l'ombre pour éviter qu'elles ne verdissent et ne germent !

Quelle vinaigrette pour quelle salade ?

- **Vinaigrette de base :** 1 cuillère de vinaigre d'alcool ou de vin + ½ cuillère de moutarde + 2 cuillères d'huile + sel + poivre.
- **Mâche :** 1 cuillère de miel + ½ cuillère de moutarde + 1 cuillère de vinaigre d'alcool + 2 cuillères d'huile de noix.
- **Épinards :** ½ échalote ciselée + ¼ de gousse d'ail écrasée + 1 cuillère à soupe de petit-suisse + 1 cuillère de vinaigre d'alcool + 2 cuillères d'huile de noix. Mixer le tout.
- **Rougette :** 1 cuillère de jus de citron + 2 cuillères d'huile d'olive.
- **Cresson :** ½ cuillère de moutarde à l'ancienne + 1 cuillère de vinaigre de vin + 2 cuillères d'huile de noix.
- **Roquette :** émulsionner 1 cuillère de vinaigre balsamique avec 2 cuillères de bouillon de volaille. Faire réduire à feu doux. Une fois froide, y mettre à infuser 3 feuilles de basilic ciselées.
- **Romaine :** faire une mayonnaise avec 1 cuillère à café de moutarde + 1 jaune d'œuf + 4 cuillères à soupe d'huile d'arachide. Hacher un œuf dur froid. Concasser 1 cuillère à café de câpres + 2 cornichons. Mélanger en ajoutant un peu de bouillon de volaille.

Astuces pour recettes ratées

- **Si votre poulet rôti est trop cuit :** sortez-le du four, badigeonnez-le de beurre, enveloppez-le de film alimentaire et laissez-le ainsi pendant 10 minutes. Le beurre redonnera un peu de tendresse à votre viande trop sèche !
- **Si vos pavés de saumon sont trop cuits :** recouvrez-les de fines tranches de courgette ou de poitrine fumée, puis d'aluminium et mettez-les au four à basse température pendant 10 minutes. L'eau ou la graisse va attendrir vos pavés.
- **Si vous avez eu la main lourde sur les épices ou le sel :** ajoutez à votre plat en sauce une pomme de terre crue épluchée et coupée en deux, ou ajoutez-y 125 g de yaourt nature, de crème fraîche ou de lait de coco et remettez-le à chauffer.
- **Si votre plat a brûlé :** transvasez-le dans une autre casserole, puis ajoutez-y une pomme de terre crue épluchée et coupée en deux et remettez-le à chauffer. Si le goût de brûlé persiste, ajoutez un peu de moutarde ou de yaourt nature.
- **Si votre plat en sauce est trop gras :** placez-le quelques minutes au congélateur. La graisse va se solidifier sur le dessus et vous n'aurez qu'à l'enlever à la cuillère.
- **Si vos pâtes sont collées :** replongez-les 1 seconde dans de l'eau bouillante. Si ensuite vous souhaitez les laisser un peu refroidir, versez un filet d'huile d'olive dessus.
- **Si votre bouillon est fade :** êtes-vous sûr qu'il ne manque pas simplement de sel ? Sinon, faites réduire votre bouillon pour condenser les saveurs ou ajoutez des condiments (Viandox, Arome Maggi, sauce soja, etc.).
- **Si votre salade est flétrie :** plongez-la environ 1 minute dans une casserole d'eau chaude (pas bouillante), puis dans de l'eau très froide. La voilà ravivée !
- **Si votre pâte à crêpes ou votre sauce béchamel est pleine de grumeaux :** mélangez-la avec un mixeur plongeant.
- **Si votre gâteau a brûlé :** ôtez les parties brûlées, puis cachez la misère en le recouvrant d'un glaçage.
- **Si votre chocolat a trop cuit et devient granuleux :** ajoutez-y un peu d'eau chaude ou de crème liquide chaude et mélangez jusqu'à ce qu'il redevienne lisse.
- **Si votre mousse au chocolat n'a pas pris :** versez-la dans un moule à gâteau sur 3 cm de hauteur minimum et faites cuire à 180 °C pendant 20-25 minutes pour un grand moule (ou 10-12 minutes pour un petit). Le gâteau doit être moelleux au centre.

CALENDRIER DES FRUITS & LÉGUMES

	abricot	cerise	fraise	framboise	melon	nectarine	pêche	poire	pomme	prune	raisin	ail	artichaut	asperge	aubergine
JANVIER								●	●						
FÉVRIER									●						
MARS									●						
AVRIL									●			●		●	
MAI			●									●		●	●
JUIN		●	●	●	●	●	●					●	●	●	●
JUILLET	●	●	●	●	●	●	●			●		●	●		●
AOÛT	●	●	●	●	●	●	●	●		●		●	●		●
SEPTEMBRE				●		●	●	●		●	●		●		●
OCTOBRE								●	●	●	●				
NOVEMBRE								●	●						
DÉCEMBRE								●	●						

CALENDRIER DES FRUITS & LÉGUMES

carotte	chou	chou-fleur	concombre	courge	courgette	haricot vert	mâche	navet	oignon	petit pois	poireau	poivron	pomme de terre	potiron	radis	salade	tomate
●	●			●			●		●				●			●	
●	●						●		●				●			●	
●	●								●							●	
●	●								●						●	●	
●	●	●	●						●				●		●	●	●
●	●	●	●		●	●		●	●	●		●	●		●	●	●
●	●	●	●		●	●		●	●	●	●	●	●	●	●	●	●
●	●	●	●	●	●	●		●	●		●	●	●	●		●	●
●	●	●	●	●	●	●		●	●		●	●	●	●		●	●
●	●	●		●					●		●	●	●	●		●	
●	●			●			●		●				●			●	
●	●			●			●		●				●			●	

INDEX

INDEX

INDEX

INDEX

NOTES

NOTES

NOTES

NOTES

NOTES

PUBLIEZ VOS RECETTES PERSONNELLES

dans le

On fait quoi pour le dîner? 2023

et recevez un exemplaire de la prochaine édition gratuitement !

Vous appréciez le Mémoniak *On fait quoi pour le dîner ?* et vous aimeriez partager certaines de vos recettes personnelles ? Complétez le cadre ci-dessous, et renvoyez-le à notre équipe éditoriale.
Si votre recette est sélectionnée, elle sera alors publiée dans l'édition 2023 de *On fait quoi pour le dîner ?* (parution en juin 2022) et vous recevrez un exemplaire gratuitement, directement à votre domicile* !

Attention : pour être publiée, votre recette de plat principal doit être :

Simple et rapide à réaliser

(pas plus de 15 mn de préparation)

Économique • Équilibrée • Appréciée des enfants

RECETTE PROPOSÉE

Titre : ....

Ingrédients (pour 4 personnes) : ....

....

....

Recette : ....

....

....

Temps de préparation : .... Temps de cuisson : ....

RECETTE PROPOSÉE PAR

Nom et prénom : ....

Adresse complète : ....

Tél. : .... Email : ....

Si vous souhaitez nous envoyer plusieurs recettes, ajoutez une feuille supplémentaire à votre envoi.
Détachez cette page après l'avoir complétée, et renvoyez-la à :
Éditions 365 – On fait quoi pour le dîner ? – 57, rue Gaston-Tessier – 75019 Paris
Vous pouvez aussi nous envoyer vos recettes à
contact@editions365.fr

*Un seul exemplaire par famille. En France métropolitaine uniquement.

VOTRE AVIS NOUS INTÉRESSE

N'hésitez pas à nous faire part de vos remarques, commentaires, suggestions et critiques sur le* On fait quoi pour le dîner? 2022*.
Vous nous aiderez ainsi à améliorer la prochaine édition.

Ce que vous avez particulièrement apprécié : ……………………………………………

……………………………………………

……………………………………………

Ce qui pourrait être amélioré : ……………………………………………

……………………………………………

……………………………………………

Ce qui devrait être ajouté : ……………………………………………

……………………………………………

……………………………………………

Ce qui vous semble inadapté ou inutile : ……………………………………………

……………………………………………

……………………………………………

Et aussi : ……………………………………………

……………………………………………

……………………………………………

VOS COORDONNÉES (facultatif)

Nom et prénom : ……………………………………………

Adresse complète : ……………………………………………

……………………………………………

Code postal : …………………… Ville : ……………………………………………

Email : …………………………………… @ ……………………………………

Détachez cette page après l'avoir complétée, et renvoyez-la à :
Éditions 365 – On fait quoi pour le dîner ? – 57, rue Gaston-Tessier – 75019 Paris
Vous pouvez aussi nous adresser vos commentaires à
contact@editions365.fr